補陀落渡海記
井上靖短篇名作集

inoue yasushi
井上 靖

講談社文芸文庫

目次

補《ふ》陀《だ》落《らく》渡海記

井上靖短篇名作集

波紋

船木淳介が突然、夜おそく私の家へ飛び込んで来た。飛び込んで来たと言う以外、言いようのない来訪の仕方であった。

私はその時二階の書斎で、締切りに迫られた徹夜の翻訳の仕事をしていた。妻の由美は階下で珍しく遅くまで編みものをしていたが、それを片付けて、二階の私のところへお茶を一杯運んで来、自分だけ寝に就くために階下に降りようとしていた。丁度その時、玄関をたたく音が聞えて来たのである。

「電報でしょうか、いま頃！」

由美は不安そうに階段を降りて行った。十二時を既に廻っている。

やがて玄関のあく音がして、何か話声がしていたと思うと、

「あなた、船木さんですよ」

と言う由美の甲高い声が階段の下から聞えて来た。

私は机から離れて階下に降りて行った。

長髪の船木淳介が土間に立っている。紺の背広を着て、いつものように昂然と眉を上げた船木の、男には珍しく涼しい二つの目が、私を見ると一瞬、弱々しく笑みかけて来たが、急にいつになく取りすました顔になった。

「上がり給え。こんなに遅く、どうしたの」

と、私が言うと、船木は、長髪を指でうしろに掻き上げて、私の眼を見詰めたまま、

「とんでもないことをしました」

と言った。

「とんでもないって！」

私はどきりとした。常に、とんでもないことを為出《しで》かしそうな可能性をその身辺に用意している青年であるからだ。

「とにかく、そんなところに立っていても仕方がない、上がりなさいよ」

「こんなに遅くなってお邪魔して相すみません」

私は先に立って書斎に上がって行った。私が雨戸を開け、部屋の空気を入れ換えている間、船木淳介は両手を膝の上において、端坐したまま頭を垂れていた。なるほど顔色も蒼く、少々興奮しているらしい様子である。

しかし、私は船木淳介の口から飛び出す「とんでもないこと」の正体は、勿論、皆目そ

の見当はつかなかったが、それがいかなる種類に属するものであるかは、漠然と予想がついていた。

何年越しで取組んでいる哲学の論文の草稿を破ってしまったとか、日頃尊敬している恩師のK博士にふと憑《つ》かれたように反駁文を送ってしまったとか、アパートの一室につまっている生命から二番目に大切な書物を友達に呉れてしまったとか、ともかく一時の激情にかられて、多分に常識の限界を超えた船木らしい青春狼藉の所業であろうことだけは間違いないと思った。とは言え、少し大袈裟《おおげさ》な言い方をすれば、一種純粋な香気が、常に彼のなすいかなる行為にもつきまとっている。アプレゲールとは言い条、この秀才哲学青年の存在そのものが常識の世界から逸脱した一種の始末におえない美であることは、私も妻の由美も、又彼を知る誰もがよく知っているところである。

「一体、なにをなさったの」

由美も二階へ上がって来て、お茶を注いで出すと、半ば不安と半ば好奇心に駆られて、まず、こう口を開いた。船木と話す時、いつも彼の口から何が飛び出すか、そうした期待に幾分由美の眼は輝いてくるようである。今夜もそうであった。

「田宮さんの奥さんに手紙を上げてしまったんです」

船木淳介は静かに言った。

「田宮の奥さんに手紙って！」

と私が言うと、

「僕、自分が、押えられなかったものですから」

言葉は静かだったが、語尾は震えている。そう言う船木の言葉を聞きながら、彼の言葉の持つ意味が漠然と私の心の中で拡がって来ると、私は思わず、

「すると、君は！」

と言った。

「いけませんでした。田宮さんに申訳ないと思います」

「ばかだなあ」

「なに、なさるのよ、船木さん！」

妻も私も同時に口を開いた。どんな内容の手紙か知らないが、なるほど、これは私も妻も全く予想していない種類の容易ならぬことであった。

「僕、田宮さんの奥さんが好きになってしまったんです。自分を恐ろしいと思います」

「いくら、好きになったたって、無茶じゃあないか！」

「無茶だとお思いになるでしょう。僕にしても――」

「決まっているじゃあないか！　人もあろうに、田宮の奥さんに！　田宮は君の先輩でもあり、唯一の君の理解者じゃあないか！」

「そうです」

膝の上に置いて、上体を支えている二本の手が、痙攣《けいれん》しているように震えて、俯向いている顔に長髪が乱れて垂れている。

「ばかだなあ！」

私はもう一度言って、由美を階下にやって、私は夜更けの書斎に、船木淳介と向い合って坐った。

船木淳介がこの前、私の書斎に姿を現わしたのは、大学も夏の休暇に入ろうとする、一ヵ月半程前の七月の中旬であった。その日、船木は、夏の休暇の間に哲学の専門雑誌に初めて発表する、彼としては世に問う最初の研究発表である「倫論」と題する小論文をまとめたいので、一ヵ月か一ヵ月半ほど閉じこもって勉強できる静かな場所はないだろうかと、私がよく仕事を持って紀州とか信濃とかに出掛けるところから、私にそうしたことの相談に来たのであった。

こんなことを言うと、私と船木との交際は相当長いように聞えるかも知れないが、大体、私が船木と知り合ったのは今年の春の初めで、知り合ってからまだ半年になるか、ならないかである。確か三月の終りだったと思うが、彼は、突然東京の大学で倫理学か何かの講師をしている私の旧友のSからの紹介状を持って私を訪ねて来たのであった。Sの紹介状には、船木は今年東京の大学を卒業するが専攻は哲学である。高等学校以来、稀れな秀才として通っている。東京大学のＯ教授の如きも、彼の哲学的頭脳を将来恐るべきものとして高く評価している。今度、彼自身の希望で、京都の大学の大学院に入ることになった。京都には知人もないこと故、よろしく指導をたのむという意味のことが認《したた》められてあった。

その時は哲学について、全くの門外漢である私には、少々お門違いの紹介であると思われたが、その後船木と繁く交際するようになってから、Ｓが彼を私に引き合わせた真意の程もなるほどと私には頷かれた。

船木は、哲学専攻の秀才学徒というものは斯《こ》うしたものであろうかと驚かされるほど、万事にわたって一風変っていた。世事にうとく、世俗に汚されていず、そうした点に於いては実に驚歎すべきものがあった。経済的観念は全然ゼロで、いかなる人間に対しても彼はその美点のみが眼につく風で、相手を構わずその言うところを全面的に信用するところは無類であった。純粋とでもいうのか、謂ってみれば、まあ、嬰児《えいじ》の持つあの汚れ知らぬ神の目を、ふしぎに二十何年間持ち続けて来た青年であった。従って彼には常に誰か一人の監督者、と言うよりは相談役かお守り役が必要であった。一人で置いたら何をするか判らぬはらはらしたものを彼は身に付けていた。そして好むと好まないに拘らず、彼を紹介されたばかりに、私は忽ちにして彼を見守ってやらねばならぬ立場に立たされてしまったのであった。

こういうことがあった。私のところへ訪ねて来るようになってから五、六回目の来訪の時のことだったが、彼は、やはり夜更けてから、私の家の戸を敲《たた》いた。お金を千円貸して下さいと言う。訊いてみると、彼はその朝郷里の親許から送金して貰った金を、路傍で知り合ったどこの馬の骨とも判らぬ老人に与えてしまい、忽ちにして、自分が食堂へも行けなくなってしまったというのである。そんな無茶なことをすれば自分が困ることは解りきったことではないかと私が言うと、

「でも、その老人は困っていたのです。僕の一ヵ月の食費で、彼は生涯の苦境から脱せられるのです」

「で、その代り、君が苦境に立った」

と、多少私は皮肉をこめて言った。

「でも、私は借りられる所があります。あの老人にはないのです」

その借りられるところと言うのは、私を指しているらしかった。そんな時、船木淳介の眼は、なんとも言えない悲しい光を発する。神の教えを説いて容れられない宗教家の悲しい瞳のようなものである。私は、この眼に出会うと、なんとも言えなくなってしまう。口を開くほど、自分の汚れが感じられて来てしまい、全くやり切れない気持になってしまう。敵《かな》わないというのは、全くこのことである。

またこういう事もあった。確か七月に入ってからのことだったと思うが、彼は私の家に

来て一週間程滞在したことがある。あまり長くなるので、由美が、

「もう、そろそろ、アパートへおかえんなさい」

と言うと、船木はひどく困惑した表情になった。そして、ぽつんとした調子で、

「昨日か今日がお産の予定日なのです。僕は、ある女の人にお産がすむまで、私の部屋を提供して来たんです」

と言った。聞き棄てならぬことなので、よく話を聞いてみると、部屋を貸してやった女というのは、珈琲《コーヒー》を飲みに行った大学付近のカフェーで初めて知り合った女給で、彼女がいかなる性格か、いかなる素性の女か、そういうことは皆目船木には解っていないのであった。私が、その無謀な気まぐれを責めて、留守の間に洋服や書物を持って逃げられたらどうするんだと言うと、船木は、眼に例の悲しい色を湛え始めながら、

「あの人は僕に心から感謝しています」

「そりゃあそうだろう。感謝して当り前だ。しかし、幾ら感謝していても、恩を仇で返すということがある！」

「でも、もし悪いことをするとすれば、その瞬間の出来心でしょう。僕はあの人の澄んだ眼を信じますね」

「信じ給え、信じるのは自由だからね」

その時、私はむっとして言った。この時に限らず、私は船木と話をしていると、いつも

次第に自分の心が憤りっぽくなって来るのを感じる。忠告したり助言したりしながら、自然に、私は自分で自分の言葉に傷ついて来るのが、無性に腹立たしくなって来るのである。それはともかくとして、その時私は、一応監督者としての責を果たすべく、彼を同道して、郊外の彼のアパートに出掛けて行ってみた。

四方の壁をぎっしり本で埋めたいかにも哲学専攻の学生の書斎らしい部屋の、海軍の払下げ品を買ったという鉄のベッドの上には、なるほど一人の若い女が、蒼白い顔で、生れたばかりの赤子を抱いて横たわっていた。幾分は産褥《さんじょく》のせいもあったろうが、女はひどく醜い顔をしていた。船木が言うように、なるほど、眼には邪気はなく、格別性《しょう》の悪そうな女とは見受けられなかった。そして私はこの女と話を交わして驚いたことは、女が船木淳介の姓名をすら知っていないということであった。カフェーで珈琲を飲みながら、お産を目の先に控えた女の、人前をはばかっての苦境を知ると、彼は直ぐその女を自分のアパートに連れこみ、その足で、彼の方は私の家へ転がり込んで来たのであった。

こうした船木淳介の、常軌を外れた、しかし、真向から必ずしも非難することのできない行為は、私が彼と知り合った半歳の間だけでも数え立てたら切りがない。私は多くの場合、非難も賞讃もしなかった。ただ私に出来得ることは、多少の讃歎の念も混じえた慨歎の気持をもって、少し昂然として押し黙っている秀才哲学青年の顔を見詰め、そこから冷酷にあらぬ方へ視線を移し、妙に自分が傷ついて悲しい気持になることだけであった。

その船木淳介から論文を書くのに適当な場所はないかと相談を持ちかけられた時、私は直ぐ、丹波の山奥の小さな部落で、国有林の管理をしている農業技師田宮敦夫のことを頭に浮かべたのであった。

田宮は私の高等学校時代からの最も親しい友達の一人で、彼は京都の大学の農科を卒業すると、それからずっと今日まで、あまりうだつの上がらない所謂万年助手の地位にあって、研究室に残っていたのであったが、いつまでも斯うしていても始まらないということで、今年の春、丹波のＯ山麓にある国有林の管理局に奉職して行った男である。彼の送別会をやってからまだ何程にもなっていない。

都落ちした田宮からは絶えず便りがあった。何分初めての田舎勤めではあり、子供のない田宮夫妻にとっては、田舎暮しはこちらで想像する以上に辛いらしく、来る手紙も、来る手紙も、田舎生活の無聊《ぶりょう》をかこち、ぜひ都合して遊びに来てくれないかの連発であった。

私は、そうした彼からの手紙の一つに、田宮の住んでいる舎宅が二人暮しでは持てあますほど広く、三間ある二階は全然戸も開けないという、住宅払底の都会では想像も困難な贅沢なことが認められてあったことを想い出し、船木淳介にそこに出掛けて行って貰ったら、船木の方も、また先方の田宮夫妻の方もお互いに願ったり適《かな》ったりであろうかと思った。Ｏ山麓の文字通りの山村であることとて、論文の執筆には絶好の環境ではあり、それにやはり私を介して、船木と田宮夫妻が旧知の間柄であることも好都合であった。船木と田宮夫妻とは、私の家で二回程顔を合わせて居り、二回とも一緒に晩餐の卓を囲んでいた。二人が親しくなるという所までは行っていないが、船木の一風変った性格のよさも、田宮夫妻はよく理解し、私に次いで、と言うよりはもしかしたら私以上に、船木の人となりの美しさを、田宮夫妻は買っているようであった。

そんなわけで、私は直ぐ田宮敦夫宛に手紙を出し、船木を夏の休暇の間だけ預かってくれる気持はないかと問い合わせた。すると折返して返事が来た。淋しくて困っている時だから大いに歓待する、一日も早く来て貰いたい、そういう船木歓迎の言葉が舞い込んで来たのであった。

斯ういうわけで八月に入ると早々、船木淳介は三十冊もあろうかと思われる横文字の書物を二つの鞄にぎっしり詰めて、丹波の田宮の許に出掛けて行ったのである。それから今日まで約一ヵ月を経過している。その間船木からは私には一回の音信もなかった。私は勿論、船木が丹波の山の中の田宮のもとで、夜となく昼となく、船木らしい勉強の仕方で、精力的に論文の執筆をしていることだとばかり思っていたのであった。

「どう、勉強は出来たの？」

私はとにかく、船木の興奮をしずめようと思って、肝心の話題から一応話を反らそうとした。

「書いたの？　論文」

「一枚も書きません」

「読んだの」

「一頁も読みません」

私のそうした質問がいかに場違いであるかと言わんばかりの、昂然とも憤然とも取れる船木の口調であった。そして、その取付く島のない言葉を説明するように、追いかけて彼は言った。

「僕が田宮さんの奥さんの美しさに打たれたのは、僕が田宮さんのお宅へ伺った翌朝のことなんです。ですから、僕には、書く暇も読む暇もなかったわけです」

当り前のことではないかといった風の彼の言い方であった。そして、煙草を頂いてもいいですかと断わって、彼は卓の上の煙草の方へ手を出した。

船木淳介の語るところに依ると、田宮家を訪ねた翌朝、彼は朝食後、これから当分の間彼の書斎となるべき二階の六畳の部屋へ上がって、煙草を銜《くわ》えながら窓から外を眺めていると、田宮夫人は白と赤の百日紅《さるすべり》の花を重そうな大きい陶器の壺に入れ、捧げ持つようにして運んで来たのであった。

窓際にかぶさるように繁っている桐の葉の碧《みどり》のせいか、顔が幾分青く見え、今年三十歳の夫人の瞳は、もっと年配の人のように沈んで静かに美しく見えた。

「都会などでは、とても想像も出来ない静かな、いい生活ですね」

真実、こうした山の中の生活を美しいと思ったし、こうした所にだけは真の人間の生き方があると思ったので、船木はその気持を口に出して言った。

「でも、山の中って、住むとつまりませんわ」

夫人は、壺を飾棚《かざりだな》の上に置いて、挿された枝の曲りを直しながら、船木の方は見ないで言った。

「そうでしょうか。僕はこうした自然に抱かれた生活が、結局は、人間にとって一番幸福ではないかと思いますが」

すると、夫人はそれをどう取ったのか、くるりと船木の方を向くと、幼い者にでも諭すように、

「幸福というものは滅多にあるものではありませんわ。人間が幾ら努力したって造れるものではなく、それは向うから気まぐれにやって来るものなのです。私の幸福は、私が生れる一年前に居なくなったんです。もしかすると私が死んだ翌くる年、やって来るかも知れませんわ。そんなものですわ」

そう言って、笑った。言葉の意味は、考えてみると暗く淋しいものだったが、その笑顔には淋しさは微塵もなく、飾棚の上に置かれた百日紅の紅白の鄙びた花の直ぐ隣で、むし

ろ大胆とさえ思えるくらいの明るく健康なものが顔いっぱいに萌えて拡がっていた。

その時、なぜか、船木淳介は酒にでも酔ったように、軽い眩暈《めまい》に襲われ、全身がゆらゆらと揺れてくるのを感じた。精神の酩酊とでも名付くべき、不思議な甘く快い発作であった。喉が渇を覚え、何か夫人に話しかけようとしたが、声は妙に喉にひっかかって、直ぐには滑り出て来なかった。

「なぜ、そんなに私を見てらっしゃるの」

言われて、はっと気付いたが、どの位の時間そうしていたのだったろうか、船木はその視線をぴたりと田宮夫人の顔に固定したまま、ゆらゆらした精神状態の中で、その視線だけはこゆるぎもさせていなかったのである。

田宮夫人の言葉をまねれば、その瞬間、船木淳介には、幸福か不幸か、はっきりとは解らなかったが、そのいずれかのものが訪れたのであった。船木自身の言葉で言えば、「神の愛が去り、それにとって替って、人間の愛が彼の頭を占領してしまった」のであった。船木にとっては、こうした経験は初めてであった。生れて初めての恋愛の洗礼であったのである。

それからそこに滞在する一ヵ月の間というもの、船木淳介には熱に浮かされているような、熱っぽい風が絶えず何処からともなく彼の顔の面に吹きつけている、不思議な時間が流れ出したのである。論文のことなどは全く彼の念頭から消えてしまった。

田宮敦夫は毎朝九時きっかりに、家の直ぐ近くの役所に出勤した。夫人の洗濯したシャツを着て、素足に下駄をつっかけて、近所に煙草でも買いに行くような、そんな無造作な出勤の仕方であった。

船木は一日中部屋に閉じ籠っていたが、午前中は机の前に坐り、午後は机の前に倒れていた。論文を書くと言って来た手前、せめて半日でも机に向かっている見せかけの恰好だけはとっていなければならなかった。彼は机の前に坐って、眼の前にかぶさっているO山の翠巒《すいらん》と向い合っていた。眼は何も見ていなかった。頭の中には、その日その日の、田宮夫人の朝食の時の一挙一動だけが、脈絡なく、雑然と詰まっていた。

箸の上げ降ろしとか、着物の袖からこぼれる白い腕の一部分とか、突然立ち上がって行く裾さばきとか、あるいは小さい表情の一つ一つとか、そうしたものが、船木の頭の中で、宝石の欠片《かけら》のように、きらきらしながら、ごちゃごちゃに詰っていた。

時間は重くのろのろと流れた。その重い時間にまるでのめり込んででもいるように、彼は何もしないで机の前にただ坐っていた。坐っているだけで、ひどく、疲れた。時々、窓の下の方から、洗濯などをしながら唄う夫人の、外国映画の主題歌などが流れて来ることがあった。そんな時、彼は息をひそめて、恐ろしいものでも聞くように、その歌声に聞き入った。

時々彼はふらふらと机の前から立ち上がる。立ち上がって何をしようとするのでもない、夢遊病者のような無目的な動作である。そうした彼の眼に、時に、半袖の黄色のセーターが、庭の樹立の青さの中で、ちらちらしていることがあった。そんな時、いつも無数の鋭い箭《や》の如きものが、彼の心臓を射抜いた。彼はその痛みに堪えかねて、机の前に坐ると仰向けに背後の畳の上に倒れた。

正午きっかりに、田宮敦夫は昼食を食べに帰って来た。おお、腹がぺちゃんこだと、そんなことを言って、縁側から上がって来る田宮敦夫の声が聞える。すると、間もなく、

「船木さぁん！」

と、夫人の声が下から一陣の涼風と一緒に聞えて来る。さぁっと色彩的な気流が、黒く澱んだ部屋に流れ込む。再び、船木さぁんと、夫人の声がする。

それを聞くと船木淳介は、顔色をかえ、机の前から立ち上がって部屋を一廻りして、取り乱してはいけない、取り乱してはいけないと、自分に幾度も言いきかせながら、床から出た病人のように、危っかしい足取りでふらふらと階段を降りて行くのであった。

田宮夫妻にも、そうした船木淳介の、ただごとでない姿が眼に映らぬ筈はなかった。

「哲学の論文を書くというのは、そんなに苦しいものですか？」

と、敦夫は言った。

「閉じこもっていらっしゃるから不可《いけ》ない。毎日、一時間位、庭で太陽に当るといいわ」

夫人は夫人で、そんなことを言った。

そうした船木の生活が十日程続いたある日、やはりそうした話題が出た昼食の席で、

「そうね。毎日午後一時間ぐらい、お庭で、御迷惑でなかったら、わたし、何かわたしに解る哲学のお講義でもして戴こうかしら。そんなことでもしないと、船木さん軀を壊しちゃいますわ」

と夫人は言った。敦夫も、その夫人の提案に賛成した。

「よかろう、哲学が終ったら、僕が日曜ごとに林学をやってやろう」

敦夫は、敦夫で、夫人の退屈がそれで紛れるというなら、願ったり適ったりと思っている風であった。

この夫人の提案を、船木はぶるぶると軀を震わせながら、長いこと考え込んでいたが、結局承諾した。

夫人と毎日庭で一時間ずつ過すことを、彼は決して望んだのではなかった。終日彼を取り巻いて流れている地獄のような時間から、たとえ一時間でも、それによって或いは逃れることが出来るかもしれないと考えたからである。

夫人は哲学の講義と言ったが、船木は詩の講義を選んだ。神の心より人間の心の方が、いまの船木には、ずっと親しい気持がしたからである。庭の槙の木の下に、籐椅子のセットを持ち出し、毎日午後の二時から三時の間、船木は田宮夫人と向い合って坐った。ボードレールから始まって、マラルメ、ヴェルレーヌ、ランボーと、フランスの象徴詩派の系

譜について、彼は前夜、夢中で調べたことを、その翌日、夫人を前にして、一人で喋った。

彼は口を動かしている間中、夫人の顔を見なかった。彼の心を射すくめようとしている日輪の如き眩しいものが、彼の眼の前に立ちはだかっていた。それを意識するや否や、彼は自分が狂い出すか、顚倒するか、いずれにもせよ、そのままでは済まされないことを知っているので、重なり合って山々の間からそれだけが霞んで見えるO連峰の中で一番遠いK山のはるかな稜線に眼をおき、フランス近代詩の包蔵する詩精神がいかに苛烈なものであり、凡そ女性的な女々しいものとは無縁であるかを、恰《あたか》も自分を叱るようなきびしい口調で語った。

夫人は大抵の場合、編みものをしながら、それを聞いていた。或いは聞いていなかったかも知れない。重要な部分で彼女は別の毛糸の玉などを取りに行くことがあったし、何一つ質問もしなかった。そして、やがて一時間近く経つと、手を休め、憑かれたような船木淳介の顔をちらりと見て、

「今日はこれまでにして戴くわ。お疲れになって?」

そんなことを言って、小さい欠伸《あくび》をして、手の甲でそれを敲き、船木の気を遠くするような軽快な動作でお茶を運びに縁側の方へ立って行った。船木には夫人の欠伸も美しく見えた。口を小さくまるめた夫人の顔を見て、人間のあらゆる表情の中でこんな可愛らしい

ものがあろうかと思った。

船木淳介の詩の講義が一通り終ったのは、船木が田宮の家に厄介になるようになってから、一ヵ月程してからだった。船木は田宮夫人に講義する、と言うより彼女を前にして自分一人で口を動かしているその一時間だけが一日の中で彼に生甲斐を感じさせる時間だった。

彼は予定していた論文の「倫論」は全くそっちのけにして、夜ごとに烈しくなる不眠の長い時間を、ただ一人の聴講生である田宮夫人に対する講義のために費《つか》った。美しい夫人のためには、彼としては少しでも自分の納得のゆかぬことは喋れなかった。喋る勇気がなかった。フランス語の辞書を引いたり、ドイツ語の辞書を引いたりして、彼は何篇かの叙情詩を訳し、そこに出てくるただ一語の意味のために、ああでもない、こうでもないと考えながら、深夜の何時間かを費した。

講義の終る日を、彼はひそかに、田宮家を自分が去る日に決めていた。それはきびしい神の掟として、犯すべからざるもののように、船木には思えた。不眠症と食欲不振のために、鏡に映る彼の顔は、自分でもはっきりそれと解るほど窶《やつ》れていた。

田宮夫妻も、そうした船木の健康を心配して、それとなく、京都へ帰り、大学で診察して貰うことをすすめていた。

最後の講義の終った時、田宮夫人は椅子から立ち上がると、いつか船木が訳したジュール・ロマンの「歌」という詩の一節を、長い講義の中でそれだけをノートしてある小さい手帳をみながら美しい明るい声で朗読した。

わが待つもの
わが望むものは
ただこの谷間の静けさのみ。
しかもわれ
この今をして
とこしえのものとせん願いもあらず

その夫人の朗読を、椅子に倚《よ》り目を閉じて聞いていた船木淳介の眼から、突然一滴ぽつんと涙が出た。一滴出ると、涙はあとからあとから、とめどなく溢れ出た。椎の枝々の茂みの下で、彼は仰向いたまま、何ものかに打たれている思いで涙が頬を伝わるに任せた。

「どうなすったの！」

それに気付いて、夫人は驚いて叫んだ。

「いまお唄いになったジュール・ロマンの詩の心が哀しいのです」

そう言うと、船木は身を起し、濡れた眼で夫人の顔を正面から見詰め、それからいつになくきびきびした動作で、自分の部屋に引返して行った。

それから半時間後、彼は二つの鞄を下げて二階から降りて来ると、急に京都へ帰ることにしたと茶の間に居た夫人に告げた。あまり、唐突なことだったので、さすがに夫人も驚いたが、夫人は船木の行動をどう取ったのか別にそれを止める風もなかった。

「わがままね、船木さん！」

少し険しい顔をしてそう言って、船木には皮肉と思われた含み笑いをした。

船木は役所にいる田宮敦夫のところに行って、急に帰ることにしたからと挨拶して、もう一度、田宮家の玄関に戻ると、送りに出た夫人の方に、一冊のボードレールの訳詩集を差し出した。

「これを差し上げます」

「まあ、ありがとう」

夫人は少し固い表情でそう言って、ばらばらと、それをめくって、その中に一枚の便箋が入っていることに気付いた風だったが、そのまま知らん顔してそれを閉じてしまった。

船木淳介が私に語った話はざっと大体以上のようなことだった。

「全く、なっていないと思うんです」

と彼は苦しそうに言った。

「その便箋というのに、何を書いたの？」

そう私が訊くと、さすがにその文面については語ることを避けたが、

「私は、奥さんが好きだということを簡単に書いたのです」

と言った。

「なるほどね」

私は自分でも解る間の抜けた愚劣な相槌を打って、

「しかし、やっぱり、不可ないんだろうね、そんなことは」

これもまた、極めて常識的な、愚劣と言うより言いようのない断定を下した。私はまた次第に自分自身が腹立たしくなって来た。天衣無縫な船木淳介の行為に較べて、低俗な常識の枠の中に入って、それと対立している自分が、ひどく愚劣に光のないものに思われて来たからである。

夜が更けているので、私は由美に床をとらせ、その晩は、二階の書斎に、船木淳介と床を並べて寝た。

疲れていたのか、船木は横になると、間もなく、軽い寝息を立て始めた。その晩は私の方が不眠症だった。田宮夫妻に船木が厄介になることを頼んだのは自分だから、この事件の責任は当然自分がその一端を背負わねばならないが、何はともあれ、早速手紙を認めて、船木淳介の為出《しで》かした不始末を田宮夫妻に詫びてやらねばなるまい、そんなことを、あれこれ考えていたのである。

その翌日、私は船木淳介のために、私の家から五、六町しか隔たっていない親戚の家の離れを借り、当分の間、そこで気を落着かせることにした。直ぐさま郊外のアパートに帰らせることは、彼のこととて、また常軌を逸した行動に出て、いつまた、丹波の田宮の家にでも出掛けて行かないものでもないと思われたからである。親戚の家の主人には、今度の事件の内容を大体知らせ、なんとなく船木の監視を頼んでおいた。

ところが、その日、全く思いがけない事件が追っかけて起って来た。と言うのは、今度は田宮夫人が家出して私の家へ飛び込んで来たのである。丁度、夕食の後片付けを終えた時刻であった。

田宮夫人も、昨夜の船木に劣らず興奮し、一見してそれと判るほど、思い詰めた顔をしていた。私は田宮夫人のこんなに美しい顔を見たことはなかった。全く別人と思われる程、両の頰は上気して若々しく、それでなくてさえつぶらな黒眼の大きい眼が、まるで少女のそれのようにきらきらと輝いていた。

「船木さんが来ませんでした？」

玄関で夫人の口から最初に飛び出したのはこの言葉であった。誤魔化しは一切許さないといった真剣な面持だった。

「来ました。来ましたけれど、もう帰りました」

「アパートへですの？」

「いや、どこか友達の家へ二、三日行くと言って出ました」

私は、咄嗟《とっさ》の場合、こんな風に答えた。なんとなく、直観で、船木の居場所を、夫人に知らさない方がいいのではないかという気がしたからである。

さあっと、夫人の顔からは血の気が引いて、みるみるうちに泣き出しそうな表情になった。

夫人は二階の書斎に通ると、暫くは気抜けしたような顔をしていたが、

「どうにかして、あの方に会える方法はないでしょうか」

と言った。それから匿しておいても始まらないと思ったのか、

「ほんとは、わたし、田宮には気の毒ですが、家出して参りましたの」

と言った。夫人は、船木淳介が突然帰ってしまった後、急に胸の中に大きい穴でもあいたように、淋しくて淋しくて堪まらなくなってしまったと言うのである。さすがに手紙のことを打明けなかったが、察するに、船木淳介の手紙を読んで、それまで眠っていた感情が一度に燃え上がったらしく、今度は彼女が田宮敦夫に置手紙して、そのまま家を飛び出して来たのであった。

「私は、船木さんが好きになったと思いますの。あの方がいなくなってから、私は初めて自分が、あの方を愛していることに気付きました」

何ものにも臆するところのない顔付きで、ぬけぬけと、そんなことを夫人は言った。

「じゃあ、御主人は、敦夫君は、一体、どういうことになるのです」

と私が口を挟むと、

「あの人も好きですわ。一緒に何年か住んだんですもの。でも、なんと言うか、船木さんによって初めて、わたしは愛情というものが、どういうものか知ったような気がするんです」

「困りますな、そりゃあ」

私はここでもまた、第三者の何にもならぬ愚劣な感想を披瀝するのほかはなかった。

夫人は私や由美と話している間に幾分気持がしずまったらしく、少し、しんみりとした口調で、

「そりゃあ、わたしだって、年下の船木さんとどうこうしようという気持は持って居りません。また、そんなことも出来ません。ただ、もう一度だけ、船木さんに会いたくて堪まらないのです」

「会ってどうするのです」

「どうもしませんわ。会いさえすれば、気持が楽になると思うのです」

それから、夫人は、船木さんが居られた時だけ、丹波の空気は澄んで居りましたの、とそんなことを、憑かれたような顔で言った。何分、夫人が興奮しているので、早く床に就けた方がいいと思って、その晩は私が階下に降りて、夫人と由美が、私の書斎に床を並べて寝た。二人は遅くまで話していたようであった。二人が話す声が、私が眼をさます度

に、いつも、河の流れの音か何かのように、いやにひそひそと二階から聞えていた。

翌日、夫人を混じえて私たち三人が、朝食を兼ねた昼食の膳に向かっていると、

「ごめんなさい」

と言う声がする。

「あら、来たわ」

と田宮夫人ははっとしたように箸をおいた。私が出てみると、なるほど、田宮敦夫が、気のせいかこれも少々興奮している面持で玄関に立っていた。

「家内の奴、来ていないかい」

と彼は私の顔を見るなり言った。

私は、やれやれと思いながら、田宮敦夫をそのまま二階の書斎に招じ入れた。彼は昨夜の最終の汽車で丹波を立ち、途中の駅で一泊して、今朝一番でここへ急行して来たのであった。

「驚かされちゃうよ、全く、災難という奴はいつ来るか判らんね」

そんなことを言って、彼は落着きなく笑った。

「君のところは恋愛結婚じゃあないのか」

「そうなんだ！」

「それに？」

「それに罅《ひび》が入っちゃうんだからね。なんの前触れなく、ぱちんと割れちゃう茶碗があるだろう。丁度、あんなものなんだね。君のところも気を付けろよ」

田宮は、少しも暑い朝ではないのに、しきりにハンケチで額の汗を拭きながら言った。

暫くすると夫人が、彼女は一晩寝て起きたので、すっかり落ち着きを取戻した顔をして現われた。

田宮は夫人の入って来るのを見ると、いきなり、

「会ったか？」

と訊いた。

「ううん」と言うように首を振って、

「御主人が会わして下さらないの」

と夫人は言った。

「厄介だね、とにかく――」

いかにもげっそりした顔で田宮が言うと、

「だって！」

と夫人は答えて、

「これ、気持の問題だから仕方ありませんわ。あなたに、なんと言われても」

いつか船木の魂でも乗り移っているように、少し悲しげに、しかし、微塵も妥協はしな

いといった昂然たる表情で夫人は言った。

「それは、そうだが」

と、むしろ田宮の方が受太刀だった。

「わたし、昨夜考えたんですが、やっぱりわたしは、ほんとに好きになっていると思うんです」

「困るね」

「私だって困るわ」

「まあね、そりゃあ、男の俺だって好きになるんだから」

「困るな。変な同感しては」

と横から私は口を挟んだ。

「だが、実際いい青年だよ。頭はいいし、第一全体に汚れというものがない。女の人は夢中になるだろう」

田宮敦夫は言った。言葉は一向深刻でないが、顔はさすがに、いつもの、のっぽな田宮に似ず深刻なものを持っている。

「奥さん、とにかく、船木君と会うなんて了簡は棄てて、御主人とお帰りになるんですな」

と、頃合を見計らって私は言った。由美にも何か喋れと眼配せしたが、由美の方は黙っていた。

「でも」

　と夫人は初めはためらっていたが、終には、到頭、

「帰ってみますわ、わたし、苦しいけど」

　と言った。

「直きに忘れるよ」

　と、やっと愁眉《しゅうび》を開いたように田宮が言うと、いきなり、

「お解りにならないわ。貴方には」

　と、ぴしゃりと夫人が言った。

　船木淳介に劣らず、やはりこれも一種の美であるかも知れない不思議なものを持っている田宮夫妻を、私たち夫妻はその晩、東山の小さい料亭へ招待した。

　その料亭で食事を済ますと、久しぶりで四人揃って、私たちは四条通りの夜の雑沓の中を歩いた。その時、田宮夫人が「ホアローズ」という喫茶店ありますの、あったら行ってみませんかと、私にだけ聞える声で言った。

　ホアローズという喫茶店のことは、私も何回か、船木の口から聞いたことがあった。レコードのいいものを集めてあって、船木はよくそこへ行くらしかった。私は、夫人がどういうつもりで、そんなことを言い出したか知らなかったが、恐らく彼女も船木の口からそ

の店のことを聞いていて、四条へ出たので、それを思い出したものと思われた。

私たち四人は、そのホアローズという小さい店に入り、卓の四方を囲んで珈琲を飲んだ。そこでは夫人は別段変ったこともなく、みんなのお喋りの仲間入りをしていた。

その店を出ると、私たちは又暫く町をぶらついた。私と田宮とが並び、少し離れて由美と田宮夫人とが並んで歩いていた。

田宮がショーウインドーで見付けた髯剃のブラシを買うのだと言って、一軒の店に入って行った時、私は彼をその店先で待っていた。

その時、ふと気が付いて見ると、四、五間離れた雑沓の中で、田宮夫人は蹲《うずくま》るようにして、顔を両手で押え、舗道の横の方で屈み込んでいた。由美がその夫人を覗き込んで、何か声を掛けている。

私が何事が起ったかと思って近寄って行くと、その時夫人はつと立ち上がった。そして由美に何か言ったが、その言葉の中で、

「わたし、辛いわ」

という一語だけが、耳に入って来た。はっとするような、妙な哀切な響きをその言葉も、その時の動作も持っていた。路傍に屈み込まなければならぬ程の辛さが、真実、夫人を襲っているのかと思うと、田宮の所謂なんの前触れもなく彼の家庭に入った罅《ひび》が、その時、私には妙に深刻なものとして胸を打って来た。その時、

「高いけれど危いもんだな、このブラシも。いかなるブラシも首が抜けちゃうんだからね」

と言いながら、田宮が近付いて来た。勿論私は、田宮に何も話さなかった。そして、私は又田宮と並んで歩き出した。

田宮夫妻は、その翌日、丹波へ帰って行った。私は二人を京都駅まで送り、ともかく、突然、田宮一家を襲った颱風も、どうやらこれで、次第に風速を減じて、すべては時間の問題で、やがては消滅してしまうものと思った。

その後、船木はあまり私の家へは寄り付かなかった。私も由美も勿論、田宮夫妻が相次いで京都へ出掛けて来た事件は船木には全然知らせなかった。

船木自身は私の家へ来なかったが、彼の動静は、船木を預けてある親戚の、今年十八歳になる娘の真弓が、毎日のように、私の家へ遊びに来たので、彼女の口から聞くことが出来た。

「一日中机の前に坐っているから本の虫かと思ったけど、結局、なんにもしていないようよ。母さんが御飯知らせに行くと、黙って母家《おもや》に来て、黙って御飯食べて、黙って帰って行くの。掃除をする頃になると、いつか、すうっと部屋を出て行って、掃除をしちゃうと、いつの間にか、又帰って来るの。変ってるわ」

と真弓は言った。ある時、由美が庭からコスモスの花を採って来て、

「これを船木さんの部屋へ飾ってお上げなさいよ」

と、真弓に言うと、彼女は、ちょっと思案して、

「きれいと思うかしら、あの人！」

と言った。

真弓の父親からの報告によると、船木淳介は依然として田宮夫人への思慕の情を断ち切れないらしく、食欲不振と不眠症で、健康も思わしくない様子だった。

ある日、散歩帰りに、珍しく船木が私の家へ顔を現わした時、私はいっそ一、二年郷里の北海道に帰り、両親のもとで静養してみたらどうかと勧めてみた。その時、船木は、考えてみますと言っただけで、私の申出を承諾も拒否もしなかったが、それから二、三日してから、突然、何事かを感ずるところがあったらしく、私を訪ねて来て、

「学校も一応退いて、郷里へ帰ることにしました」

と言った。この時だけ私は、この若い哲学専攻の学徒に、いじらしいものを感じた。

「学校まで退かなくても」

と、傍から由美も言った。

すると、船木は由美の方に顔を向けて、

「田宮さんの家へは、ここから五時間かからないのです。前夜、決心すれば、翌早朝には

向うへ行ってしまうでしょう」

そんなことを言って自嘲的に顔をゆがめた。私は毎晩のように彼がそうした烈しい誘惑と闘っているのであろうかと思って、少々、不気味な気がしないでもなかった。すると、そうした私の心の中を、直ぐ見抜いてしまったのか、船木は今度は私の方へ顔を上げて、

「でも、大丈夫ですよ。僕は絶対に、そんな莫迦なことは為出《しで》かさんでしょう。それだからこそ、苦しんでいるんです」

と言って、弱々しく笑った。病的とさえ思われる程の直感の鋭さも、私には不気味でもあり、多少不快でもあった。

船木淳介の送別会は、十月の初めに私の家で開かれた。船木が丹波の田宮の家から帰って来てから、一ヵ月程経っている。

船木と私と由美のほかに、真弓も一座に加わって、由美と真弓の手料理の並んだ食卓を、四人は囲んだ。船木が東大講師をしている旧友のSの紹介状を持って私の前へ現われたのは三月の終りだったから、丁度半年経過しているわけだが、つい昨日のことのように、私には思われた。

この送別会でも、小さい事件が一つ起きた。少しばかりの酒に酩酊した船木は、突然、ジュール・ロマンの「歌」の一節を朗読し出したが、途中から少し調子が変だと思ったら、彼の眼からは涙が流れ落ちていた。途中で船木は二、三回、声を呑んで、その度に朗

読は途切れたが、それでも全部を朗読し終ると、

「これを朗読した時の田宮さんの奥さんの声は、凄いほど美しかったです」

それから、

「もう一度聞いてみたいなあ」

と、いかにもしみじみとした調子で言った。

「もっと召上がれよ」

由美がウイスキーの瓶を取上げると、船木は端坐したまま背広の袖を眼に当てて、そして、かしこまってグラスを取上げた。横からそうした船木の仕種《しぐさ》を見ていると、学生というより、少年の持っているような清潔さが感じられた。

「船木さんの送別会なんだから、わたしも頂くわ、あなたも十八なんだから、少しぐらい構わないわ」

そんなことを言って、真弓にウイスキーをすすめる由美は、珍しく眼の縁を少し赤くしていた。私も、今日は船木のために酔ってやろうと思った。

暫くして気付いたのだが、いつか、座には真弓が居なくなっていた。どこへ行ったのかと不思議に思って、私が廊下に出てみると、長い廊下の突当りの暗い隅に、真弓は壁の方を向いて立っていた。慣れないウイスキーを一、二杯飲んでいたので気分でも悪くしたのだろうと思って、私は座敷に戻ると、由美に行ってみてやるように命じた。

「どうしたんでしょう」

由美は部屋を立って行った。暫くすると、真弓と由美の二人は玄関から戸外へ出て行った様子だったが、十分程して、由美だけが帰って来た。

「真弓さん、気持が悪いらしいので、家まで送って来ました。ウイスキー勧めていけなかったかしら」

と、由美は言った。

船木淳介が北海道へ向けて発った翌日の晩、私は徹夜で翻訳の仕事にかかっていた。本州の中部に上陸しかかっていた颱風は、進路を変えて本州へは上がらないで反れてしまったが、そんなことのためか、十月の初めだと言うのに、冬のような異常な気温の落方だった。私はその晩単衣の上にセルを重ねて、机に向かっていた。十二時頃、お茶を持って来た由美が、

「この間、船木さんの送別会の夜、真弓さんが廊下に立っていたでしょう。あれ泣いていたんですよ」

と言った。

「泣いてた？」

「鈍感ね、男の人って。あんなことが解らないんだから」

と由美は言った。

あの時由美は、真弓が泣いているので、戸外へ連れ出して、理由を訊いてみると、初めは、

「ただ、悲しくなったのです」

の一点張りだったが、そのうちに、船木淳介に対するひそかな思慕が彼女の少女らしい感傷をゆすぶっていることが解ったという。

「あれ、嫉妬なの。船木さんが田宮さんの奥さんのこと思って涙を流したので、急に悲しくなったのね」

「ほう、あの子が！」

私は全く信じられぬ気持だった。

「訊いてみると、一ヵ月程、船木さんが離れにいる間、朝晩、黙って挨拶するだけで、話をしたことは一回もなかったのですって」

そう言えば、送別会の席でも、四人はいろいろとお互いに喋り合っていたが、真弓と船木とが直接に言葉を交わしている情景は思い浮かべることは出来なかった。

「だけど、その間に、真弓さん、猛烈に、船木さんが好きになっちゃったらしいの。片想いね」

「ふうむ」

と、私は思わず唸った。

「見かけによらないね。まだ少女じゃあないか」

「少女っていってても十八ですもの。初恋だわ」

と、由美は言った。

「真弓のことも田宮夫人のことも知らないで船木淳介は行ってしまったというわけだな」

「そりゃあ、真弓さんのことは知らないでしょう。でも田宮夫人のことは知っているんじゃあないかしら!」

「どうして!」

「どうしてって!」

その由美の表情には、微かな笑いが漂いかけたが、直ぐ消えてしまった。その時の感じで、私は、あるいは由美が田宮夫人のことを、船木に、彼の発って行き際に駅ででも告げてやったのではないかと思った。それなら、それは又それでいいと思った。

「船木淳介は到るところに波紋を投げかけて行ったたな」

私は感慨を籠めて言った。

「そうよ。あの人、魅力あるんですもの。肉体なんて全然持っていない男性の魅力かしら? 田宮夫人じゃあないけど、あの人が居なくなったら、この辺の空気が汚れて来たわ。わたしだって、あの人が居なくなってから、あの人が好きだったこと解って来ました!」

終りの方は口調までそっくりいつかの田宮夫人の言葉をまねて、由美はこう言うと、後はさも可笑《おか》しそうに、今度は声を立てて笑った。私も思わず一緒につられて笑いかけ、ふと、由美の顔を見た。由美は笑っていた。しかし、気のせいか、由美のその笑いはいつもと少し違うような気がした。由美の言葉も、十の中、九つが冗談で、残りの一つぐらいは、あるいは真実であるかも知れない。なぜかそんな気がするのであった。

その夜、夜更けてから私は仕事を終って、疲れた頭を休めようと窓を開けて、暗い夜空を仰いだ。颱風のせいか、雲一つなく、いやにれいろうとした感じで少々青味を帯《お》んで澄み渡っている空を、星が一つ、長い光の尾をひらめかして流れた。流星と船木淳介の間に、いかなる関係があるか知らないが、私はその星が忽焉《こつえん》と消えた暗い虚空の一点を見詰めているうちに、ふと船木淳介のことが思い出されて来た。そして妙にしみじみとした気持で船木淳介もまた今頃は津軽海峡を渡っている頃だと思った。私からも、由美からも、田宮夫妻からも、そして真弓からも遠ざかりつつ、彼がいずくかに疾走しつつあることだけは事実だった。

雷雨

その日魁太は山葵《わさび》沢の仕事を休んで、息子の啓介の黒い背広を着て、村役場のある部落まで、山を切り開いて両側に赤土の山腹が露出している新道を下って行った。途中で、玄一郎の乗っているバスが着くまでにもう殆ど時間がないと思ったので、部落の境の土橋のあるところから、道を小学校の裏手に出る山沿いの間道に取った。間道に入ると、狭い道一面に生い繁っている夏草の朝露が、洋服のズボンの裾と、これも啓介のもので少し魁太の足には大きい靴をびっしょり濡らした。

小学校の裏手から再び広い新道に出ると、ここからは役場まで三、四町の距離である。役場の隣がバスの停留所になっていて、昨日此処から四里程隔たった温泉部落に泊まった西尾玄一郎の一行が今朝一番のバスでそこに着く筈であった。

新道へ出ると、魁太は三人の村人に出遇った。彼は何十年来の習性で、村の誰にも絶対に自分の方から挨拶をするということはなかった。憎まれながらもそれで通っていた。父っさん、早いなと、山仕事へ出掛けるらしい青年が声をかけた。玄一郎が来るそうでなと、魁太はその方は見向きもしないで答えた。次に遇ったのは、畠にでも見廻りに行くらしい電気工夫の次郎だったが、魁太は平生ならこの中年の独身者には大きく頷くだけで相手を黙殺してしまうのだが、今日は、玄一郎が来るそうでなと同じ事を答えた。

三番目は学校の横手の宿舎に住んでいる小学校の若い教員だったが、魁太は、孫の一人が世話になっている手前もあって、玄の野郎が来るちゅうから出迎えんばなるまいと思っての、と彼としては幾分丁寧に答えた。教員は、魁太の言う意味が直ぐには解りかねたらしく、え？　といった風に魁太の顔を見た。

「玄の奴よ、西尾玄一郎よ。あいつは小学校の時は俺と同じ学年でな、出来ん奴だったが、現在は豪物《えらぶつ》になっとるそうじゃで、顔を拝んで来るべと思ってな」

と、魁太は言った。その言葉で若い教員は初めて魁太の言うところを諒解したらしく、

「そうそう、今朝だったね、西尾さんの来るのは。たいしたもんだな、あのくらいになると――」

「たいしたもんか何か知らんが、墓参に十年も来ん了簡じゃ」

意地悪く魁太は眼を光らせた。そして、

「勉強せえや、お前さんも、人間豪くなったもんが勝じゃ」

そう言い棄てて、教員の方に、それが彼が村の誰からも嫌われる原因の一つになってい

る横柄な一瞥を与えると、又歩き出した。

口ではそんな事を言っていたが、今朝の魁太は、この村から出た有名な地質学者西尾玄一郎に、いつも程の敵意を感じていなかった。といって、他の村人のように、西尾玄一郎を郷土の誇りのように思い込んで、その十余年振りの帰国を大騒ぎして迎える気持は勿論持っていなかった。よし俺もひとつ玄一郎に会ってやんべ、どんな顔をしおるか、だが、俺は他の村の奴等とはわけが違うんだぞ、あまり調子に乗るなよ、そんな気持だった。

しかし、魁太はもともと理学博士の西尾玄一郎を敵視するなんの根拠も持っているわけではなかった。大体西尾玄一郎がいかなることをしている学者であるかも、その仕事がどんな価値を持っているものであるかも、魁太にはてんで見当がつかなかった。六十八歳のこの年になるまで、特にこの人物にもその仕事にも関心を持ったことはなかった。なんでも東京に出て大学の豪い先生になっているという噂を、何十年も前から、極《ご》く時折耳にして来ただけの話である。どうせ先生なんかしていちゃあ、さぞ金には縁がなかんべ、そんな風な言葉で、そうした噂の出る度に、多少彼の名声にけちを付けて来ただけである。しかし、けちを付ける度に魁太のけちの付け方が露骨になって行った事は事実である。なぜ自分の気持がそうしたことになるか魁太自身にも解らなかったが、ともかく魁太の西尾玄一郎に対する反撥的感情は年を経るにつれて少しずつ烈しさを加えて来た形で、謂ってみれば、それは魁太の生涯を通じて徐々に形成され、その深さを加えて来たものであった。

しかし、魁太が西尾玄一郎にはっきりと敵意のようなものを感じ始めたのは終戦後のことである。終戦後、西尾玄一郎の人物や業績が急に新聞や雑誌などでやかましく言われるようになり、文部省や新聞社などから立て続けに大きく表彰される機会を持って、彼が大学者としての風貌を急に社会の表面に現わして来るようになってからのことである。自然この村でも西尾玄一郎の名が魁太の耳にも入ってくる度数は多くなり、村の集会の席などでも一度や二度は必ず西尾玄一郎の名が飛び出して来るようになった。その頃から魁太の心のどこかには、今までなんとなく流れていた反撥的感情が幾分形を整えて大きく成長して、西尾玄一郎の名声を苦々しく思う、一種の憎しみの感情へと移行し始めたのである。そうした彼に対する敵意が、一体何に根差し、どこからやって来るか、魁太自身にもはっきりとは解っていなかった。

大体西尾玄一郎に対して、魁太が他の村人と違うところは、魁太がこの村で西尾玄一郎の幼少時代を一番よく知っている人間であるという一事以外、別段これと言って何ものもないようであった。まだ日清戦争の起る前だから明治二十四、五年頃であったろうか、魁太は村の小さい小学校へ、二年程の短い期間だったが、玄一郎と一緒に通ったことがある。

おめえら知るめえが、玄一郎の父親というのは渡りもんでな、こんな風によく魁太は言うが、実際にその当時西尾玄一郎の一家は、半島の中央を横断しているA山脈を隔てて、丁度この村と対蹠的な位置にある小さい山村からこの土地へ移り住んで来たのであって、昔からのこの土地の人間ではなかった。玄一郎の両親はこの村へ来ると、雑貨屋を始め、その商売が当たって土地も買い家も建てたが、最初父親が胸を悪くしたのが始まりで、この土地に来て五年程の間に、玄一郎を除いて四人の家族がばたばたと死に絶えてしまった。

魁太が玄一郎と小学校で机を並べたというのは、既に父親が亡くなり、母親がぶらぶらしていた頃であった。玄一郎は三年の時にはもう孤児となって、その頃ここから十里程離れた町場で芸者屋か何かをしていた母方の親戚の方へ引き取られて行ってしまったので、魁太と玄一郎の幼い交際も僅か小学校一年、二年の極く短い期間のことである。

その小学校の頃、魁太や玄一郎の学級は男女合わせて二十何人かあったが、成績は魁太がずばぬけてよかった。窓に障子のはまった板敷の部屋に、寺子屋式の長い机を並べて、その前に生徒たちは並んだが、玄一郎はいつも一番前の片隅に居た。魁太の記憶によると、玄一郎は成績も下の方で、なんの取柄もない青ぶくれの不健康な少年で、汚らしい縞の着物を着て、兵児帯《へこおび》をしめないで、藁草履のすその切れたのをつっかけていた。兵児帯をしめていないのは玄一郎だけだった。

町場の親戚へ引き取られて行った玄一郎が、次にこの土地へ姿を現わしたのは、それから五、六年後のことで、玄一郎は中学の制服を着て、伯母に当たる人とやって来て、もと玄一郎の一家が住んでいた隣家の駄菓子屋の二階に泊まり込み、そこで玄一郎の両親や弟妹たちの法要を行なった。この時は、後で、村などでは想像もつかぬその法要の簡単さが、半ば悪口の形で喧伝されたが、その時魁太はその噂を聞いただけで玄一郎とは会わなかった。

その次に玄一郎がこの村へやって来たのは、更に数年経ってからで、玄一郎は大学の制服を着て角帽を冠り、この部落の渓谷にある鉱泉宿に四、五泊していた。この時も、魁太は後でその話を聞いただけで玄一郎とは会わなかった。

それからさらに何年かしてから、玄一郎はこの村へやって来た。今度は一人でなく、ひどく派手な服装をした若い女といっしょだった。それが玄一郎の細君であることは、彼等の泊まっていた鉱泉宿に招かれて、披露の意味を含めた夕食の御馳走になった二、三人の村人しか知らなかった。その村人も現在全部死に絶えている。その玄一郎の新婚旅行の時、魁太は十数年振りで玄一郎に会った。渓谷へ降りて行く坂道の途中だった。魁太は玄一郎が来ているという噂を耳にしていたので向うからやって来る若い二人連れが玄一郎たちであることはすぐ判ったが、擦れ違っても声はかけなかった。向うでも知っているのか、知らないのか、その時二人の眼は同時に魁太の方を射たが、それは路傍の石にでも注がれるような無関心な眼の感じで、すぐ外された。そして、

「静かだなあ」

と言う玄一郎の声とそれに何か答えている女の声が、ひどく突き放されたような遠さで魁太の背後で聞こえた。

それ以後は、大体数年おきぐらいに一回の割で、忘れられた頃彼は妻子と共にこの村へ姿を現わしていた。いつも、昔の鉱泉宿が大きい資本で改装された渓谷のホテルに泊まっていて、村人とは話もしない風であったが、彼が去ってから、なんとなく彼が来ていたという噂が村にひろまるのが常だった。難しい書物を鞄いっぱい詰め込んで来て全部読んで帰ったとか、大学生が何人もお供について来たとか、両親の墓石を建てたが、何年もほうっておいたくらいだからひどく貧相なものだとか、その度に雑多な話題が、いつも彼が居なくなってから村人の間に伝わった。

今度の玄一郎の帰省は十数年振りであった。この十数年の間に完全に玄一郎は知名な学者になっていた。その反対に、魁太の方は、四十代に持って生まれた狡猾さと多少の才気で築いた小金をその後思惑の木材事業で全部使い果たし、吝嗇《けち》と傲慢さだけを残して無一物になっていた。もともと、親戚の所有だったものを誤魔化して自分のものとした椎茸山のお蔭で、一時は少しは生活のゆとりも出来たが、それも終戦後は人手に渡り、父から譲られた山も田畑も大方は売り払っていた。

今度の玄一郎の帰省が伝えられた時、魁太はなぜか烈しい憎悪をこの幼友達に感じた。文部省の役人やら、多勢の学者たちが、玄一郎のお供でやって来るそうだと聞くと、その仰々しさが、何か腹に据えかねる思いだった。新聞によれば、近頃いろいろな意味で学界の各方面の問題になっているA山脈を地質学的に調査するのが、玄一郎およびその一行の目的だったが、

「何をするか知んねえが、村にはびた一文も落ちまいに」

と、玄一郎の噂が出る度に、魁太は毒のある口調で言った。しかし、その言葉はそのまま魁太自身に撥ね返って来るだけで、村人にはなんの反応も示さなかった。魁太の言葉で言えば、芸もねえことであったが、村人の多くは、この村から出た著名な老学者の顔を、自分たちの同村人として眺めることに大きい期待と、ただそれだけで充分の満足を持っているようであった。

しかし、この魁太にふと玄一郎に何十年振りかで会ってみようかという気持を起させたのは昨日の夕方のことである。僅かばかりの村税のことで、負けなくてもとんとん、万一負ければそれだけ得だというつもの了簡で、彼は役場へ文句をつけに出掛けたのであるが、その時役場の吏員の一人から玄一郎が山の北斜面のあちこちに散在している俗に崩場《くんば》と呼ばれている何ヵ所かの山崩れの跡を調査するために来るのだということを聞いて、魁太は異様な気がしたのであった。

「崩場見て何にするだべ」

彼はそう言いながら急に心がしんとなるのを感じた。六十年前の幼時のことが、この時

どこからともなく魁太の心の中に蘇って来たのであった。玄一郎と二人で、粘土を取るためにA山の何ヵ所かの崩場を次から次へと経めぐった日のことが、茶碗の破片でも陽に輝いているような、そんな遠い冷たいきらめきで思い出されて来たのである。K川の流れに沿って湿った落葉を敷き詰めてある細い道を、二人の小さい足は藁草履の音を立てながら、その崩場の一つを目指して歩いて行った。川幅いっぱいに散らばっている沢山の石を跳んだり、川瀬を渡ったり、土手を攀《よ》じたりして、村人さえめったに行かぬ奥山の崩場の白い粘土に二人の魂は吸い寄せられて行った。白い粘土を取ると、それをまるめて手拭の端に包み、こんどはそれをぶらぶらさせながら、二人の魂はさらに赤い粘土を持っている次の新しい目的地に吸い寄せられて行く。

　粘土は、いつも渓流に沿った崩場の、その断層の広い斜面のどこか片隅の一ヵ処にひっそりと匿されてあった。多くは流れの水面とひたひたな位置を占めて、そこだけが小さい祠《ほこら》のように奥深く掘られてあった。子供たちの眼には、そこは何か神聖な場所のように見えた。指や爪の跡をつけて一握りか二握りの粘土を削り取ると、いつも神域を犯したものの怖れが、掌の冷たさと共に身内に伝って来た。手を水で濡らし、指跡で荒れた粘土の壁面を水平にならすと、子供たちはその場を一刻も早く逃れたい気持で立ち上がる。そして、目的を果たした満足感と故知らぬ冒瀆感の混じった不思議な気持で、決まって急に高く聞こえて来る川瀬の音の中を、いなごのような敏捷な動作で石を跳び越え跳び越えその場所から遠ざかって行く。

そうした遠い記憶の中にある日が秋の日であったか冬の日であったか、いまの魁太には思い出せない。それればかりでなく、それが果して一日の出来事であったか、よく考えてみると、それも甚だ怪しい。それぞれの崩場に出掛けた日が、それぞれ別々の日の事であったかも知れない。しかし、いずれにせよ、魁太には湿った落葉の路を踏んで行くその時の冷たい踵の感触が、川瀬の音にまじってはっきりと思い出されて来たのであった。

西尾玄一郎の調査が崩場に関係があるということを耳にした時、魁太は初めて玄一郎にある親しみを感じた。自分より背の低かった貧しげな青ぶくれの少年の六十年後の姿に、魁太はふと会ってみたい興味を感じた。実際は一度、三十歳ばかりの玄一郎に渓流へ降りて行く坂道の途中で会っているのであったが、その時の短い出会いは、いまの魁太の玄一郎に対する思い出の中では、そこだけが何か異質の夾雑物のような感じであった。魁太の心の中では玄一郎の思い出は、直接に遠い六十年前の幼時に繫がっているのであった。

「よし、逢って来てやるべ」

それこそ彼の口癖の言葉で言えば、一文にもならぬ芸もないことだったが、魁太はその日、敵意とも懐しさとも彼自身区別のつかぬ落ち着かぬ気持で、六時半に家を出て、七時の一番バスで村に着くという西尾玄一郎の顔を見に山道を下ったのであった。

魁太が新道から広い往還に出た時、丁度半町程先の停留所には玄一郎の一行の乗っているバスが到着したところらしく、いつになく村の者が三十人程バスを取り巻くようにして人垣を作っていた。停留所と小さい広場を隔てている向うの役場からも、数人の人たちがばらばらと駈けて来るのが、魁太の眼に映った。

魁太はそこに近付いて行くと、路傍で次々にバスを降りる人たちを見守っている村の人たちの群れに入った。バスから降り立った玄一郎の一行は十人程だった。村長と小学校の校長が、一行の中で主だった人物らしい三、四人の者に附き添って狭い待合室に入って行った。その中に玄一郎も混じっているらしかったが、魁太にはそれらの人の背後《うしろ》姿しか見えなかった。

一行のその他の連中は待合室の入口にかたまって立っていた。学生服を着た二人の青年の手によって、種々の形をした鞄が十数個バスから降ろされると、待合室の入口の凝固土《コンクリート》の上の一ヵ所に堆く積み上げられた。そしてそれらの荷物から一間程離れた所に、六十年配の女と二十ぐらいの立派な洋服の娘が立っていて、こんな時にはいつも出しゃばる山葵組合の沢井と郵便局長の村山が、何かしきりにお愛想を言いながら二人の女性の相手をしていた。

魁太はバスから降りる玄一郎に、やあ、お前さんが玄一郎さんかい、どうもお互いに年をとったなあと、そんな調子で話しかけて、村の連中に少しかちんとしたところを見せてやるつもりだったが、ひと足違いで玄一郎はバスから降り立っていたし、それになんとなくその場の混雑した雰囲気に押されて、人垣から脱け出して一行の居る待合室の方へ出張って行けなかった。

「一番先に待合室に入ったのが玄一郎かな」

魁太は誰にともなくちょっと周囲を見廻して声をかけた。玄一郎と呼び棄てにしたのでそこに居た大工の留が驚いて振り向いたが、魁太だと知ると、

「そうらしいの」

と言った。

「あの女子らは誰じゃい?」

「奥さんとお嬢さんじゃあねえかな、玄一郎さんのよ」

と、今度は役場の小使の内儀《かみ》さんが言った。魁太もそうではないかと思っていたが、玄一郎が妻子を同伴して来るということは彼の予期していない事であった。そして全く予期しなかったこの二人の女性がそこにいることが、妙に余計者にでも割り込まれた感じで、玄一郎に近付いて行こうとする魁太には邪魔に感じられた。

魁太は暫くそこに立ったまま、待合室の方を窺っていたが、

「どれ挨拶なとしてくべ」

と言って、自分でも意識できる不遜な顔つきで、幾分肩を張り気味にして、空のままで

そこに停まっているバスをぐるりと一廻りして、待合室の入口のところまで行った。その時、去年村に来た駐在所の巡査が、魁太を見ると、丁度いい所に来たといった風に、

「おい、父っさん、お嬢さんの鞄をお取りしてくれ、そこの下の方になっているそうだ」

そう言って、荷物の積み重ねられている方を顎でしゃくると、自分は忙しそうに事務所の中へ入って行ってしまった。

魁太は、もともとこの駐在が赴任した時から虫が好かなかった。相手が酒飲みならさしずめ一升下げて行ってくだを巻くところだが、全然この若い巡査は酒を飲まなかった。魁太は道で遇った時、わざと相手にも判る仕種でつんと思いきって横を向くのが、せめてものこの新顔に対する腹いせであった。

「どれか、おらあ、知らねえ」

魁太は少なからず自尊心を傷つけられて言ったが、肝心の相手の駐在の姿はもうそこにはなかった。

「おじさん、これよ、すみません」

と、はっとするような美しい声といっしょに、娘の顔がその方に上げた魁太の顔とぶつかった。いやにぱちりとした、仕掛けでもありそうな綺麗な眼をしている。彼女は鞄の山の下の方に顔を少し覗かせている小さい、なるほど女持ちらしい赤いスーツケースを魁太に指し示すと、次の瞬間はもうそれはそれで済んだというように向うを向いて、一行の中

の一人の青年と屈託なく話し出した。

魁太は仕方ないので一つ一つ荷物の山を崩して、その傍に別の山を作り、言い付かった鞄を取り出すと、その娘の方に持って行って、これかねと言いながら差し出した。

「あら、すみません」

娘は機械的に言ってそれを受け取ると、その場にしゃがんで膝の上でそれを開くと、ハンケチを一枚取り出し、それから直ぐぱちんと音をさせて鞄を閉めた。そして、つと立ち上がると、

「すみません」

そう言って鞄を再び魁太に渡した。渡したと言うより、気付いた時魁太はその鞄を持たされていたのであった。すみません、すみませんと言いくさるが、無礼な娘だなと魁太は思った。が、その割に、この娘の態度に腹が立って来ないのが、魁太自身不思議だった。

魁太はその鞄をいま自分が積み上げた荷物の山の上に置くと、初めてそこで待合室の内部へと視線を投げた。内部は暗かった。明るい外光に慣れた魁太の眼には、そこには何か雑然と何人かの人間がいるだけで、誰が誰か全然区別が出来なかった。

が、暫くそうしているうちに、やがて魁太の眼に、奥の取付けのベンチの一隅に、少し股を開き加減にして腰を降ろしている一人の痩せた老人の姿が見えて来た。上品な白髪の老人だった。その老人は、彼の前に立って身を屈めるようにしてしきりに何かを話してい

る村長と校長の方に無表情で頷きながら、その視線は二人の体と体の間からこちらに注がれていた。

魁太はその場に突っ立ったまま最初玄一郎の視線が自分に注がれているのだと思った。そう思うのが無理ではない程、その視線はじろじろと魁太の顔から胸部へ、胸部から足許へ、そして又上に上がって魁太の上半身へと、短い時間の間隔で移動した。そして二度目に玄一郎の眼が魁太の眼とぶつかった時、魁太は思わず待合室の内部へと二、三歩踏み込んだ。その老人の視線は、魁太にとって、確かにこの世で最初のものではなかった。いつか何処かで、魁太が自分の額の上に感じたことがあるそれと同じ親しい感じのものであった。

玄さん——そう呼びかけたい衝動を感じながら二、三歩その方に近付いた魁太は、しかし、すぐ立ち止まった。老人の眼が魁太の顔からいやに素気なく離れると、すうっと上に上がって、待合室の壁面の上の方に掛けてある旅館のポスターの一枚に注がれたからである。

しかし、その時まだ魁太は、一瞬間前その老人の視線によって、突然自分の体内に呼び起された電流のような生暖かい甘美な感情に押し包まれていた。従って彼の表情は、眼許と口辺において筋肉が少しだらしなくゆるんでいた。

魁太は思い切って更に二、三歩老人の方に近寄って行った。が、玄一郎の視線は依然として魁太から外れたままで空間の一点に固定していた。そして、それが急に動いたかと思うと、彼はゆっくりと立ち上がって、誰にともなく、

「まだかな」

と、静かな声で言って、散歩でもするように、そこらを歩き出した。そして突っ立っている魁太の横を擦り抜け、五、六歩行くと廻れ右して、又魁太の横を通って、向うへ歩いて行った。魁太は、口を少し開け、その老人の動く方へ視線を廻していた。

待合室の隣の事務所から隣村の停留所へ自動車の交渉をしている係員の声が、珍しくかん高く聞こえていた。今朝こちらに廻る筈の二台の自動車《ハイヤー》が、何かの手違いで昨夜四里程先の温泉場へ行ったまま向うの車庫へ入ってしまったらしく、そのために係員はひどく周《あ》章《わ》てている風であった。

三人の停留所の女の従業員が、盆の上に番茶を注いだ茶碗を載せて入って来て、それをその場に立ったり腰かけたりしている人々に手渡して歩いた。玄一郎はいかにも温和な老学者らしく柔和な表情で、自分の前に来た女の従業員の方に軽く手を振って要らないと答えていた。その時ちらっと老人の頬をかすめて走った表情が、やはり魁太には見覚えのあるものだった。

「さあ、用のない人はみんな出て下さい」

待合室の中に幾人かの村人が紛れ込んでいるのを見ると、校長は両手を拡げて、それら

の人を押し出すようにした。四、五人の人間がぞろぞろと待合室から出て行った。

「さあ、あんたも出てくんな。先生がお疲れになる!」

魁太がふと気が付くと、その声ははっきりと魁太自身に向けられているのであった。

「わしは玄一郎さんの迎えに来たんじゃ、同級生だでな」

魁太は、思わずむっとして言った。そして、校長の顔がちょっと魁太の処置に思い惑っている風なのを見てとると、

「玄さんとは幼馴染じゃ、先さまもよう覚えとろうに!」

と言った。その魁太の持前の棘のある言葉は明らかに校長を刺戟したようであった。

「先生は、いま着かれたばかりだ。みんな、私用は遠慮して貰っている。文部省の方も居られるしな」

それから半ば体で押し出すようにして、校長は魁太を待合室の外部まで後退りさせた。待合室の外に出されると、魁太はもう一度待合室の中へ入って行こうとしたが、途中であきらめて、入口のところに五、六人固まっている村人のところへ寄って行って、

「へん、豪くなったもんじゃ、玄一郎も」

と、不貞腐った態度で聞こえよがしに言った。玄一郎への直接な憎しみではなかったが、校長や待合室の内部にいる村の連中への腹いせであった。校長でなくて、他の人間だったら、村長であろうと誰であろうと、絶対に敗けて引き退がる魁太ではなかったが、こ

の他国もんの校長が、魁太はなぜか村で一番の苦手であった。

「俺と玄とがどんな関係か知りもせんといて、どくされめが！」

そんなことを呟きながら、魁太は洋服を着て来たことがいまいましく思われた。悪態をつく度に、それが洋服のお蔭で妙に板につかない恰好で、自分の哀れさだけが浮き上がって感じられた。

「大体、今日あたり他国もんの出る幕じゃないと。鼻垂れ小僧どもの守りしとらんかいの」

誰も今日は全然魁太には触らなかった。いつもなら一人や二人は、笑うか相槌を打つか、でなかったら宥《なだ》め役に廻るのだが、今日は魁太のそうした悪態を誰も聞いていて聞かない振りをしていた。それが又魁太にはひどく不甲斐なく感じられた。

「ばかたれめが」

最後に魁太は、誰も彼もひっくるめた自分の周囲にぶつける気持で、そんなことを言い、後はむっつりと口を噤《つぐ》んでしまった。しかし、口を噤んでも、一度昂ぶった魁太の感情はしずまらなかった。黙って立っていることが、刻一刻、自分の惨めさを増すように感じられて来ると、よし、もう一度行ったれという気持で、上着を脱いでそれを右手に抱えて、待合室の入口まで行き、今度は明らかに憎悪のこもった眼で待合室の内部を覗き込もうとした。

丁度その時待合室の内部からは一行がぞろぞろと往来へ流れ出て来た。自動車が来るのが少し遅れるので、玄一郎を除いた他の人たちは約一里程隔たっている滝の上の崩場まで徒歩で行くことに話が決まったらしかった。そして玄一郎は妻と娘と一緒に一先ず渓谷のホテルに行き、自分だけが後から来る自動車に乗って崩場に出向くことになったというのである。

玄一郎、夫人、令嬢、それに村長と役場の吏員二名が一団となって先頭に立ち、その後に一行と、今日の案内役の村の青年団の連中、村の主だった者など十名程、そして一番最後に、役場の小使が一行の荷物をリヤカーに積んで随った。

魁太は村の人たちの中に何となく紛れ込んで、一行について歩き出した。魁太は一行といっしょに何処までも歩いて行く気持はなかった。いまのうちに玄一郎に話しかけないと話しかける機会を失してしまうと考えた。で、半町程行ってから、魁太は少し列を離れると小走りに歩きながら、

「玄さんや、玄一郎さんや」

と先頭の方へ向かって声を掛けた。と、何人かの顔がいっせいに魁太の方を振り返った。いきなり山葵の沢井と局長の村山のきびしい棘を含んだ眼が魁太に突き刺さって来た。ばかな、わしは先生などと呼ばんぞ、わしはなにしろ玄一郎と二人きりで崩場まで粘土を採りに行った仲だからな。お前たちとは違うわい。咄嗟《とっさ》に魁太は反抗的になりなが

ら、再び、前よりもっと大きい声で、

「玄さん、玄一郎さんや」

と叫んだ。

再び振り返った多勢の顔の中で、玄一郎を真中に挟んで労《いたわ》るようにして歩いていた夫人と娘の二つの顔だけを、はっきりと魁太の視線は捉えた。玄一郎は、聞こえたのか聞こえないのか、幾分覚つかないようなゆっくりした足取りで振り返らないで歩いていた。そして、と、娘だけが列を離れて、立ち止まって、魁太の近付くのを待っていた。

「お父さんをお呼びになったの」

と娘は言った。ちょっと覗き込むようなしなを作って、彼女は魁太の眼を見入った。

「玄さんと言うのは、ほかに居るまいがのう」

と、魁太は美しい娘に押されまいとして、そんな風に言った。

「わしはな、玄一郎さんと小学校の時同級でな」

「まあ」

と娘はとたんに顔を綻ばすと、魁太の顔をしげしげと見詰めていたが、

「お父さんと同級ですのね、おじさま」

それから、くるりと瞳を廻すと、まってらしてと言って、先頭の方へ駈けて行った。最後にちらっと魁太を見詰めた彼女の眼が、魁太にはついぞ生まれて今までに会ったことの

ない優しいものに感じられた。こまっしゃくれた娘だが、心がけはよさそうじゃと、魁太は思った。

魁太は列から外れたままで一行におくれない歩調で歩きながら、父親の横に立って、腕を玄一郎と組むようにしながら何か話している娘の背後姿から眼を離さなかった。白いワンピースを二つに割っている赤いバンドが田舎の娘たちの体には想像もつかないくらい胴廻りをちぎれそうに細く緊めている。娘は父親と話しながら一度振り返って魁太の方を見て、それから又、父親と話を続けていた。

と、そのうちに、玄一郎はちょっと立ち止まったかと思うと、冠っていたパナマ帽を軽くつまんで、こちらを振り向いた。そして彼はちょっと柔和な表情を作ると、二、三回、黙って頭を下げた。それは魁太のいる方を特に指したものではなく、自分の背後の一団の中に自分の挨拶する相手がいるという漠然たる表情でもあり、漠然たる動作でもあった。

それでも娘が傍から何か言ったらしく、玄一郎は最後に頭を下げた時だけ、その顔は魁太のいる列外の方へ向いていた。しかし、その視線は魁太の方には投げられていず、眩しいせいもあったろうか、眼は軽く閉じられたままで、感動というものの少しも現わされていない、静かとも柔和とも、又ひどく冷たいとも言える能面のようなものであった。

それはほんの三十秒ばかりの間のことであった。彼の背後に随っていた一行が足を停める暇もないくらい短い時間の出来事であった。そして玄一郎は直ぐ背を見せると、何事もなかったように又静かに歩き出した。

魁太は、毒気を抜かれたようにそこに立っていた。彼に最初淋しさが、そしてすぐそれに続いて怒りがこみ上げて来るのには、僅かばかりだが時間がかかった。一行と魁太との距離が二、三町離れてから、魁太は、相手に聞こえない腹立たしさを感じながら、

「くたばりぞこないめが！　なんじゃい！」

と憎々しげに、吼えるように言った。

魁太はそのまま家へ戻ったが、山葵沢へ出掛けて行く気にはなれなかった。一ヵ月程前の暴風雨で崩れた山葵沢の石垣を積み直す仕事も一日を争う状態にあったが、どうにも今日はまともに働く気持にはなれなかった。

魁太は九時のバスで隣村まで行き、去年椎茸山を売りつけた清平の家へ行き、丁度山仕事に出掛けようとしている清平を掴まえて、図々しく家へ上がり込んだ。一ヵ月遅く売れば二倍近くの高値で売れたものを、お前にせっつかれたばかりに大損をした。勿論これは俺が悪い鬮《くじ》を引いて、お前がいい鬮を引いたのだから、どうこうしろと言うのではないが、いっぱい振舞っても罰は当たるまいと、いやみをさんざん並べ立てて、到頭酒を出させた。そして一升を平らげて昼食の御馳走になり、いい気持になって薄暗い清平の家の上がり口の部屋で寝込んでしまった。

眼を覚ました時は四時を過ぎていた。「おいぼれめ」と、眼を覚ますとすぐ魁太は言った。玄一郎を出迎えた今朝のことが、ひどく遠いことのように感じられたが、妙にやり切れない淋しさがすぐ胸の全面にふき出して来た。清平も内儀さんも、魁太の眠っている間に仕事に出てしまったらしく、囲炉裏端《いろり》には九十近い婆さんだけが業《ごう》の塊のような顔をして坐っていた。

魁太は婆さんには挨拶もしないで清平の家を出ると、五時のバスに乗って、今朝玄一郎を出迎えたバスの発着所で降りた。もう少し飲みたかった。それで、村に一軒だけある居酒屋へ行って、この方は金がかかるので、ちびちびと長い時間をかけて、銚子を五本平らげ、そこを出たのが七時頃だった。居酒屋を外に一歩出た途端、魁太はこのまま家へ帰っては間尺に合わない気持がした。山葵の仕事を休んだ日当だけはどうしても取り返さずばなるまいと思った。魁太は玄一郎の宿を訪ねて酒を出させ、少し言いたいことを言わして貰うべと思った。そうしないと腹の虫が収まらなかった。

魁太は部落の中程にある食料品店で焼酎を一升借りると、それを下げて渓谷のホテルへの坂道を少し危ない足取りで降りて行った。

ホテルの玄関へ行っても、女中たちが取り次いでくれそうもない気がしたので、魁太はホテルの庭の木戸を開けて、屋内の電燈の光が広く流れている中庭へ入り込み、そこの飛石を踏んで行った。一つ一つの飛石を取り巻いている苔がひどく鮮かな碧《みどり》に見え、鉱泉の硫黄臭い臭が夜気の中を一面に流れていた。三十幾つもあるというホテルの部屋のどこに玄一郎たちが居るか見当はつかなかったが、魁太は別段たいした成算もなしにそこを歩いて行った。開け放した部屋の前を三つ程通り抜け、鉤《かぎ》の手に曲がった廊下に沿って右手に折れた時、魁太はふと立ち止まった。魁太のところからものの三間と離れていない山茶花の植込みの向うに、浴衣を着て廊下の籐椅子の上に寝そべっている女の姿が見えたが、それが昼間見た玄一郎の娘ではないかと思ったからである。寝椅子の上に体を横たえ顔をすっかり仰向けてしまって、いかにも夜空でも仰いでいるようなその寝姿が、ひどく幼くて、人形のような感じだった。

魁太は一升罎を下げて、そこへ近寄って行った。そして廊下から一間程のところまで魁太は行ったが、娘はまだ身動きしなかった。魁太はその方へ声をかけた。

「玄さんの部屋かな、ここは」

その声で、娘は驚いたように籐椅子から身を起した。やはり玄一郎の娘だった。

「嬢さんや、玄さんは居るかな」

と魁太は言った。植込みの木の蔭で直ぐには魁太とは判らなかったらしく、娘は黙ったまま魁太の方に視線を向けていたが、

「あら、おじさん!」

と言った。

「玄さんととっくり飲むべと思ってな」

と魁太はじろじろと部屋の中を見廻した。

「お父さんは別館で宴会ですわ」

「宴会⁉」

魁太は急に張りつめていた気持が抜けて行くのを感じた。なるほど、今まで気付かないのが不覚ぐらいなもので、今夜は宴会のなかろう筈がなかったと思った。村長や校長や駐在や、それから局長、山葵の沢井などの赤い顔が、魁太の瞼に浮かび上がった。どくされめ共が、玄一郎にちやほやして、官費の酒を浴びてけつかる！　理由のはっきり判らぬ新しい怒りが彼を押し包んだ。

「どれ、じゃあ、わしも招《よ》ばれてくべ」

そう言いながら、妙に体の中心を失ってふらふらした。

「お待ちになったら——、もう酔ってらっしゃるわ、だめよ、おじさん」

娘は言って、下駄をつっかけて庭へ降りて来た。庭へ降りてから、部屋の方へ向かって、

「母さん！　母さん」

と二声ほど呼んだ。

夫人が浴衣を着て、今まで次の部屋にでも居たのか廊下伝いに姿を現わした。お父さん

に御用の方なんですかと、声は優しかったが、その顔にははっきりと魁太にもそれと見てとれる程、嫌悪の情が現われていた。その夫人の眉をひそめた顔を眼にした時、魁太は急に気が変わって、ここに居坐ってやるべという気になった。

「玄一郎が来るまで、ここで飲まして貰うべ。俺が俺の酒を飲むのに、玄一郎も文句は言わんべ」

そんなことを言いながら、魁太は急に酔いの出た危なっかしい足取りで、飛石を二つ三つ踏んで、廊下に上がり、畳の上に転ぶような恰好で坐ると、大胡座《おおあぐら》をかいた。

「茶碗を一つ貸してけえ」

魁太が言うと、

「もう上がれんでしょう」

と、明らかに困惑の表情で夫人が言った。が、魁太の顔付が険しいのを見ると、夫人は立ち上がって行って、茶呑茶碗を一つ持って来た。

「酌をしてくれ。玄の昔馴染が来たのに、一度ぐらい酌をしても罰は当たるめえ」

夫人が後退さりすると、娘がいやに素直な感じで魁太の傍にやって来て坐った。

「何をおっしゃっているか判らないわ、おじさんの言うこと」

それから、ママ大丈夫かしらと言いながら、一升罎を取って茶碗に焼酎を注いだ。そして、暫くすると、やっぱりお山は涼しいわと、そんなことを言いながらそれとなく座を立って廊下へ出て行った。

魁太はちびりちびりと焼酎を嘗め始めた。

「玄一郎はでけん餓鬼じゃった。いまいくら豪ぶっても、俺の前には頭が上がらんでのう」

そんなことを、魁太は幾度も幾度も、呂律《ろれつ》の廻らなくなった舌で繰り返した。畳の上に坐ってから急激に酔いが頭に廻って来て、魁太は自分でも、喋っていることが少し辻褄が合わないことに気付いては、言い直そうとしているうちにすぐそれを忘れた。玄一郎とは、自分は、お前たちの知らないうちから親しかったのだということを強調するつもりだったが、途中から何時も焦点が呆やけて行った。

娘の短い明るい笑い声だけが、時々、魁太の耳に聞こえた。それはいつも瞬間的に魁太の耳に飛び込んで来たが、その度に花火でも開くような、ひどく色彩的な美しさが魁太の心に拡がった。そしてその娘の笑いが消えると、魁太は妙にはかない気持に落ち込んで、何かやたらに悪態をつきながら急いで焼酎を嘗めた。娘は魁太の前には居なかった。魁太が最初見掛けた時のように、魁太の背後の廊下にある籐椅子の上に仰向けに寝転んでいて、魁太がくだをまいているのに聞き惚れてでもいるように、そんな風に魁太には思われた。

どれだけ時間が経ったか、魁太にはてんで見当がつかなかった。ただ、ふと、いま別館で宴会が行なわれていることを思い出すと、魁太はふらふらと立ち上がった。振舞酒にありついて玄一郎にくだをまいてやらなければと思った。そしてその思いに駆り立てられるように、別館までなんとかして歩いて行かねばなるまいと思った。魁太はなんとなく娘が自分をそこまで連れて行ってくれそうな気がした。あの娘なら、親切に俺を別館まで送り届けてくれるだろう。そんなことを、それが決まり切った事実であるかのように思っていた。

魁太は立ち上がって廊下の籐椅子の方へ行ったまでは覚えていたが、彼は何事が起ったか全く知らなかった。何かひどい音がしたように思ったが、自分も転げているので、自分の転げた音かと思った。実際に、彼は庭先の石の上に横たわっていた。

と、やにわに胸倉を取られて、いきなり引きずり上げられたと思うと、何者かにひどくこづかれて、突き飛ばされた。そして、何か塀のような所に倚って体の中心を取っていたが、気が付くと自分の顔のすぐ傍に、誰かの顔があった。よく見ると、ホテルの番頭の顔に違いなかった。それと同時に、その時初めて、はっきりと、番頭の声が彼の耳に入って来た。

「酔っぱらってなんてことをしやあがる。お嬢さんは心臓が悪くて、安静にしているんじゃないか」

俺は何をした覚えもないと魁太は思った。しかし、もしかしたら、籐椅子に近付こうといして、蹣跚《よろめ》いたはずみに籐椅子をひっくり返し、自分も庭へ転がり落ちたのかも知れないという考えが浮かんで来た。或いは、娘をも籐椅子ごと庭へ突き落したかも知れないと思った。

「心臓が悪い！　そいつぁ、不可ねえ、心臓は命取りじゃでな」

魁太はふらふらと歩き出した。

「心臓は命取りじゃでな」

二度目にそう言った時、もうそこには番頭は居ず、魁太は一人だった。魁太は、長い時間かかって中庭の木戸口から出ると、吊り橋を一つ渡り、十段程の石段を登って、別館の玄関へ辿り着いた。そして、何と言ったか自分でも判らなかったが、女中に案内されて、ひどく長い廊下を通って、宴会場へ連れて行かれた。

大きい広間にコの字型に大勢の人間が並び、床の間を背にした正面に玄一郎が坐っていた。そして座は幾分乱れかけているらしく、何人かの人間があちこちに散らばっていた。

魁太の眼には、その場の情景が、陽炎《かげろう》の向うの風景の如くゆらゆら揺れ動いて見えた。

魁太は蹣跚きながら、何人かの人にぶつかり、席の一人一人の顔を覗き込むようにして玄一郎の席に近付いて行くと、その前に胡座をかいて坐った。そして、いきなり玄一郎に盃をさし、

「玄、粘土のことを忘れるなよ。な、少しばかり豪くなったと思って何でえ」

そう言っただけで、いきなり四、五人の男に半ば担ぐようにしてその部屋から連れ出され、そして何か喚き立てている間に、廊下を通り、廊下を曲がり、表玄関から出て、あっという間に吊り橋の上に一人にされた。村の青年たちだったが、誰と誰か、全く見分けがつかなかった。最後に魁太の傍に靴を投げ棄てて行ったのが、どうやら駐在のように魁太には思われた。

一切が終わったという気持が、その瞬間だけ、彼を酔いから連れ戻して素直にした。橋桁の上に坐り込まされたままの姿勢で靴を履いている時、大粒の雨が落ちているのを魁太は知った。それは今落ち始めたばかりらしく、彼が靴を履いている間にも、刻一刻雨脚は繁くなり、それらの雨滴の一滴一滴が、魁太の体を敲《たた》くように落ちた。

橋を渡り、上の街道へ出る坂道の上がり口まで行くと、それまで滝のような川瀬の音に遮られて聞こえなかった雷鳴が聞こえた。そして雨は更に烈しくなって行った。

魁太は、かなり急な勾配の道を二、三間登って行っては、息が切れると、又一間ほどふらふらと後戻りし、それから又思い直しては登って行った。雨に敲かれながらのそんな動作の繰返しが、魁太には妙に快適であった。上ったり下りたりして、魁太の坂道を登って行く速度は遅々としたものであったが、それでも何刻かの後には、魁太はそこだけ家並の続いている寝静まった部落の大通りを千鳥足で歩いて行った。

稲妻の光で郵便局の屋根瓦が青く光り、隣の雑貨屋の軒先から雨が滝のように落ちていた。びしゃびしゃと飛沫を上げながら、魁太は半ば川と化した街道を歩いて行った。

部落を外れると、魁太の住んでいる部落まで、人家の途絶えた道が二十町続いていた。上りの山道だった。そこに差しかかる頃から、魁太は自分がいま烈しく雨に打たれながらわが家に向けて歩いていることを意識した。魁太は一度道の真中に立ち止まった。一旦立ち止まると何故か一歩も歩けない気持だった。「ばかたれめ」と彼は口に出して言った。無性に玄一郎が憎かった。「ばかたれめが、ばかたれめが」と、幾度も烈しい憎悪をこめて言ったが、言う度に何か暗い渦のようなものが、胸の中に立ちこめた。それが、他の何ものでもない、魁太が今までに味わったことのないような、途方もない淋しさであることに気付くと、魁太はそれをどう処置していいか判らず、ただ孫を叱る時のような恐ろしい顔をして、もうこうなればどいつもこいつも憎んでやろうといった思いで、顔を雨に打たせた。

雨勢は少しの衰えも見せず烈しく降り続けていた。玄一郎、村長、校長、駐在、局長、沢井、そうした顔が、歩いて行く魁太の頭に次々に浮かんで来た。浮かんで来る度に、その一つ一つに、魁太は出刃庖丁ででも突き刺してやりたい憎悪を感じて立ち止まった。立ち止まると、決まって淋しさの渦が彼の身内から吹き溢れて来た。彼は又歩き出した。

息子の啓介の洋服と靴を台無しにしてしまったことに気付くと、魁太は啓介の怒号が突然彼に押しかぶさって来るのを感じた。と、その瞬間稲妻の青い閃きが闇を裂いた。彼はその場に立ち竦んで耳を両手で押さえた。

「落ちくさったな」

彼は暫くして地面から身を起した。身を起した瞬間、どういうものか、魁太は、玄一郎の娘のぱちっと澄んだ黒い瞳を思い出していた。それは魁太には、一瞬気が遠くなるような優しいものに思えた。娘が心臓を病んでいるという番頭の言葉が、この時ふいに魁太の頭を掠めた。夢だったかなと魁太は思った。しかし、それがどこか現実の世界の片隅で自分に囁かれた言葉に間違いないと思うと、

「おおばこの葉を採ってやるべ」

と彼は思った。心臓病をおおばこの葉で癒した村の三人の人間を彼は知っていた。そして、いま、おおばこを採ってやらなければ、永久に採る機会を失うような気持で、彼は何も見えない四辺を見廻した。

魁太はその時、部落と部落との間の、土橋を渡り切ったところに立っていた。そして魁太がいま立っている所から一間程離れた崖縁に、いつも大きなおおばこが、石の表面に生えかぶさっていることを思い出した。

「心臓は命取りだでな」

魁太は崖縁に近付くと、それでもそこから転落しないように、用心してしゃがんで石垣で固めてある断崖の縁に右手を当てた。そして石と石との間から生えている手に触れた草

を握った。

「心臓は命取りだでな」

玄一郎の娘が実際そこに居て、その娘に話しかけているように、彼は口に出して言った。

その時、何かひどく不安定な感覚が、彼の下半身を占領した。と次の瞬間、彼は足許の地面がゆっくりとしかし着実に不気味に移動して行くのをはっきりと感じた。そして魁太は恐怖に怯えた眼で漆黒の闇を見詰めたまま、手の中にある雑草を満身の力をこめて握りしめた。

魁太の死体が、前夜の豪雨による崖崩れの場所から、小学校の生徒によって発見されたのは、翌日玄一郎の一行が出発してから一時間程してからであった。街路から三メートルの下にある小さい谷川の浅い河底の、石と石との間に、一掴みの雑草を右手に握りしめたまま、魁太は頭蓋骨を割って横たわっていた。

グウドル氏の手套《てぶくろ》

私はこの秋所用で九州へ旅行し、これまで何回もその地方へ出掛けながら、どういうものか一度も行く機会に恵まれなかった長崎の地を初めて踏んだが、そこで自分に多少の関係を持っている明治時代の二人の物故者の、彼等を偲《しの》ぶよすがともなるような遺物《かたみ》を偶然にも眼にすることができた。

一つは松本順の筆蹟である。私は長崎へ着いたその晩、友人の案内で、維新の志士たちが遊興したことで知られているKという料亭へ行った。旅の疲れもあって、どちらかといえば宿で休ませて貰いたかったが、何年かぶりで会った友の款待《かんたい》を無下にしりぞけかねる気持も働いて、山手のかなり急な斜面に造られている丸山という花柳街の一隅の、現在《いま》は長崎の史蹟の一つとさえなっているらしいその料亭へ出掛けたのである。

維新の志士の遊興の場所と言われると、丁度戦時中陸海軍の将校たちが専有して傍若無人に振舞った各地の料亭の荒ぶれた繁忙さが思い出されて、初めから私は余りいい感じを持つことはできなかった。しかし、入口に一抱えもある大提燈が二つぶら下り、その当時のままに消火用水の大水甕《みずがめ》などが据えられてある古風な玄関へ一歩踏み込むと、なるほどつわ者どもの夢の跡といったある懐古的な感慨もあり、建物の造作も現在の日本には少ない古めかしいもので、やはり一応見ておくだけのものはあるなと思った。

折れ曲った長い廊下の一ヵ所から草履を履《は》かせられて、先に広い庭を見、そのあとで、二階の、当時維新の志士たちが遊んだという大広間に連れて行かれた。

お内儀《かみ》とも女中頭とも判らぬ中年の女性の説明に依ると、高杉晋作、坂本竜馬などの志士たちがここで遊び、倒幕を策したり、海援隊の組織を計画したりしたのもこの場所であるということであった。そして彼女は床柱の一部を示して、これが坂本竜馬が剣舞をした時、斬りつけた刀の跡ですよと説明してくれた。なるほど桑か何かの古い床柱には刀痕らしい傷が二つ刻まれてある。

床には頼山陽の軸がかけられてあった。そして床の直ぐ横手の欄間には大広間にふさわしい大きな横額がかかっている。この方も、当時の志士の誰かの筆蹟であろうと思って見上げたが、そこには、「吟花嘯月《ぎんかしょうげつ》」の四つの肉太の文字が並び、蘭疇《らんちゅう》と署名され、その下に松本順とはっきりと読みとれる四角な印判が捺《お》されてあった。

私は、蘭疇・松本順の書がかかっていることが、ひどく場違いな感じもしたし、それに久しく会わなかった旧知の人に思いがけないところで出会ったような、ある懐しさをも覚えた。

松本順は、幕末から明治へかけての医家で、志士たちの名の持つような一般性はないにしても、日本医学史にはその名を登場させなければならぬ人物である。たまたま私の曾祖父が松本順の門下であり、単に師弟の関係ばかりでなくそれ以上に深い交際を持っていたので、そんなところから松本順という名は私には幼時から親しいものであった。

案内の女性に、松本順のことを訊いてみたが、この方については、彼女は全く知識を持っていなかった。帳場へ下りて行って誰かにこの書のかかっている由来を訊いてくれたが、ずっと昔からこの額はここにかかっていて、別段取り外さなければならぬ格別の理由もないので、そのままにしてあるが、筆者は医者だということ以外詳しくは知らないという家人の話である、とのことであった。

私は初めひどく場違いな感じを持ったが、考えてみれば、松本順がここで遊んだということは別段不思議なことではない。

辞典をくると、松本順については次のように書かれてある。

松本順・幼名良順、蘭疇と号す。佐倉藩医佐藤泰然次男。天保三年六月十六日生。幕医松本良甫《りょうすけ》の養嗣《ようし》となり、嘉永三年幕命に依り長崎に留学、のち江戸に帰りて塾を開いて子弟を教え、明治元年戊辰《ぼしん》の役《えき》の時、東北軍のため会津に病院を開き、為に幽囚の身となったが、後赦《ゆる》されて早稲田に病院を設立、山県《やまがた》公の推挙に因《よ》り兵部省《ひょうぶしょう》に出仕し、陸軍衛生部の創設に尽瘁《じんすい》、陸軍病院を半蔵門外に建てた。佐賀の乱、台湾征討、西南の役等に際しては、東京に在って医務を総攬《そうらん》、わが国初代の軍医総監として活躍。貴族が親《みずか》ら綿撒糸《めんさつし》を製して戦地に送る事は、順の建言に因ると言われる。明治二十三年貴族院議員、二十八年男爵。四十年三月十二日歿、七十六歳。

その経歴からみても、若い時の彼は長崎と少なからぬ関係を持っているし、その事蹟から言っても、彼がこの料亭に登場したことは強《あなが》ち不思議とするには当らないことである。

幼い頃の私の心に、松本順という名前をこの世で最も尊敬すべき人物として吹き込んだのは、曾祖父潔《きよし》の妾《めかけ》であったかの女である。

私は六歳から小学校五年の十三歳の春まで、郷里の伊豆の家で当時五十代の半ばに達していたかの女の手で育てられた。私が都会に出ていた両親の許で家族と一緒に住むようになったのは、おかの婆さん（私たちはかの女をこう呼んでいた）が物故してからである。一体どうして私がおかの婆さんの手で育てられたかというと、既に曾祖父も本妻のすがも亡くなり、そのあと彼女の妾という特殊な立場もさして問題にされなくなって、いつか家族の一員として、彼女は私の両親の仕送りで生活するようになっていたが、その頃でも若い時から一貫して持ち続けた自分の特殊な立場というものに対する不信の念は抜けず、曾祖父から代は二代も変っていたが、やはりあととり息子というだけのことで、おかの婆さんは私を自分の手に握っておきたかったようである。

その頃は私の父や母も若く、おかの婆さんの執拗な要求もあって、寧ろ子供を引き取ってくれるのならそれはそれで楽でいいぐらいの気持で、私を彼女の手に託したものらしかった。要するに、私はおかの婆さんに取られた人質であったのである。

おかの婆さんは、少年の私にも美しく見えた。少し険のある顔ではあったが、若い時は随分目立った顔であろうと思われた。彼女は、私の郷里とは天城一つを隔てた山向うの港町の出であるが、十八、九の時東京で芸者に出て、直ぐ曾祖父潔と知合いになり、間もなく落籍《ひか》されて潔が江川家の抱え医者となったり、最初の県立病院長として掛川、三島、静岡等を転々としている間中、ずっと任地に囲われており、潔が四十歳で健康上の理由で郷里へ引っ込んで開業するようになった時、彼女は初めて半ば公然と、曾祖父の第二夫人として郷里へ姿を現わしたのである。その時彼女は二十六歳であった。

それから六十三の歿年まで、それでなくてさえ、封建的な道徳観が何事をも強く支配している田舎に在って、彼女は三十何年間を世間の白眼と闘い通したわけである。そのくらいであったから、気性は勝っていた。本妻のすがにもよく仕え、親戚の者にもよく尽した。しかし、彼女に対する周囲の評価は気丈な、賢い、それだけに何を企らんでいるか判らぬ油断のならぬ女だということになっていたようである。

私は六歳から十三歳まで、このおかの婆さんと二人で、母屋の方は林野局の官吏に貸し、残っている小さな土蔵の二階で暮したのであるが、その間彼女が私に語ってくれた事で現在に到るも記憶に残っていることは、曾祖父が金離れがよくて金を湯水の如く使ったということと、松本順という人物がいかに立派で、豪《えら》い人であったかということであった。おかの婆さんは、松本順のことを、先生と言った。彼女が先生と呼ぶのは、この世で松本順一人であった。私の通っていた小学校の校長のことをも、彼女は面と向っても決して先生とは言わなかった。同じ先生という言葉で他を呼ぶことは、松本順の尊厳を傷つけるとでも思い込んでいる風であった。

私は子供心に松本順を褒める時の彼女が好きであった。自分が一生を捧げた曾祖父の師であり、彼の最も尊敬する人物であったから、無条件に自分もまた、それを信奉して疑わないといったようなところがあった。私は人を尊敬する態度というものの美しさを、このおかの婆さんから教わったものである。松本順のことを話す彼女の言葉には、いつもそれを通して曾祖父への愛情が滲み出ており、その愛情のはろばろした海を通して、遥かずっと遠くの松本順という絶対を伏し拝むようなところがあった。

しかし、また彼女の松本順への崇敬は単にそればかりに根差しているとは言えなかった。

「豪いお方でな、その前へ行くと、誰でも自然にすうっと頭が下ってしまう。豪いお方というものは違うもので、おじい様のことはお弟子さんだから、いつも潔、潔と呼び棄てにおっしゃっていたが、この私のことは、奥さんや奥さんやとお呼びなされた」

私はこうした話を何回聞かされたか判らなかった。松本順のお供をして見に行った菊人形や両国の花火の話をする時、彼女は一度は必ず奥さんやと呼んでくれた松本順の言葉を、あたかもその時の感動を再現するかのように自分の口からも出した。松本順は、彼女にとっては彼女を潔の本当の意味での生涯の伴侶として遇してくれた唯一の人であったらしく、おかの婆さんの心には、それが一生忘れることのできない切なさで、骨身に応えていたようであった。

「かっぷくのいい、何とも言えずどっしりしたお方で、お金に不自由なされるような御身分ではなかったが、いつでもお金がはいると直ぐ使ってしまわれた。そして使ってしまうと、おじい様のところへ御無心なすった。おじい様はそれが嬉しくて、何を措いても、お金を持って飛んで行きなされたものだ」

そんな種類の話を幾つも語ると、おかの婆さんは最後にきっと、

「豪い方というものは、何事にも秀《ひい》でなされている。お医者様としてあれほどお豪いが、それればかりでなく、お歌を作られても、字を書かれても、先生に敵《かな》う者は、この日本の国には一人もなかった。よくそうおじい様は言いなされた。見てごらん、あの字の勢いのいいこと！」

そう言って、彼女は土蔵の二階の欄間にかかっている二枚の横額を、何も判らぬ少年の

私に指し示すのが常であった。その一つは「養之如春」、他には「居敬行簡」と書かれてあった。前者には 癸未《みずのとひつじ》 早春と認《したた》められてある。即ち明治十六年である。

そしてこの二つのうちのどちらかは、彼女が曾祖父と一緒に上京して、松本順邸へ伺候した折貰ったものだということだったので、彼女が松本家へ出入していたのは、明治十六年前後のことと思われる。明治十六年というと、曾祖父が伊豆へ引退してから二年目である。年譜でみると、松本順は五十二歳、曾祖父は四十二歳であり、おかの婆さんは二十八歳ということになる。

曾祖父潔が、韮山《にらやま》の代官江川家のお抱え医者になったのも、最初の静岡県立病院長になったのも、勿論、松本順の推挽に依ったものらしく、潔は郷里へ引っ込んでからも、年に何回かは上京して師を訪ね、松本順の方もまた潔が亡くなるまでに何回か彼を伊豆に訪ねて来ている。あとで知ったことであるが、松本順が曾祖父を訪ねて来たのは、いつも金策のためであったらしい。今も彼の筆蹟は十数点家に残っているが、それは孰《いず》れも借金のかたに彼が筆を取ったものだということであった。松本順の来ることが報ぜられると、曾祖父は、山を売って金を作り、師の来るのを待っていたという。

そうした関係であったが、勿論曾祖父が歿した明治三十年以後は、おかの婆さんも松本順に会う機会はなく、彼が爵位を貰いとみに盛名高くなるのを、伊豆の山奥の小さい土蔵の中から眺めており、その歿後は幼い私に彼の人柄の片鱗を伝えることに依って、彼への崇敬の情を燃やし続けていたわけである。

　少年の私は、私なりに、松本順という人物の映像を持っていた。豪放磊落《らいらく》であるが、一点侵すべからざる峻厳さをどこか持っている。色は白く髪は黒く、肥り肉《じし》の中背の人物である。私は長じて、私が心に持っている松本順の映像が和服で馬に乗っている美術学校長時代の岡倉天心のそれに似ていることを知って驚いたことがある。

　ともかく、おかの婆さんと一緒にいる間中、私は月に二回仏壇の前に立たされ、掌を合わさせられた。一つは曾祖父潔の命日であり、もう一つは松本順の忌日であった。

　曾祖父の正妻であるすがは、私が七歳の時亡くなっていたので、私は彼女について殆ど記憶を持っていない。大名の家老の娘で嫁入りの時、朱塗の風呂桶を持って来たとか、一生涯台所の仕事ができなかったとか、語り種《ぐさ》に伝えられているところから考えても、温和《おとな》しいだけのお姫さま育ちの女性で、烈しい気象の曾祖父には気に入る筈もなく、ためにかの女が潔の生涯の伴侶として登場して来る結果となったのである。

　正妻のすがの方は、被害者としての同情と、その家柄に対する尊敬から、どちらかと言えば田舎では評判がよかったようであるが、おかの婆さんの方は年老いてもなお村人の受けは悪かった。村人は陰では、おかのと呼び棄てにし、私が彼女のもとに引き取られているというその一事だけでも、おかの婆さんは非難されるに充分であったようである。

「なあ、坊、可哀そうに！　婆さんに、酒くらわんと、せいぜい美味《うま》いものを食わせろやと言ってやれ」

そんなことを、私はよく村人から言われた。しかし、私はおかの婆さんに依って何も被害を受けてはいなかったのである。村人の言うように、彼女は毎晩のように晩酌をやったが、長いことかかって一合の酒を飲む間、彼女は私に東京の話をしてくれたり、時には字を教えてくれたり、そして又松本順の話をしてくれたりしたのである。毎晩のように私は彼女に抱かれて眠った。

おかの婆さんは、他処《よそ》から甘い物を貰うと必ずそれの一部を曾祖父と松本順の二人の仏壇に供え、自分は甘いものが嫌いなので手をつけず、あとはみな私にくれた。そして、毎晩のように床に入る時は、必ず翌朝眼が覚めたら直ぐ食べられるように駄菓子を紙に包んで、床の中へ入れてくれた。そしてそのうちの少量を、鼠たちの分として紙にひねって枕許から二、三尺の距離に置いておくことを忘れなかった。土蔵の中には鼠が沢山居たが、こうしておけば鼠たちは決して床の中へは侵入して来ないということであった。

夜半私は眼が覚めることがあった。いつも鼠が枕許を走り廻っていた。おかの婆さんの言うように鼠たちは幾らそこらを暴れ廻っても決して床の中にまではいってくることはなかった。私は何の不安もなく、おかの婆さんの胸に顔を埋めて眠ったものである。私はおかの婆さんの言葉に依って、松本順をこの世で最も尊敬すべき人物であると信じていたが、それと同じように、私はまた鼠が絶対に床の中へ侵入してこないと言うことをも彼女の言葉に依って信じていたのである。

私の成績が悪いと、おかの婆さんは小学校の教員室へ文句をつけに行ったが、その一事を除けば、私は彼女について何の不満も持たなかった。


松本順の筆蹟を料亭Kで眼にした翌日、私はやはり前夜の友人に連れられて、諏訪神社、眼鏡橋、崇福寺、出島と長崎の名所史蹟を次々に案内され、浦上天主堂を出て、坂本町の外人墓地へ足を踏み入れた頃は、急に秋らしくなって来た十月の陽射しが射すというよりは漂うように落ちている静かな暮方になっていた。

外人墓地は、このほかに稲佐岳《いなさだけ》の麓と、大浦天主堂附近と二ヵ所あるそうだが、ここが一番沢山古い墓石の並んでいる場所だと言うことであった。外人墓地は墓地といった感じではなく、空気の静もり方が他の場所とは少し違っているだけの明るい一郭であった。そうしてその静かな明るい一郭に、十字架や、胸像や墓石が、いかにものびのびとしたたたずまいで並んでいた。そして、それらの幾つかは原爆のためと思われる大がかりな壊れ方をして、中途から吹き飛んだり、傾いたりしていたが、少しもために猥雑《わいざつ》な感じはなかった。

私はここに来て、初めて、観光客の雑沓《ざっとう》から解放された気持で、日本の墓石とは違った扁平な石の面に刻まれている文字を一つ一つ拾って行った。大部分が明治初年の日本に生きていた人々であった。エジンバラで生れ、一八五四年長崎に死んだＪ・Ｍ・スタンダードという人物などが私の眼にしたものの中では古い方で、あとは明治初年の物故者が多かった。調布を故郷に持っている友人は、一九三〇年に調布で七十一歳で亡くなったウィリアム・ハルベック・エバンス氏の名を手帳に書きとめていた。

「どういう人物か知らないが、エバンス氏は俺の郷里で死んでいる。こんど郷里へ帰った時でも一応調べてみようかな」

そんな友の関心が、私には妙に可笑しかった。墓石には例外なく神聖なる記憶といった文字が彫られてあったが、既にその記憶すら失くなってしまった人物に対する私たちの心の動きには、むしろ浮き浮きとしたものさえあるようであった。

芝生を踏みながら私は次々に低い石で区劃されてある墓地を覗いて行った。

そして一面に小さい葉の間から小さい白い花を覗かせている草が覆っている他よりやや狭い墓所の一隅で、私は煙草に火を点《つ》けた。Ｅ・グウドル氏の墓所であった。一八八九年の物故者で、横文字の名前の下に、具宇土留氏之墓と彫られてあった。漢字が当てられてあることだけが、他の墓石とは異なっている。

それを眼にした時から、グウドル氏、グウドル氏と私は何回も口の中で繰り返していた。グウドルと言う発音が私にはどうも最初のものでないという気がしたからである。そうしているうちに、私は〝グウドルさんの手套〟のグウドルだと言うことにふと思いついた。

私はやはりおかの婆さんと一緒に住んでいた頃、〝グウドルさんの手套〟と言う呼び方で呼ばれている大きな皮の手套を何回か見たことがあった。そのグウドルであった。〝グウドルさんの手套〟のグウドルさんが果して今私の前に眠っている具宇土留氏その人であるかどうかは勿論判らなかったが、昨日と今日と引き続いて二回も、おかの婆さんを偲ぶよすがともなるようなものにぶつかったことが、私にはひどく不思議に思われた。

具宇土留氏とはいかなる人であろうか。この方は、その気になれば故人の履歴を調べる手懸りはあるかもしれない。しかし、彼の履歴が判ったとしても、彼が〝グウドルさんの手套〟のグウドル氏であるか否かは確かめ得る術はなさそうであった。なぜなら、〝グウドルさんの手套〟のグウドル氏について多少でも知っているかもしれないおかの婆さんも、既に遠い昔に亡くなっており、全くこの世に、二人が同一人であるか否かを確かめる手懸りと言うものは一切残っていないのである。

しかし、私は、前日偶然松本順の筆蹟を眼にしており、その直後のことでもあったので、おかの婆さんが彼女の長い生涯の途上で、殆ど関係とさえも言えないような、ささやかな関係を持ったグウドル氏が、今墓石の下に眠っている具宇土留氏その人のような気がして来てならなかった。

具宇土留氏の〝土〟と〝留〟の二字には白と青のだんだらな苔がむしていて、文字は漸く判読できる程度になってしまっている。

「一八八九年と言うと、明治何年かな」

私が少し離れた所で他の墓石の面を覗いている友に声をかけると、友は、直ぐ立ち上がって指を折って数えていたが、

「明治二十二年だな。ふしぎに明治二十年前後の物故者が多いね」

と言った。

グウドルさんの手套を、初めて私が眼にしたのは、確か小学校へ上った年の大掃除の時であったと思う。分家の方から二、三人若い者が手伝いに来て、土蔵の二階から家財道具を引っ張り出し、それらを庭に並べたが、その時がらくた物の間から、新聞紙に包んだ白い皮製の手套が出て来た。ひどく大きい手套で、私も、青年達も皮製の手套などと言うものは初めて見るものであった。私たちは代る代るそれに手を入れてみたが、だぶだぶで誰の手にも合わなかった。

「そんなものは使い物になりはしないよ。グウドルさんの手套じゃもの」

その時、私たちの方を見たおかの婆さんは言った。

「異人のか、道理ででかいと思った」

異人の物であると知ると、みんな代る代る改めてそれを点検した。

私はその時、初めて異人の名前を耳にしたのであるが、何となく赭《あか》ら顔の好人物の一人

の年取った外国人を眼に描いた。私はそれまでに二回外国人を見ていた。一度は部落の温泉旅館に夫婦者の外人が来た時であり、もう一回は御猟の時、宮内省の役人たちに混って銃を肩にした数人の外人が来た時である。

私はそれらの外国人を遠くから見ていたので、その時の知識とグウドルと言う名前から受けるどことなく不活潑で鈍重な印象とを混ぜ合せて、私は私なりのグウドルさんの映像を造り上げたのであった。

私は一度グウドルさんの手套を見ると堪らなくそれが欲しかった。しかし、何事にも寛大であったおかの婆さんであったが、どういうものかこの手套だけは私の自由にさせなかった。

彼女は虫除けの乾燥した草を手套の指の一本一本の奥へまでつっ込み、それを新聞紙で二重にも三重にも包み、細い紐《ひも》を十文字にかけて支那鞄の奥へ仕舞い込んでしまった。それはおかの婆さんの宝物のように、私には見えた。

春秋二回の大掃除の度に、私はこのグウドルさんの手套を手にするのが何よりの楽しみであった。

私ばかりでなく、村の子供たちの間にも、やがてグウドルさんの手套は有名になり、大掃除の日は、何人かの子供たちが、庭の椎の木の下に運び出された支那鞄の周囲に集まったものであった。

私はグウドルさんという人が如何なる人物であるか、そしてまたその人の手套が如何にしておかの婆さんの所有になっているか知らなかったが、それについての疑問や詮索心はみじんも起きず、ただその大きな異国人の手套が自分の家に所属していることで充分満足であり、毎年それを支那鞄の中に見出すと、やはり失くなっていないでよかったという安心を覚えたものである。

グウドルさんの手套について、多少話らしいものを、おかの婆さんの口から聞いたのは彼女の亡くなる前年であった。その頃のおかの婆さんは一年程前から白内障《そこひ》を患っていて、日中太陽の光線の中へ出ると眼がちかちかすると言って、昼間の外出を差し控えており、窓際などに坐っている時も、品のいい整った顔を少し仰向けるようにして眼を軽くつむっていることが多かった。

そんな時おかの婆さんに話しかけると、彼女は眼をつむったまま、こちらを見詰める替りに、顔を和らげて笑うような表情を取った。その顔からは若い頃の彼女を美しく見せていたに違いない険のあるきつさは消えて、童女のような邪気のない表情が浮かび出て来た。頰は血色よく艶々《つやつや》していた。話しかけさえすれば直ぐ邪気のない笑顔をつくるその頃の眼の悪いおかの婆さんが私は好きだった。

私は何かの機会に、グウドルさんの手套のことを口に出した。すると、おかの婆さんは、

「グウドルさんは大きな異人さんだったよ。日本人の倍ぐらいありそうに見えた。わたしとおじいさんが松本先生に連れられて麹町《こうじまち》の赤十字の本社へ行って、受付で名前を書いた時、直ぐ背後にいなされた異人さんでね」

そんな風におかの婆さんは言った。一体グウドルさんはどんな顔をしていたのかと、私が訊ねると、彼女は、

「そんなことが判るものかね。なにしろ、その日は異人さんだって何百人もいたし、皇后様もお成りになり、宮様や大臣方もお見えになる大変な日だった。集まったお客さまは何千人という数で、おまけに雪が降っていたので、混雑振りはお話にならなかった」

童女のような和《なご》やかな表情の中で、口だけが動いていた。彼女は田舎の者たちが想像もできないそうした場所や情景を、自分が知っているということが、得意そうであった。その時、おかの婆さんは宮様や大臣の名を幾つか挙げたが、勿論子供の私に判ろう筈はなかった。

「私はそこのお玄関先で松本先生とおじいさまをお待ちすることになったが、その時、雪の降る日に二時間も三時間も、御馳走を食べないで外で待っているのは、可哀そうだとおっしゃって、一度も会ったこともないグウドルさんが、ポケットから手套を出して、これをはめていなさいと言って私に貸して下さったんだよ」

そうおかの婆さんは言った。

「返さなかったの？」

私が訊くと、

「お返ししようと思って、あとで松本先生が受付の名簿を調べて下すって、グウドルさんという人だと判ったんだが、なにせ、異人さんだって、大変な数だからね――」

彼女の話から想像すると、グウドルさんから借りた〝グウドルさんの手套〟は、結局持主に返却することができず、そのままおかの婆さんの所有物になってしまったものらしかった。

私は、この日のおかの婆さんの表情を一番はっきりと憶えている。幼時の心から少年のそれへと、私が移行した日であったかも知れない。私はグウドルさんから手套を貸して貰ったおかの婆さんが、確かに、その時その話を聞いていて、何かなし哀れに思われてならなかったのである。

グウドルさんについておかの婆さんから聞いた話はこれだけである。これだけであるが、後年になってこの話を思い出す度に私は彼女がこれを話す時ひどく淋しかったのではないかという気持がし、そしてそれは次第に一つの確信に似た気持にまで強まって行った。前に述べたように、眼をつむって、顔を少し仰向け、和やかな笑顔を向けて話した白《そ》内障《こひ》のおかの婆さんの印象が、他の時と、全く違っていたため、そのような臆測が私に生れて来たのかも知れない。

おかの婆さんが曾祖父と一緒に松本順に連れられて行った赤十字にはその日何があったのであろうか。これについては、私は何も知らないし、知らなくてもいっこう差しつかえないままに今日に到っているが、もし、具宇土留氏がおかの婆さんに手套を与えたグウドルさんであったと仮定すれば、その日は、具宇土留氏の歿年明治二十二年より前の事である。おかの婆さんが曾祖父と共に上京して、二人がそれに列席しようとした大勢の貴顕名士が一堂に会した集まりは、それが何であったか、少し調べてみれば判ることであると思う。

それはさて置き、その日、松本順の取り計らいで、曾祖父とおかの婆さんはそれに出席するために出掛けて行ったのであろうが、何らかの理由で、おかの婆さんは入室することができなくなり、グウドルさんが哀れに思って貸してくれた大きな手套をはめて、雪の中で、集まりが終って松本順と曾祖父の二人の出て来るのを待っていたのではないか。

そうした想像が、ふと私の胸に来たのは、一日方々を案内してくれた友人と別れて、私が一人、宿の方へ両側にだけ石畳の残っている坂道を登って行く時であった。

おかの婆さんが集まりにはいることのできなかった理由は、明治二十二年以前のことであるとすれば如何ようにも想像できるわけである。彼女が正妻でなかったという事だけでも、彼女を雪の中に立たせる世の掟は当時の社会には縦横に張り廻《めぐ》らされていたことであろう。

いずれにせよ、グウドルさんの手套はおかの婆さんにとって、彼女の生涯で、さして幸福なことに関する記念ではなさそうである。彼女がグウドルさんの手套をあれほど大切にしていたことは、一人の心優しい外人への感謝の気持がこめられてあると共に、それは彼女の生涯での、一つの悲しい出来事の記念ではなかったか。それは丁度、松本順への彼女の並々ならぬ没我的尊敬が、彼女のさして幸福だったとは言えそうもない人生行路に、思い出したように時折廻って来た楽しかった小さい幾つかの出来事の記念碑であったように。

私は長崎で二泊し、バスで島原に出て、島原から小さい汽船で三角《みすみ》に渡り、そこから熊本へ向った。

島原から三角までの海路は、吹き降りで波が高かったので、船室の隅に横たわったまま、風光明媚《めいび》であるという海上のどこをも眼にしなかった。

そして軽い船暈《ふなよ》いに悩まされながら、長崎の外人墓地のすべての墓石の面に〝神聖な記憶〟という文字が刻まれてあったことを、思い出すともなく思い出していた。松本順もグウドルさんも、なるほど、おかの婆さんなどの全く知らない大きい幅と拡がりを持った人生を歩んだに違いなかったが、しかし、二人は、おかの婆さんの記憶に於て、あるいは最も強烈に神聖なるものとして生きていたかも知れなかったと思った。そしてそのおかの婆さんもまた、いまは私の記憶に於てのみ、やはりある一つの美しい在り方で、生きているようであった。そんな人間と人間との関係の仕方というものを、船の大きいローリングに身を任せながら私は考えていた。

姨捨《おばすて》

私が初めて姨捨山の棄老伝説を耳にしたのは一体何時頃のことであったろうか。私の郷里は伊豆半島の中央部の山村で、幼時私はそこで育ったが、半島西海岸の土肥《とい》地方にも、往時老人を山に棄てたという話が語り伝えられており、おそらくはその話と一緒になって、姨捨山の伝説は私の耳にはいり、私の小さい心を悲しみでふくらませたようである。

私はその時五つか六つくらいではなかったかと思う。その話を聞いて縁側へ出ると、私は声を上げて泣き出した。その場所が何処であったか記憶していない。ただうろ覚えに覚えていることは、祖母だったか母だったか、とにかく家人が急に私が泣き出したことを訝《いぶか》って、縁側へ飛び出して来て、何か二言三言言葉をかけてくれたことである。私には勿論物語そのものは理解できなかったが、母を背負って、その母を山へ棄てに行くという事柄の悲しみだけが抽象化されて、岩の間から滴り落ちる水滴のように、それが私の心に沁《し》み入って来たのである。私は自分が、母と別れなければならぬという悲しみに耐えかねて泣き叫んだのである。

姨捨山の説話をはっきりと一つの筋を持った物語として受け取ったのは、十か十一の時のことである。当時十里程離れている小都市に住んでいた叔母から、時々絵本を送って貰ったが、その一冊に『おばすて山』というのがあった。

姨捨山の棄老伝説というものは、少しずつ細部が変って何種類か流布《るふ》されているらしいが、私が知っているそれは、全くこの絵本に依ったもので、それをなんら修正することなしに今日まで持ち続けている。絵本『おばすて山』が少年の私の心にいかに強烈な印象をもって捺印《なついん》されたかが窺《うかが》える。私が幼時聞いた物語の中で現在に到るもなお忘れないでいるものは、高野山に父を訪ねて行った石童丸の物語とこの姨捨山の物語である。共に親と子の愛別離苦をその主題としている。

後年大学時代、私は夏の休暇に帰省し、偶然土蔵の戸棚の中からこの絵本『おばすて山』を発見し、改めてこれに眼を通したことがある。最初の一頁の挿絵だけが着色され、他の頁にはそれぞれ凸版の挿絵がついていて、子供には幾らか難しすぎると思われる文体で、姨捨山の説話が書かれてあった。

昔信濃《しなの》の国に老人嫌いな国主があって、国中に布告して、老人が七十歳になると尽《ことごと》くこれを山に棄てさせた。ある月明の夜、一人の百姓の若者が母を背負って山に登って行った。母が七十歳になったので棄てなければならなかったのである。しかし、若者はどうしても母親を棄てるに忍びず、再び家に連れ戻り、人眼に付かないように床下に穴を掘って、そこに匿《かく》まった。この頃国主の許に隣国から使者が来て難題を持ちかけた。三つの問題を示し、これを解かなければ国を攻め亡ぼすというのである。その三つの問題というのは、灰で縄を綯《な》うこと、九曲の玉に糸を通すこと、自然に太鼓を鳴らすことというのである。国主は困って国中に触れを出してこの難題を解く智慧者を求めた。若者は床下に匿まっている母親にそれを話すと、母親は即座にそれを解く方法を教えてくれた。若者はすぐ国主のもとに申し出て、ために国の難を救うことができた。国主は若者の口から、それが老母の智慧であることを知り、老人の尊ぶべきを悟ってさっそく棄老の掟《おきて》を廃するに到ったという。

——こういった物語である。最初の着色してある頁には、烏帽子《えぼし》のような頭巾をかぶった若者が老いた母親を背負って深山を分け登って行くところが描かれてあった。母親は頭髪だけは白かったが、その顔はひどく若々しく、それが少し異様に感じられた。満月の光は木も草も土も辺《あた》り一面を青く染め、二人の人物の影はインキでも流したようにくっきりと黒く地上に捺《お》されてあった。粗雑な低俗な絵ではあったが、しかし、物語のその場面の持つ悲しみは、やはり、この場合も、絵柄の表面から吹き出していて、子供の心には充分刺戟的であろうと思われた。

ずっと歳月が飛んで、大学を出て新聞社へはいった初め頃、私は『姨捨山新考』という書物を手に入れて、これを読んだことがある。その頃、私はこれといってまとまったものを読む根気には欠けていたが、手当り次第、時々の気まぐれに雑多な書物に手を出していた。『姨捨山新考』という信濃郷土誌刊行会発行の一巻も、全くのその時の風の吹き廻しで私の書架の一隅に置かれたものであった。

私は、これを購入した晩、最初の方の極く一部に眼を通し、あとは興味を失って頁を閉じてしまった。しかし、この時この本を繙《ひもと》いたお蔭で、私は新聞記者としては何の役にも立ちそうもない姨捨山考証に関する知識の幾らかを自分のものにすることができたのである。

姨捨山の棄老伝説が初めて文献に現われたのは『大和物語』で、それは印度伝来の棄老説話と全く同工異曲であり、おそらく仏教の伝来とともに、この話も日本に伝わったものではないかということ。しかし、それは別にして太古にはわが国にも棄老の故実はあったに違いないということ。そして諸国に老人を棄てる説話は語り継がれていたが、それが信濃の姨捨山一つにまとめられ、他は全部消滅してしまったこと。そうしたことには恐らく姨捨が観月の名所として有名になったことが与《あずか》って力あったであろうということ。それからまた姨捨山そのものが、古代、中世、近代に依って、その対象を異にし、古代は小長谷《おはつせ》山、中世は冠着《かむりき》山、近代になって初めていまの篠井《しののい》線姨捨駅附近が、いわゆる姨捨山として登場して来たということ。こうしたことを、私はこの『姨捨山新考』の著者の労作に依って知ったのである。

それから更に数年経って、私はこの書物を全く異なった目的のために読んでみたことがある。この書物には史上に著われた歌人や俳人の姨捨山観月の作品が殆どあまさず収められてあったが、私は同じ更科《さらしな》の舞台で、同じ観月の歌を、著名な歌人や俳人たちがいかに取り扱っているかということに興味を持ったのである。見方に依れば多少意地悪くないこともない関心の持ち方であった。

俳句は『姨捨とはす草』とか『水薦刈《みこもがり》』とか幾つかの姨捨作品集より抜萃《ばっすい》されてあり、芭蕉、蕪村、一茶等々を初めとする多くの俳人たちの作品が集められてあった。和歌は各時代の歌集から姨捨に主題されたものだけが抜き出され、貫之、西行、実朝、定家、宣長等の名も散見された。

しかし、私が夥《おびただ》しい和歌や俳句の中で最も深い感銘を覚えたのは、『大和物語』の中へ出て来る、母を姨捨山に棄てて家へ帰って来た若者が、母の居る姨捨山の山の端《は》にかかる月を見て詠《よ》んだという「我こころなぐさめかねつさらしなや姨捨山にてる月を見て」という歌であった。これは物語の中の人物の詠草であり、歌そのものの巧拙は別にして、単なる観月の歌ではなく、その背後に一つの劇が仕組まれてあるものであった。

勿論、純粋な和歌の鑑賞からは問題はあろうが、いかなる姨捨観月の作品より、私にはこの物語の中の人物の詠んだ歌が切なく心に沁みた。幼時心に刻みつけられた説話の主題が、ここでは歌の形を通して私に迫って来るのであった。

私は実際には長いこと篠井線の姨捨駅も、その附近も知らなかった。この地方に旅行することはあったが、いつも夜にぶつかることが多く、昼間の場合は気が付かないうちに姨捨駅を通過していて、姨捨山という土地には縁がないままに過ぎていた。

その後、姨捨の棄老伝説が私の頭に蘇《よみがえ》って来る機縁を作ってくれたのは母であった。

母は何かの拍子にふと、

「姨捨山って月の名所だというから、老人はそこへ棄てられても、案外悦んでいたかも知れませんよ。今でも老人が捨てられるというお触れがあるなら、私は悦んで出掛けて行きますよ。一人で住めるだけでもいい。それに棄てられたと思えば、諦めもいいしね」

そう言ったことがある。母は七十歳だった。母の言葉はそれを聞く家人の耳には一様に皮肉に響いた。その座には私の弟妹たちも居たが、みなはっとして衝《つ》かれたような表情を取った。戦後の何かと物の足らぬ時でもあり、家族制度への一般の考え方もヒステリックな変り方を見せている時で、老人夫婦と若い者たちとの間に起る小悶着は、私の家庭でも決して例外ではなかったが、しかし表だってこれと言って母親に家庭脱出を考えさせるような何の問題もあるわけではなかった。おそらく母は、自分が姨捨の説話の世界では、丁度山に棄てられる七十歳になっていることに気付き、生来の自尊心の強さと負けん気から、その説話にと言うより、それに何か似通って来ている戦後の時代の雰囲気というものに瞬間挑戦する気になったのではないかと思われた。

子供の絵本に描かれてあった老婆のように、母親は髪こそ白いが、艶々した肌と皺《しわ》一つない若々しい顔を持っていた。私は暫く言葉もなく、その母の顔を見守っていた。生来老人嫌いの母であったが、今や彼女自身年齢から言えばれっきとした老人であった。私は、自分の老齢を意識し、それに反抗しようとした、そんな母が哀れに思われた。

信濃の姨捨というところが、私に妙に気になり出したのはそれからのことである。

私はその頃から仕事の関係で旅行する機会が多くなり、信濃方面にも年に何回となく出掛けるようになったが、中央線を利用する時は、丘陵の中腹にある姨捨という小駅を通過する度に、そこから一望のもとに見降せる善光寺平や、その平原を蛇の腹のような冷たい光を見せながらその名の如く曲りくねって流れている千曲川を、他の場所の風景のように無心には眺めることができなかった。また信越線に依る時は、列車が逆に中央線から眺め渡した低い平原の一部を走るので、戸倉附近になると、窓越しに、僅かに屋根の赤さでその存在を示している姨捨駅を向い合っている丘陵の斜面に探し出し、その附近一帯を、あの辺りが姨捨なのかといった一種の感懐をもって、眺め渡すのが常であった。

勿論、私は観月の場所としての姨捨には殆ど関心らしい関心は持っていなかった。信濃の清澄な空気を透して、千曲川、犀川を包含した、万頃一碧《ばんけいいっぺき》の広野に照り渡る月の眺めはなるほど壮観ではあろうと思ったが、戦時中満洲の荒涼たる原野に照る月を眺めた私には、姨捨の月がそれに勝るものであろうとは思われなかった。

私が姨捨附近を通過する時、例外なく私を襲って来る感慨は、必ずその中に老いた母が坐っていた。ある時私は姨捨駅を通過する時、自分が母を背負い、その附近をさまよい歩いている情景を眼に浮べた。

勿論時代は太古である。丘陵の中腹から裾に点在している現在の人家の茂りは見られず、荒涼たる原野が広がっている。しかも夜で月光が絵本『おばすて山』の挿絵のように辺り一面に青く降り、私と母の影だけが黒い。

「一体、わたしをどこへ棄てようというの？」

と、母は言う。七十を過ぎて体全体が小さくなり、その体重は心細いほど軽いが、私はともかく一人の人間を背負って方々歩き廻った果てなのでひどく疲れている。一足歩く度に足許がふらつく。

「ここらにしますか。この辺に小さい小屋を建てたら――？」

私が言うと、

「厭、こんな場所！」

母の声は若い。体は弱っているが、気持は確《しっか》りしていて、生れ付きの妥協のなさは、自分が棄てられるこのような場合にも、いささかの衰えを見せていない。

「崖の傍では、雨の時山崩れでもしたら危ないじゃありませんか！　もっと気の利いたところはないものかしら」

「それがないんです。大体、お母さんの望みは贅沢《ぜいたく》ですよ。やはり、先刻《さつき》見た寺の離れを借りることにしたらどうですか」

「おお、いや、厭！」

母は背中で、わが儘な子供のように手足をばたつかせる。

「あそこは夏には藪蚊《やぶか》が多いと思うの。それに建物も古いし、部屋も暗くて陰気じゃありませんか。他人のことだと思って、不親切ね、貴方は」

私は途方に暮れてしまう。

「それなら、やはりいっそのこと家へ戻りましょう。こんなところに住むより、家へ帰って、みんなと一緒に賑やかに暮した方がどんなにいいか判らない」

「また、そんなことを言い出して！　折角家を出て来た以上、わたしは、家へだけはどんなことがあっても帰りません。またみんなと一緒になるなんてまっぴらですよ。家の者も厭、村の人も厭、もうわたしは老い先短いんだから、気のすむように一人で気随気儘に住まわせておくれ」

「わが儘ですよ、お母さんは！」

「わが儘ですとも。わが儘は生れ付きだから仕方ありませんよ。それにしても、わたしの顔さえ見れば、貴方はわが儘だ、わが儘だと言う。棄てられるというのに何がわが儘です」

「困ったな！」

「いくら困ったって、わたしは家へなんか帰らないから。早く棄てておくれ」

「棄てたくても、適当な場所が見当らないじゃないですか」

「見当らないのは探し方が悪いからです。一人の母のために、棄てる場所ぐらい探してくれたって罰は当りますまい」

「先刻から足を棒にして探しているじゃありませんか。私はふらふらしていることは知っているでしょう。一体、どのくらい歩いたと思います。当ってみた家だけでも十軒はありますよ」

「でも、わたしにはどこも気に入らないんですもの。大体、住めそうな家が一軒でもありましたか」

「だから家を借りるのは諦めて、気に入る場所を探し、そこへ私が小屋を建ててあげようと言っているでしょう。それを、どこへ行っても文句ばかり言って」

「文句だって言いますよ、老人ですもの。――ああ、ほんとに何処か一人きりで静かに住める場所はないものかしら。もっと親身になって探しておくれよ。――ああ、腰が痛いわ。もっと軽くふんわりと背負っておくれ。おお、寒くなった。月の光がちくちくと肌を刺すような気がする」

「暴れないで静かにしていて下さいよ。私も疲れているんです。お母さんは背負われているからいいが、私の方は背負っているんですからね。お願いです。やはり、家へ帰ることにして下さい。みんなもどんなに安心するでしょう」

「厭！」

またしてもぴしゃりと母は言う。

「厭でも知りません。こんなところを一晩中うろついていられますか。本当に私は帰りますよ」

すると、母は急に打って変った弱々しい声を張り上げる。

「堪忍しておくれ。それだけは堪忍しておくれ。どうか家へだけは連れ戻さないでおくれ。もうなんにも言いません。どんなところでも結構です。棄てておくれ。わが儘は言いません。あそこに小屋が見える。あそこでもいい。あそこへ棄てておくれ」

「あの小屋は先刻見た時隙間風が冷たいとおっしゃったじゃありませんか。それに雨漏りもする！」

「どうせ気には入らないが、でも、仕方がない。もう辛抱します。一軒家だから、その点は静かにのんびりと住めるでしょう」

来る。

「だが、あそこはやはりひどいですよ。子供として母親をあそこには棄てられません」

「ひどくても構わない。さ、早く、あそこへ棄てて行っておくれ」

そう母は言う。こんどはそこに佇んでいる私の体に、月光が刺すように痛く沁み込んで来る。

――私の眼に浮かんで来たのは、こうした私と母との一幕である。私と私の背に負われている母との会話は自然にすらすらと私の脳裡に流れ出て来たものである。母はわが儘であるが、その表情には真剣なものがある。棄てておくれ、棄てておくれと言っている母のせがみ方には、ある実感が滲《にじ》み出ている。

私はわれに返ると、空想の中の母に、いかにも自然に母らしい性格が滲み出ていることが可笑《おか》しかった。姨捨を舞台とした私の空想の一幕物は、例の棄老説話の持つ主題とはかなり遠く隔たっていた。私の場合は母自らが棄てられることを望んでいるからである。棄てられたいと言い張って諾《き》かないのである。私はそんな背の母を持て余して、姨捨の丘陵地帯をさまよい歩いているのであった。しかし、その可笑しさとは別に、自分の心のどこかに氷の小さい固塊《かたまり》のようなものが置かれてあるのを私は感じた。可笑しさが消えると、それに代って、冷んやりした思いが次第に心の全面に拡がって来そうであった。

私は自分が棄てられたいとせがんでいる母を想像したことが厭であった。寧《むし》ろ自分が母を棄てようとしている場面を想像する方が、まだしも気はらくであるかも知れなかった。

それにしても、私はどうしてそんな母を想像したのであろうか。私は長い間そのことを考えていた。そして私は私の背の上に、母に代って自分を置いてみた。私が老人になったら、今空想した母のように或いは自分はなるかも知れないと思った。

この夏私は九州の北部の、遠賀川《おんががわ》に沿った炭坑町へ講演に出掛けて行き、その町の旅館で二年ぶりで妹の清子に会った。

清子は私の四人兄妹の末の妹である。戦時中結婚して二児を儲けたが、事情があって、夫と子供を置いて婚家を飛び出し、一時実家である私の両親の許に帰っていたが、こんどは、自活するということを理由にそこを飛び出していた。

私は小さい時から兄妹中でこの妹が一番好きだったが、妹の勝手な行動には許せないものを感じていた。絶交とか絶縁とかそんな表立ったものは何もなかったが、清子の方も持前の敏感さで私の気持を察しているらしく、家を出てからは私のところへは一本の手紙も寄越さなかった。私の方も清子が北九州で働いているということ以外何も知らなかった。

しかし、私は九州へ旅行すると決った時、妹に会って来ようと思った。そして東京を発つ前に、母から住所を聞いて、電報で会いたい旨を連絡して置いたのである。私は清子が訪ねて来るかも知れないし、来ないかも知れないと思った。

その夜、講演会場から旅館へ戻ると、部屋の隅の縁近いところに妹は予想していたより明るい顔で、小ざっぱりした身なりをして坐っていた。グレイのスカートを穿《は》き、純白の毛糸のセーターを着、髪は流行のショートカットで、実際の年齢は三十四歳なのに、一見すると二十四、五歳にしか見えなかった。

「とにかく食べるだけは食べていますわ。贅沢はできないけど」

清子は言った。遠賀川の河口近い海岸の町の飛行場の内部にある美容院が、彼女の現在の職場であった。そこで清子は二十歳前後の娘たち何人かと、自分が何となく頭株のような恰好で、他国の女たちを客にする仕事に従事しているのであった。

私たちは久しぶりで会った兄妹としてそれにふさわしい口調で話した。彼女の破鏡についても、その後の行動についても、私は兄としての立場から言うべきことは沢山あったが、それにには一切触れなかった。すべては、今更どうなる問題でもなかった。二人の子供まで残して家を飛び出したくらいだから、彼女には彼女なりの覚悟もあり、考え方もあると思われた。

話題には自然両親や兄姉の事ばかりが選ばれた。

「おふくろは相変らず姨捨だよ」

と私は言った。

姨捨という言葉は、母が姨捨に棄てられたいと言った時以来、時々兄妹の間では使われていた、子供たちには便利な言葉であった。実際に母が姨捨に棄てられたいと言ったことはいかにも母らしいことで、その性格のいいところをも、悪いところをもそれは端的に現わしていた。従って、姨捨だよという言葉の中には、母の自尊心や気儘や気難しさへの軽い非難と、反対にそれらを肯定する子供たちだけに通ずる母への労《いたわ》りの気持も含まれていた。

清子は私の言葉で一瞬可笑しさを噛み殺したような表情を取ったが、

「姨捨と言えば、わたし、母さんはあの時、本当に姨捨山に棄てられたいと思ったのではなかったかと思うわ」

と言った。

「どうして？」

「なぜか、そんな気がしますの。本当に一人きりだけになって、一切の煩わしいことから離れ、心から、どこかの山の奥へ棄てられたかったのではないかしら」

「よせよ」

思わず私は言った。清子の言い方に何となく、こちらをはっとさせるようなものがあったからである。

「前から、君はそんなことを考えていたのか」

「いいえ、たった今です。兄さんが姨捨という言葉を出した時、ふと、わたし、そんな気がしたんです」

私は、いつか自分が母を背負って姨捨附近を歩いたあの空想の一場面を想い出していた。そしてあの時感じた冷んやりした思いが再び自分を襲って来るのを感じた。

それから清子は暫く考えるようにしていたが、

「わたしだって、家を飛び出す時は、そんな気だったんです。何というか、こう、急に一切の煩わしさから離れて一人になりたくなっちゃって――」

「姨捨へ捨てられたかったのか」

「まあね」

「若い婆さんだな」

「七十には間があるけど」

それから、清子はその時だけ暗い表情で笑った。自分の行動をそれとなく弁解しているようにも受け取れたが、またそれはそれで彼女の気持は全く別のところにあるかも知れなかった。

私は彼女が置いて来た二人の子供については何も話さなかった。彼女もそれについて触れたかったであろうが、それに耐えている風であった。

清子が子供のことが心配だと言えば、私は、そんなことは当然だ、初めから判っていたことではないか、と言うほかはなかった。それを私も清子も知っていた。

その晩二人は枕を並べて眠った。いかにも炭坑町の旅館らしく、建物は幾棟にもなっていて、どこか遠くの部屋で、宴会でも開かれているのか、三味線の音や男たちの高声、女たちの嬌声などが遅くまで聞えていた。

翌朝、私は電車で一時間かかる場所へ帰って行く妹を、その町の駅まで送って行った。早朝だというのに、すでに街は埃っぽく、人々は大勢出歩いていた。人口六万の都市だというが、宿の女中の話では絶えず増減があり、郊外のそれを併せると倍近くになるだろうということだった。いかにもそうした街の持ちそうな落着きなさが、道の両側の商店のたたずまいにも通行人の足の運び方にもあった。豆炭工場の煙突から出る煙が空をどんよりと曇らせている。

私は行手に大きい三角形のボタ山が二つ見えている通りを妹と並んで歩いた。清子は自分がこれから乗る電車の沿線にも同じようなボタ山が幾つも見えると語った。

駅へ着くと改札口のところで、

「東京へ帰りたいけれど、当分はね」

清子はそんなことを言って、ちょっと淋しそうに笑った。

「同じ働くなら東京でもいいじゃあないか」

「でも」

意味不分明な表情を取ったが、

「もう暫くここで働いて技術を身に着けますわ。技術を身に着けるということから言えば、相手が外人だからここがいいと思うんです」

技術の習得の問題はともかくとして、清子は恐らく自分が出て来た家から少しでも離れて住んでいたい気持であろうと思われた。

「ひどく叱られるかと思って、びくびくもので来たんですけど、来てよかったわ」

「叱りはしないよ。叱ったって取返しはつかんじゃないか」

「これからお手紙出していいですか」

「いいも悪いもないだろう」

「では」

清子は擦り抜けるように改札口を通り抜けると、右手を上げて、掌だけをひらひらさせた。少女のようだった。苦労している女の仕種《しぐさ》ではなかった。

同行の連中とこの町を出発するまでにまだ二時間近くあったので、私はメインストリートを通り抜けて町端れまで散歩した。料理屋と旅館とパチンコ屋がやたらに多くて、そればかりが目に付いた。私は昨日この土地の人から、この町の下が坑道になっているので、時々地盤が陥没して家が傾くということを聞いていたので、注意して歩いたが、それらしい家にはぶつからなかった。ただ、町の端れになると大小の水溜りがあちこちに見受けられた。あるいは、これこそ地盤が陥没して生じた窪地ではないかと思われた。

私はこうした筑豊の炭田地帯がずっと北方に海際まで続き、その海際の飛行場の中の美容室にいま妹は帰りつつあると思った。

妹は姨捨山に棄てられたいと言った母の気持に彼女らしい見方をしていたが、考えてみると、彼女こそ九州の炭田地帯の一角で、人工の不自然さを持った石炭殻の姨捨山の上に出る月を、二ヵ年近くも眺めて過しているわけであった。

私はふと足を停めた。昨夜清子と話してから何か考えなければならぬことがあるような気がして、落着かない気持だったが、この時、その考えなければならぬということの正体が突然はっきりした形で私の脳裡に閃《ひらめ》いた気持であった。

母を一瞬襲い来たった姨捨へ棄てられたいといった思いは、紛れもなく一種の厭世観と言えるものではないか。そして清子の、その理由は何であれ、常人では為《な》し遂げられぬ家庭脱出もまた、母のそれと同質な厭世的な性向が幾らかでもその役割を持っていはしないか。

そう思った時、私はまた弟の承二のことを思い出していた。

終戦三年目のことであった。当時一流新聞の政治部に勤めていた承二が、或日私のところへやって来て、夕食を食べて帰って行く時、バスの停留所で、

「僕は新聞社が急に厭になったんですよ。もともとこうした仕事は性に合わなかったが、それが最近堪《たま》らなく厭になったんです。もっと人との交渉の少ない仕事へつくづく変りたいと思いますね」

承二はこう言った。承二はどちらかと言えば友達づきあいのいい明るい性質で、一応新聞記者としては優秀だと見られていただけに、突然自分の心の底を開いてみせたようなこんな言い方は私を驚かせた。しかし、私はその時弟は実際にいま新聞社というものが嫌いになっているのだろうと思った。そして確かに弟は小さい時からそうしたものを持っていたに違いなかったと思った。

「そんなに嫌いだったら、やめて商売替えしたらいいじゃないか」

「そうしたいんです、本当に」

「そうしろよ。まだ若いんだから――」

私は寧ろそのことを彼に勧めるように言った。無責任な気持からではなく、そうした言い方しかできないようなものを、その時の弟は持っていた。

承二はそれから二ヵ月程して正式に新聞社を退いて、妻の実家のある、地方の都市に帰って、その土地の小さい銀行に勤めた。私には彼が突発的に私に示した人間嫌いとでも言うべき性格にとっては、地方の小銀行もまた新聞社とたいして変りはないであろうと思われたが、ともかく承二は今日までそこで働いている。

承二の場合も、大勢の人間がひしめき合っている社会から急にすうっと身を退きたくなったことは、母や妹と同じ心の動き方ではなかったか。そういう人間嫌いの血は私の家の総ての者の体の中を流れているものではなかろうか。突然自分の境遇から脱出を試みたもう一人の人間を私は母方の親戚の中に持っている。

母のすぐ下の弟——といっても、現在は六十歳を越えた叔父であるが、彼もまた突如己が転身を実行した人物であった。土木会社の社長という一応成功者としての地位を築いたにも拘らず、終戦直後彼はこれと言った理由なく、自分からそこを退いていた。まるで矢も楯も堪らなくなって飛び出すといったような、そんな辞任の仕方だった。小会社の社長では食べて行かれないとか、従業員との対立が厭になったとか、その時々に叔父は尤もらしい理由を語ったが、外部から見ると全く理解に苦しむ態度であった。もしそれを最も納得行くような形で解釈するなら、それは彼が自分を取り巻く環境に嫌悪の情を覚えたとしか考えられなかった。叔父は、その後薬種商、雑貨屋と、小さい資本で二、三の商売を始めたが、どれも決してうまく行っているとは言えなかった。母に似て自尊心の強い人柄なので、一言半句の不平も言わないが、見ていて痛ましい感じがした。

こういう私自身、体の中にそうした血を持っていないとは言えなかった。清子にも承二にも無意識のうちに、ある共感を感じていたし、叔父の、一見理解にも苦しむ転身に対しても、私なりの理解の仕方をしていた。彼等が、そうしないよりも、そうした事に於て、私は彼等が好きなのであった。

私は、街を外れ、炭坑住宅が並んでいる一郭を歩き廻りながらそんなことを思い続けていた。

私が実際に姨捨の土を自分で踏んだのはこの秋のことである。仕事で志賀高原に出掛けて行った帰りにふと姨捨という土地を訪ねて見る気になったのである。信越線の戸倉駅で下車したのは夕方で、その晩は戸倉の温泉旅館に泊り、翌日自動車《くるま》を頼んで、姨捨駅へと向った。

自動車は戸倉の町を出ると暫く千曲川に沿って下流へ走ったが、途中から小さい丘陵へと登って行った。

「雨が降らんといいですがね」

と、中年の運転手は言ったが、空は一面曇っており、時雨《しぐれ》でもやって来そうな薄ら寒い天候であった。

自動車の行く途中の山はすっかり紅葉していた。楢《なら》、櫟《くぬぎ》などが、まるで燃えているような赤さで、自動車の前後を埋め、ところどころに松だけが青かった。

部落を二つ三つ過ぎた。どれも更級《さらしな》村に属する小部落だった。部落にはいると、どの家の傍にも畑があり、畑には大根や葱《ねぎ》などが植わっていた。

羽尾という部落を過ぎるとき、道の前方を五、六人の老婆が歩いていたが、彼女らはいっせいに立ち停って自動車を避けた。

「お婆さんが多いね。棄てられたんじゃああるまいね」

私はそんな冗談を言った。

「まさか」

運転手は言って、

「この辺に棄てられれば、いくらでも帰って行かれますよ」

「昔はこの辺でも淋しかったろう」

「淋しい道に違いなかったでしょうが、里に近いからこんなところへ棄てても駄目ですよ。いまはこの辺一帯を姨捨って言っていますが、本当の姨捨山は冠着山です。ここからは見えませんが、いまにすぐ見えて来ますよ」

と言った。運転手の言う冠着山は和歌で知られている中世の姨捨山だった。

「小長谷山というのは？」

私は訊いてみたが、この上古の姨捨山については、運転手も全然知らないらしかった。あるいは現在別の呼称でよばれているのかも知れなかった。

三十分程で、自動車は姨捨駅に着いた。駅前の広場で下車すると、運転手に案内されて、駅の横手の道を観月の名所として知られている長楽寺の方へ降りて行った。汽車の窓から何回となく眺めた風景の中へ、私は一歩一歩あゆんで行った。

眼にはいる山野はどこも紅葉していた。

かなり急な勾配を先に立って降りながら、運転手は忘れていたことを思い出したように

振り返ると、

「あれが冠着山ですよ」

と教えてくれた。中腹に駅のある丘陵の向うに重なるようにして、冠着山は山巓《さんてん》を雲に包まれたまま、その山容の一部を現わしていた。姨捨伝説の姨捨山であるかどうか知らなかったが、とにかくその冠着山というのは、ちょっとやそっとでは登って行けそうもない遠い高い山であった。母も、もしこの山を見たら、冗談にもこの山に棄てられたいとは言わないであろうと思った。

しかし、私はすぐ思い直した。私は勝手に自分の姨捨山を想像し、母を背負ってそこを彷徨する自分を脳裡に描いたりしていたが、母は母であるいは私とは全く別に、この冠着山のような急峻な大山を姨捨山として想像していたかも知れないと思った。

そもそも姨捨山というものがこのような山である筈であった。清子が身を投じた姨捨山も、あるいはまた承二のそれも、考えてみれば確かにいま自分が歩いている紅葉に飾られたなだらかな丘陵より、嶮峻な冠着山の方にずっと近いに違いなかった。

坂道を降りて行くと、そのうちに大きな石の詩碑が丘陵の斜面に幾つかかたまって立てられてあるのが見られた。石の面の文字は消えているので、古いものか、新しいものか判らなかったが、ここから見た明月を賞した歌や俳句や漢詩などがそこには書きつけられてある筈であった。

道を降って行くに従い、更に幾つかの詩碑が斜面のあちこちに立っているのが見受けられた。これらの碑が月光に照らされているところを想像すると、なぜか風流といったものとは凡そ縁遠い不気味な感じだった。

やがて道は自然にそれ自身断崖を形成している巨大な岩石の上に出た。姨石と呼ばれている石であった。棄てられた老母が石になったものだという。この石もまた不気味だった。が、その石の上に立ってみる善光寺平の眺望は美しかった。平原の中央を千曲川が流れ、黄一色の平野のあちこちに部落がばら撒《ま》かれ、千曲川を隔てて真向いの山はこれもまた紅葉で燃えていた。

姨石の横手の急な石段は血のように赤い小さい楓《かえで》の葉で埋り、石段を降り切った長楽寺の狭い境内は黄色の銀杏《いちょう》の葉で埋っていた。

長楽寺の庫裡《くり》にはその前に子供が数人遊んでいるだけで、声をかけても内部からは誰も出て来る気配はなかった。

私たちは観月堂の小さい建物にはいって、そこで休んだ。奉納の額や絵馬の面は長い年月のために全部消えていた。それらは何枚かのただ白い古びた板であった。

「月より紅葉の方がよさそうですね」

と、運転手が言ったのは、私もまた同じ思いを持った時であった。

平原の一角が急に煙ったようになり時雨がやって来る音が聞えると思っている間に、私たちの居るところにも雨粒が落ち始めて来た。私たちはそこを離れた。

その夜は私はもう一晩戸倉の旅館に泊った。そして私は清子にやはり東京で働いてはどうかという手紙を認《したた》めた。夜半から時雨は烈しい雨に変った。

満月

影林三幸の生涯に於て、昭和二十五年の仲秋名月の夜ほど記念すべき意味深いものはなかった。いつも株主総会が会社の貴賓室で開かれたあと、南の一流の料亭で、社の幹部も加わって、懇親会が開かれることに決まっていたが、それはこの日の緊急総会の場合も例外ではなく、南では一、二のとき屋の新築の座敷に三十人ほどの人間がコの字型に居並んでいた。

社長の大高雄之進が正面の床を背にしており、その両側に大株主のS証券の社長と、A銀行の頭取が坐り、その頭取の隣には影林が坐っていた。あとの正面の残った席を重役たちが占め、部課長連中は両側の袖に流れて居並んでいた。これまで正面の重役席の端の方に居た影林が、中央近くに座を移していることを除けばこれまでと同じ序列であった。

会場はいつもと少し違った空気を持っていた。客とほぼ同数の芸者たちが広間にはばら撒《ま》かれていたが、宴会が始まってからもう一時間近くなるというのに、一座のざわめきにはもう一つ沸き立たないものがあった。

時折下座の方でけたたましい嬌声《きょうせい》が上がったが、それは間違って打ち出された花火のように間が抜けていて、そのあとには器物の触れ合う冷たい音だけが響いた。なぜいつも程浮き立たないかということは、両側の袖に並んでいる部課長連中には判らなかった。彼等はお互いに談笑しながら、飲んだり食べたりしていたが、時々大物がずらりと控えている正面の席の方へ視線を投げていた。妙に気になるものがそこにはあった。

芸妓たちは、理由は判らなかったが、初めからこの宴会が少しも面白いものにならないことは知っていた。最初鴛鴦《おしどり》の行列のように二列に並んでこの座敷へはいって来て、順々に客たちの前へ着席して行った時から、早くもこの部屋の空気には妙に硬いしんがあるのを彼女等は敏感に感じ取っていた。

下手の襖《ふすま》が開けられ、蛍光燈の光でいやに白っちゃけてみえる踊りの舞台がさらけ出された時、ふいに社長の大高は席を立った。渋いダブルの洋服を纏《まと》った気難しいこととお洒落《しゃれ》なこととで有名な老人は、少し前屈みになって正面席の連中の背後を通り、広間から廊下に出ると、あとは無表情の顔を斜め上に向けたまま玄関の方へとことこ歩いて行った。

社長が立った時、影林は大高は帰るに違いないと思った。大高にとっては決して愉快な宴席ではなかったし、彼が居る限りこの宴席の弾まないことは誰よりも彼自身一番よく知

っている筈であった。影林は会社に対して大きい発言権を持っている隣席の小柄な頭取の方に、

「私は今夜は大高さんに付合いましょう。付合って上げようと思うんです」

そんな風に挨拶した。すると頭取はそれがよろしいでしょう、そうなさいと、持前の嗄《しわが》れた声で言った。影林は証券会社の社長の方にも会釈して、それから他の者に気付かれぬように座を立った。大高のことを社長と呼ばずに、大高さんと言ったのは、正確に言うと三時間程前から大高が社長でなくなり、自分が社長になったからであった。こうしたけじめは平生から影林ははっきりしすぎる程はっきりしていた。

影林が大高を追いかけて玄関へ行くと、大高は式台のところに腰を降ろし、靴の紐をお内儀《かみ》の妹の照子に結ばせていた。二、三の部課長が、偶然に大高の帰るのを見付けたらしくそこへ顔を出していた。

影林も靴を履いて玄関を出ることは出たが、大高と一緒には自動車《くるま》に乗り込まなかった。彼は大高のくるまを送り出してしまうと、照子に自分のくるまを招《よ》ぶように命じた。

「あら、お帰りでございますか」

照子は驚いて言った。いつも大抵の場合大高の腰巾着として大高の傍から離れなかった影林が、多少そっけなく大高を一人くるまで帰してしまったことも異様であったし、それはそれとしても、影林自身が一人で早く宴席を離れて行くことも解せないことに思われ

た。

影林はくるまが来るまで二、三分玄関の表で待っていた。彼が大高に付合うと言うことを理由にして宴席を立ったのは、前社長を帰らせて自分が居残っていることに多少の面映《おもはゆ》さを感じたこともあったが、それよりも早く一人になって、自分の摑《つか》んだ幸運を、自分の手で触ってみ、それが本当に自分の手のうちにあるかどうかを確かめてみたい気持の方が強かった。

くるまは植込みの向うから滑って来た。影林がそれに乗り込もうとした時、彼は運転台に秘書課長の遠山が乗っているのを見た。

「お送りしましょう」

大高に眼をかけられて、異数の抜擢《ばってき》で三十三、四の若さで秘書課長になっている青年は前方に顔を向けたままで言った。人気のある映画スターに似ていると言って、社の女の子たちから騒がれている男である。

影林は遠山が大高を送らないで、自分を送ろうとしていることにくすぐったいものを感じた。抜目のない奴だと思った。しかし、影林は遠山が大高を送らないで自分の方を送ろうとしていることを咎《とが》めはしなかった。ただ大高が社長をやめ、自分が社長になることは、数人の重役以外まだ誰にも知られていない筈であった。つい三時間前に決まったことではあるし、三日後の発表まで重役同士極秘にすることを固く申し合わせてあった。従って、こんどの更迭のことが遠山の耳にはいる筈はなかった。だから遠山がそれを知っているとすれば、彼はそれを彼独特のかんで嗅ぎ取っているわけであった。

実際、遠山はその通りであった。こんどの緊急株主総会が開かれたことは、社の上層部にかなり大きい人事の異動があるものと一般に予想されていたが、しかし、ワンマンで通って来た大高の引退ということは誰にも考えられないことであった。大高あってのS商事であったし、S商事を現在のように大きくしたのは大高であった。ここ一、二年に三つの新会社を創設し、それがどれもうまく行っていない責任は大高の当然取るべきものではあったが、しかし、大高の引退というようなことは夢想だにできないことであった。しかし、遠山だけはそれがあるかも知れないと思っていた。あり得べからざることがあるということを、遠山は自分だけの人生に対する一つの見方として持っていた。彼は人生をそうしたものとして考えていたが、そうした遠山の性向は不幸な幼時に於て形造られたものであった。父が事業に失敗して自殺したことも、母が情夫を造って家を出たことも、そしてそうした中で自分が奇特な外人の手で大学教育まで受けさせて貰ったことも、それはすべてあり得べからざることと言わなければならなかった。

遠山は大高が席を立ち、影林が続いて席を立った時、一緒に広間を抜け出したのであった。遠山は大高の様子からは何も嗅《か》ぎ出すことはできなかった。平生、それ以上不機嫌になれぬような不機嫌さを身に着けていたので、失意のどん底にあっても大高はより不機嫌になることはできなかった。

影林も同じように不機嫌な顔をしていたが、この方は自分の幸運を不機嫌さで押し匿《かく》そうとしていた。影林は今まで不運であればある程表面は上機嫌を装うように自分を訓練して来ていた。だから遠山の眼には、影林の不機嫌さは異常に見えた。そして不機嫌さの包紙に大切に仕舞われてあるものがひどく甘美なものであるに違いないことが遠山には感じられた。

遠山は大高に依って今日の地位をかち得ていたが、大高を送り出している影林の姿を見ている時、ふいに自分はこれから大高から離れてこの人物に近寄らねばならぬと思った。そしてその切替えは恐らく今この瞬間を措いてはないだろうという気がした。

もう一人くるまに乗り込んで来た人物があった。それはこの料亭のお内儀の妹の照子であった。照子は今年三十歳の寡婦だった。いろいろ仲に立って口を聞いてくれる人もあったが、より好みしていて片っ端から再婚の口を握り潰していた。

照子は遠山と影林が同じくるまに乗っているのを見ているうちに、ふとどうせこれから二人はどこか北あたりのお茶屋へ行くに違いないだろうから、自分もついて行ってみようかと言う気になったのである。

「御一緒に行ってよろしい？」

照子は言いながら、さっさと影林の隣へそれが自慢の毬《まり》のような弾力のある体を投げ込んで来た。

「おい、駄目だよ」

遠山は多少周章《あわ》てて言った。遠山は女に騒がれつけているので、女の言動はすべて自分を中心にして行なわれているものと考える癖があった。この場合も、照子は自分がいるからこのくるまに乗り込んで来たものとしか考えられなかった。それが影林に対して具合が悪かった。

「いいの、遠山さんは黙ってらっしゃい」

照子は言った。

「今日は駄目だよ」

「だって、これからどうせどこかでお酒飲むだけの話でしょう」

照子は言った。そして暫くしてから、

「ねえ、社長さん」

と甘えた声を出した。遠山ははっとした。影林もはっとして、その瞬間思わず体を動かした。自分をはっきりと社長と呼んだ若い女が影林には不気味に思われた。

「今夜は仲秋の名月よ。お月見しましょうよ、ねえ、社長さん」

影林はその社長という呼び方を訂正しないで、

「遠山君、脇本へでも行くか」

と、北のお茶屋の名を言った。仲秋の名月ではあったが、曇っていて月は顔を出していなかった。照子の言葉で影林も遠山もちょっと窓から車外を覗くようにしたが、運転手だけが月には無関心だった。無関心であることをその微動だにさせない体で表明していた。

脇本へ行って二次会が開かれた恰好になった。照子は今まで影林のことを専務さんとか影さまとか呼んでいたが、自分がくるまの中で使い出した社長という呼び方をその後も改めないで気前よく使っていた。S商事の人事の異動は前から耳にしていたが、大高を送り出している影林の様子を見守っている時、照子はその異動が今日あったに違いないと思った。そしていい加減な当て推量で影林が社長になったのではないかぐらいの気持から、ためしに社長さんと呼んでみたのだが、満更それが外れて居そうもなかったので、脇本へ来てからもその新しい呼び方ばかり使った。しかし、遠山の方は要心して社長とは呼ばなかった。と言って、照子が社長、社長と言うのに自分が専務と呼ぶわけにも行かなかった。

影林は脇本へ来てからほっとしたのか、いつになく酒量を過した。決して酔わないということで売って来たが、今夜は少し酔いが出て、化粧室へ立って行く時足許がふらついているのが自分でも判った。

影林は化粧室から出て来た時、自分の社長就任に一番力を尽し、それを悦んでいる人物は重役の北坂であることを思い出した。影林は今日の悦びの席に北坂をこそ招ばねばならぬと思った。北坂の手を執って一緒に盃を酌《く》み交したいような多少感傷的な気持になっていた。

影林は廊下の受話器を取り上げて、南の料亭へ電話を掛けた。向うではお内儀が出て来た。

「いまお開きになり、みなさんお帰りがけです」

そうお内儀は言った。影林は他の人に気付かれぬように北坂を呼んで貰って、彼に自分の居所を告げた。

「もう祝いですか、早いな」

北坂は声を低めて言うと、

「直ぐ行きますよ」

と言った。

半時間程すると、くるまの停まる音がして、少し赤くなった北坂の生真面目な顔が部屋へ現われた。北坂は遠山の居るのを見ると、ちょっと場違いの人間の居るような顔をしたが、さして気にも留めない風で、

「早いんですな、社長祝いとは」

と言った。この北坂の言葉を聞いて、遠山は影林がやはり社長になったことを知った。あり得べからざることは起ったのである。それから遠山も、何の気兼ねもなく影林のこと

を社長、社長と呼んだ。

その頃になって、初めて月が出た。月が出ると、女中が縁側の障子を開けた。薄《すすき》や萩が大きな花瓶に入れられて飾られてあった。他の者は席を動かなかったが、照子は縁側に出て、そこに坐って月を見た。照子は遠山が好きで、遠山の傍に居たいだけで家を抜け出して来た自分の気持が、この頃になってはっきりして来ていた。

一座は賑《にぎ》やかになっていた。若い妓が四、五人現われ、お内儀もずっと新社長の影林の傍に付ききっていた。影林はみんなから社長社長と呼ばれていた。そしていつか社長と呼ばれることが当然なことのような気持になっていた。

「人間金ができると、権力や地位が欲しくなり、その次は女で、女にも不自由しなくなると最後は名誉と勲章だな。大高社長ぐらいの人でもやたらに勲章をほしがったからな」

北坂は言った。北坂は影林より五、六年あとの入社で、年齢の方は更に大きく十歳ほど開いており、まだ四十代の半ばであったが、影林よりずっと老けて見えた。言うことも、考えることも、真面目一点張りで浮いたところはなかった。

「全く人間おかしなものだな」

影林も相槌《あいづち》を打ったが、心の中で、その大高の金にも、権力にも、女にも、勲章にも、自分はいつも一役買っていたと思った。大高にそれを与えるために蔭でどんなに苦労して来たことか。大高のお守りは並み一通りのことではなかったと、彼の下で身を粉《こ》にして働いてきたその長い歳月の重さがふいに酔いの廻っている影林の体の上にのしかかって来た。

「うーむ」

と思わず影林は唸《うな》るような小さい叫び声を上げた。

「何を唸ってらっしゃるの？」

お内儀は笑ったが、影林は自分が唸り声を出したことを笑えなかった。

「到頭、今年の鍵屋の月見の会も、お流れになりましたな」

北坂に言われて、そのことに影林も今さらのように気が付いた。毎年大高を囲んで、九月か十月のどちらかの満月の晩に、社の幹部だけが二十数人集まって観月の宴を開く慣例だった。その宴会の幹事を影林は若い部課長には任せず、いつも自分自身が引き受けてやって来ていた。九月とも十月とも決めてないのは、当日雨が降ると大高の不興を買うに違いなかったので、それを避けるためだった。影林は毎年のように九月になると測候所に人を出して、天気模様を調べ、その頃が晴れるに間違いないと判れば九月にやることにして、少しでも危なそうだと、それを十月に延ばした。

今年もまた例年と同じように影林はこの観月の宴に気を遣っていた。十日程前に測候所に問い合わせたところでは、九月の月見の頃は雨になるだろうということだったので、已《や》むなく十月に延ばすことにしていた。それが、雨どころかきれいに晴れ渡って、しかも、それが、このように自分が社長になることに決まった日にぶつかろうとは思いもかけぬことだった。

影林も席を立つと縁側に出た。白い月光に照らし出された照子の襟足が、妖しく影林の眼にまといついて来た。ついぞ女というものに心を惹《ひ》かれたことも気を許したこともない影林にしては珍しいことだった。

北坂と話していた遠山の声が急に影林の方へ向けられた。

「社長、今夜を記念して、これから毎年月見をやりましょうよ。大高さんの時代だけでやめるのは惜しいですよ。折角続いて来たものですからね」

遠山は言った。前面を開け放した鍵屋の大広間で、床を背にして威風堂々とあたりを払っていた観月の宴に於ける大高の姿が、この時ふいに影林の眼に浮かんで来た。

「じゃあ、遠山君、君、幹事をやれよ」

影林は言って、晴れ渡った青い空に浮かんでいる九月の明月を仰いだ。そして、成程月というものは美しいものだなと思った。

この日もう一人この宴席に客があった。それは野球評論家で新聞などによく寄稿するので、一部にその名を知られている貝原二郎であった。彼はたまたま新聞社の連中とこのお茶屋に来ていたが、帰りがけに、影林三幸が来ていることを知って、その部屋へ顔を出す気になったのであった。貝原は愛知県のA半島の基部の田舎町の中学校を卒業したのであるが、中学時代から野球がうまく、彼が五年の時全国の大会で優勝したことが、彼の一生をついに野球と離れ難いものにしていた。貝原は私立のB大時代から不世出の名投手と謳われ、新聞社にはいり、野球記者として名を馳せ、戦後は一時職業野球のマネージャーとして華やかな存在になったが、酒が祟《たた》って現在は一線から退き余りうまく行ってはいないようであった。

貝原は実業家の影林三幸には機会があったら一度会いたいとかねがね思っていた。それは影林もまた彼と同じ中学校の八年程前の卒業生で、同じ野球部に籍を置いていたことを知っていたからである。どの程度に野球をやったかは全く知らなかったが、母校の先輩である実業家には会わないより会っておく方がいいに決まっていた。

貝原は予《あらかじ》めお内儀を通してその旨を伝えておき、やがて五尺八寸の大きな図体をのっそりと影林の部屋へ運んで来た。

影林も貝原が自分の母校の後輩であることは前から知っていた。話が郷里と郷里の中学校のことになると、貝原は、

「僕は社長とキャッチボールをやったことがありますよ。覚えていませんかな」

そんなことを言った。

影林は驚いた。自分が大学時代夏休みなどに郷里の中学校へ行って、後輩の合宿へ顔を出し、彼等とキャッチボールをやったことがないとは言えなかったが、しかし、この大男

の後輩には全く記憶はなかった。

「凄く早い球でした。てこずりましたよ」

貝原は言った。

「そうかな」

「会社では誰も野球の選手時代の社長を知らんでしょう。僕も選手時代は知らないが、しかし、早い球だったな、実に」

貝原の言葉で、遠山も、北坂もひどく驚いた。この五十五歳の痩せぎすの新社長の腕から、曾《かつ》てスピードの早い球が飛び出したとはどうしても考えられなかった。お内儀も芸者たちも半信半疑の面持だった。

影林は貝原が自分を誰かと取り違えているに違いないと思った。しかし訂正する必要もなければ訂正しなければならぬ根拠もなかった。

夜気が寒くなって障子を閉めると、一座の者はそれから酒のピッチを上げた。照子はやたらに貝原に飲まされて酔っ払った。遠山さん、遠山さんと遠山の名を口に出しながら、遠山がいつまでも崩れないでちゃんとしているのが妙に憎らしく、彼に見せつけるような気持で照子は何回も影林三幸の膝の上に凭《もた》れて行った。

影林が大高に代わって、S商事の社長に就任した翌年から、毎年のように月見の会は開かれた。大高の時代は場所は南の鍵屋に決まっていたが、遠山が幹事になって始めた影林を中心に据えての観月の会は、いつも一泊旅行の場所が選ばれた。

二十六年は和歌の浦、二十七年は琵琶《びわ》湖畔の堅田《かただ》へ出掛けた。そして二十八年以降はその年の春に本社が東京に移り、幹部の大多数が東京に移ったので、観月の宴も従って東京附近の地が選ばれるようになった。

二十八年は銚子、二十九年は水戸、三十年は下田、三十一年は箱根の仙石原へと出掛けた。大抵の場合、影林は着いたその夜宴会では疲れるからという遠山の勧めもあって、前日から出掛けて行った。影林は平時社務に忙殺されていて、大阪と東京、あるいは福岡の間を飛行機で往復する以外どこへも行かなかったが、一年に一回のこの観月の宴だけには、仕事をやりくりして出掛けるようにした。大高時代から一回も休みなしに続いているこの観月の宴を中断することも惜しまれたし、それに自分が初めて大高に代わって社長の地位に就いた日がたまたま仲秋の名月に当たっていたということを記念する気持もあった。

それからもう一つ、これはこの観月の宴の副産物であり、遠山と、他に二、三の社員だけの知ることではあったが、影林にとっては照子と二人で公然と外泊できる唯一の機会でもあった。

照子は影林が社長になった晩、ひどく酔っ払って、同じように酔っ払った影林と関係を持ったのであったが、照子としてはこれはひどく意外なことであった。遠山と関係ができるなら話は判ったが、影林と関係ができたことは、自分でもちょっと信じられぬようなことであった。照子は好きな遠山とでなく影林と関係を持ったということで、自分の情事に対する考え方をきっぱりと切り替えてしまった。どうせ女の若い時は短いのだし、遠山の場合にしても相手には妻子があり、関係を持ったとしても結婚できるわけのものでもないから、自分が遠山でなく社長の影林を選んだということは寧《むし》ろ賢明であったかも知れないと思った。

照子は毎月多額の金を影林から引き出していた。自分の影林との関係は、全く金であると、照子は自分に思い込ませていたが、それにしても、それなりの影林に対する執着も嫉《しっ》妬《と》もあった。影林が東京へ居を移した時、照子もまた鎌倉へ百五十坪程の土地を買って女中と二人で住む小さい家を建てた。影林が忙しくて何日も顔を出さないと、照子はひどく腹を立て、その度にもっと金を奪《と》らなくてはと思った。

影林は仕事のためにろくに顔も出さない若い情人と、たとえ二泊旅行にしろ、知らない土地へ旅行することのできるのは、この観月の宴のお蔭であると思った。照子は仲秋の名月の当夜とその前夜だけ、影林をその仕事からも家庭からも引き離して独占した。大抵第一夜は一悶着《もんちゃく》あって、別れるの別れないのと大騒ぎし、時にはその間に遠山に立って貰うこともあったが、翌日の月見の晩は機嫌を直していた。影林が宴席を設けてある料亭へ出掛けて行って遅くなって帰るまで、照子は一人で宿の縁側で月に向かっていた。照子は一人で月を見るように生まれ付いている自分が初めは恨《うら》めしく腹立たしかったが、いつかそれに慣れた。月光の降る縁側でマニキュアをしたり、紙幣《さつ》を数えたりした。こうして照子は和歌の浦の月も、堅田の月も、そして銚子、水戸、下田、箱根といったところの月も見た。方々の仲秋の名月だけを知っていた。

影林は東京へ移ってからは、この観月の宴には前社長の大高がそうであったように和服で出席した。影林が大高と似て来たのは和服を着ることばかりではなかった。無口なことも、何事に依らず自分の気に入らぬことがあると、顔色を変える気難しさも次第に似て来ていた。幸い雨にぶつかった時はなかったが、銚子の時と水戸の時は二年続けて曇っていて月はほんの少ししか顔を出さなかった。そうした時はひどく影林は不機嫌だった。

この年に一度の宴席には、遠山の配慮で大抵大阪から脇本のお内儀が招ばれた。お内儀のほかに、影林が社長になった夜の宴席に顔を出した数人の芸妓たちもわざわざ大阪から招び寄せられた。芸妓たちは年々数を少なくした。芸妓を罷《や》める者もあったし、家を構えて自由に出歩けなくなる者も居た。そうしたことにも、影林は不機嫌になったので、幹事の遠山の気遣いは大変だった。

遠山にはこの当日が晴天であるかどうかの気まぐれな自然現象と、これまた自然現象なみの気まぐれさをその生活に持っている大阪の芸妓たちのほかに、もう一つこの宴席に関係することで悩みがあった。それは直情径行派の北坂が水戸の観月の宴以来、影林のワンマン振りに腹を立てて、出席したがらないことであった。

「お願いします。一晩だけ付合って下さいよ」

遠山は北坂に懇願した。すると北坂は、

「君は、影林天皇のお蔭で重役になったんだから勤めなければならないが、俺は御免蒙《こうむ》るね」

そんな言い方をした。遠山は重役になっていた。北坂の言うように遠山がともかく重役の末席へでも名を列《つら》ねるようになったのはひとえに影林の推挽《すいばん》に依るものであった。それは遠山が身を粉にして影林に尽し、時には影林家の台所にまではいって夫人の機嫌を取り、また夫人と照子との間に挟まれてさんざんつつき廻されることへの報酬であった。

いつも観月の宴で一座がうんざりするのは、影林と知合いになってから社の嘱託になった貝原二郎の長広舌であった。貝原は毎年のように自分たちの野球部の先輩としての影林のことを語り、自分は当時、どうしても先輩としてコーチに来た影林の速球を受けとめることができなかったというようなことを語った。

貝原は毎年同じことを、巧みな話術で具体的な例を引いたりして喋った。新人社員は、会社では何をしているか判らぬが、一応野球評論家としては名を知られている大柄な男の話を面白く聞いたが、二年目からは誰も早く終わればいいと思った。貝原の話は年々尾鰭《おひれ》をつけて、いかにも本当らしくなって行った。貝原自身が本当にその当時を回想しているかのように、その話は一種異様な熱を帯びていた。

影林の方はその貝原の話を聞くのが厭ではなかった。貝原が立ち上がると、自分が野球部の選手をしていた若い日の頃がありありと思い出されて来た。自分の球の速さを持てあましている貝原のユニホーム姿さえそれが真実のことのように眼に浮かんで来た。

三十年の下田の会の時、小さい事件があった。それは、貝原が野球の話をしている時、遠山の懇請に依っていやいやそこへ出席していた北坂が到頭腹を立てて、

「おい、もういい加減にやめろ」

と、呶鳴《どな》ったことであった。貝原は頭を掻いて、少しおどけた恰好で話を端折《はしょ》ると座に就いた。一座の者はどうなることかと正面の影林の顔を窺《うかが》ったが、その時影林はそのことには気付かない風をして、月光に照り映えている海の見える縁側の方へ黙って顔を向けていた。

影林もさすがにこの北坂に呶鳴られたことは心に応えた。北坂に自分のいい気になっているところを大勢の前で指摘されたことより、何年か前の大高社長の時代にやはり宴席で北坂が何か我慢できないことがあって、社長の大高の取巻きの一人を呶鳴ったことがあったのを思い出して、そのことの方がやり切れなかった。その時大高は黙って、盃を取り上げると、それをぽいと抛《ほう》るような仕種《しぐさ》で北坂の方へ投げた。盃はゆるいカーブを取って何

人かの頭を越えると、北坂の右眉のあたりを飛んで、その背後の縁の上に落ちて割れた。

影林は顔を縁の方へ向けたまま、いま彼もまた盃を投げたい気持の突き上げて来るのを感じ、それに耐えていた。どうして大高と同じように、盃を投げるということで彼に報復したいのか判らなかった。影林は暫くして、気持の収まるのを待って、自分は盃を投げなかった。その代わり北坂は相談役にし、その上で会社を退かせようと決心した。

そうしたことがあってから二ヵ月して、北坂は相談役になり、その翌年の春に社を退いた。

その頃から、影林は何となく遠山に対する重役陣の風当りの強いのが感じられた。影林に対して直接言えないので、人事や事業拡張に関する一般の不満はさし当たって遠山にぶつかって行くようであった。

影林は九州の支社の組織を大きくして、そこの支社長に遠山を持って行くことを考えた。これは遠山のためでもあり、影林自身のためでもあった。

しかし、この転出に対して遠山はひどく不服だった。遠山は使うだけ使って、自分を遠ざける影林を恨んだ。遠山は命令通り九州の支社長に転出して行ったが、九州支社の組合から影林に対する不信の声が上がったのは遠山が赴任して半年程してからであった。組合員が上京して来たり、社内にパンフレットが撒《ま》かれたりした。遠山が使嗾《しそう》しているとは思えなかったが、何となくそれを大眼に見て、その成行きを興味をもって眺めているような彼が、東京本社の誰にも感じられた。

　こうしたわけで、三十一年の箱根の観月の宴には初めて遠山が姿を見せなかった。遠山も居ず、北坂も居ず、大阪からの脇本のお内儀も風邪をひいて来なかったので、仙石原の宴席は誰の眼にも淋しいものであった。

　影林は宴会が終わると、照子の泊まっている宿へ貝原を連れて帰り、三人で一緒に宿を出て、点々と散在している人家の間の月光に照らされている白い道を三十分程歩いた。影林は夜風が寒かったので、照子を貝原と共に残して一足先に宿へ帰った。

　宿へ帰って何気なく床の上に半開きになっている照子のハンドバッグの内部を覗くと、日航のマッチと福岡の旅館のマッチが二個出て来た。影林は照子の日頃の生活を全く覗いていなかったので、この時初めて彼女が平生何をしているか判ったものではないという気持に襲われた。

　三十分程して、照子は宿へ帰って来た。

「福岡へ飛行機でいつ行った？」

　影林が言うと、照子はぎくとして顔色を変えた。照子は遠山からこんどの観月の宴には行けないという葉書を貰い、いままで何年も必ず遠山と一緒にくるまで月見の場所へ行ったのに、それが出来ないと知った時、ふいに自分がもう何年も遠山を愛し続けていたような気がした。そして自分が影林とこんな関係になったのも、またそれを続けているのも、所詮みんなそれは遠山と年に一度一緒にドライブするためではなかったかと思った。そう思うと照子はどうすることもできない気持に襲われて、福岡行きの切符を買い、その日の午後の日航機で羽田を発《た》ったのであった。

福岡の空港には遠山が迎えに出ていた。そこから真直ぐに二人はくるまで箱崎へ行き、そこの旅館に泊まった。そしてその翌日遠山は支社へ行き、照子は別のくるまで再び空港へと向かった。くるまは海岸に沿って走ったので、照子は福岡へは行ったが、そこの町のどこも知らなかった。

暫く影林と睨《にら》み合っていた照子は間もなく落着きを取り戻した。あれほど慎重を極めた遠山との密会がよもや影林に判ろうとは思われなかった。ただ飛行機へ乗ったことだけは誰かに見付かったかも知れないと思った。

「ダイヤのいいのがあるというので見に行ったのよ。何よ、その顔！　変に疑るなら、わたしだって考えがあるわ。一日中一人で家にぼつねんとしているんですもの、ダイヤぐらい買いに行ったってなんですか」

そして、照子はダイヤの知識をふんだんに披露した。影林は照子への疑いを解いたわけではなかったが、さしずめダイヤの高値の方が直接に自分に大きく響く問題だった。そしてどちらからともなく矛《ほこ》をおさめてその話はそれで打切りとなった。

影林が事業の不振を理由に、大株主総会に於て、社長の席から引退するように強要されたのは三十二年の秋であった。これは明らかに社の内部と外部とが連絡して企んだ謀略であったが、それに対抗する手段はなかった。叩けば多少の埃は出た。遠山初め何人かの阿《あ》諛《ゆ》者に取り巻かれていた影林としてはそれは当然のことであった。曾て大高が辿った同じ道を影林もまた辿ることになったのである。会社の人事に対して大きい発言権を持っている銀行や証券会社や保険会社の方に、影林はかなり大勢の知己を持っていた筈だったが、どういうものか、影林に力を貸す者は現われなかった。こうなってみると、全く自分の不徳の致すところと言うほかはなかった。

影林は事の原因は半分は自分にあるとしても、あとの半分は遠山の策謀にあると思った。影林のあとの新社長は誰とも決まっていなかったが、ある期間を置いて遠山が登場して来ることは眼に見えるようであった。遠山以外の何人でもない筈であった。

影林が刀折れ矢尽きた形で、重役会で自分の退陣の決意を発表したのは株主総会から一週間してからであった。影林は重役会の部屋を出て、社長室へ帰ると、心身共に烈しい疲れを覚えて、椅子に倚《よ》ったまま身動きができなかった。社長退陣の噂はすでに社内全部に拡がっているらしく、給仕や若い女秘書の眼付きまでも、影林にはいつもと違って感じられた。

七時に影林が帰宅のくるまを秘書課に命じていると、貝原二郎が大きな図体を社長室へ現わした。

「明日は仲秋の名月なのに今年はどうしたんです。通知が来ませんな」

迂闊《うかつ》者の野球評論家はそんなことを言った。影林も言われて初めてそのことを思い出した。この秋は観月の宴どころではない日々が続いたわけであった。

二人は社長室を出ると、社の玄関前からくるまに乗った。夜になっていた。送りに出た秘書課員はいつもより鄭重《ていちょう》に老社長を取り扱い、丁寧に頭を下げた。やがてこの会社を去るという社長への理由の判らぬ尊敬の念を強めているらしかった。

「鎌倉へ行ってくれ」

影林は運転手に命じた。家へ帰る気持にはならなかった。まだ照子の傍にいる方が気持は紛れそうであった。

くるまは京浜国道を走った。次から次へ背後から来るくるまが影林の乗っているくるまを追い越して行った。影林はいつも早く走ることを嫌ったので、運転手はゆっくりと慎重にハンドルを握っていた。六郷の橋を渡っている時、車体の小さいショックが老人の体にも伝わった。運転手はくるまを停めて、

「申しかねますが、タイヤがパンクしましたので五分程待って戴けませんか。まことに申し訳ありません」

そう恐縮して言った。影林は運転手がまだ自分への畏怖と尊敬の気持を失っていないこ

とを知って、そのことで運転手の不手際に堪えることができた。

自動車はそのまま橋を渡り、少し行ったところで道路から田圃へと逸《そ》れて停まった。影林と貝原二郎はお互いに黙って停まったくるまのなかに並んで腰を降ろしていた。貝原は鎌倉の社長の二号の家へくるまが着くまでに、会社に職業野球のチームを持たせる話を固めてしまおうと考えていた。この話はここ一年程の間、影林と会う度に必ず持ち出していたものだったが、はっきりした返事はまだ得られないままになっていた。老野球評論家はS商事に職業野球のチームを持たせることで、棄扶持《すてぶち》を貰っているS商事に於ける甚だ不安定な自分の立場を固めようと考えていた。

しかし、生来かつぎやの貝原は、自動車がパンクしたことでうんざりした。そして話は今日は切り出さない方がいいと考えた。しかし、それを口に出さないと、何のため鎌倉の二号のところへ行く社長のくるまに同車しているか、その意味が解らないことになって、貝原の行動は頗る《すこぶ》奇妙なものになるわけだった。何かを話さなければならなかった。しかし、気の利いたこととは無関係な貝原の頭からは何も出て来なかった。

影林もまたくるまがパンクしたことでうんざりしていた。社長時代一度もパンクしたことのないくるまが、恐ろしいもので社長をやめたとなったらとたんにパンクしたと思った。そしてそんなことを考えているうちに、影林はなぜか鎌倉の照子の家へ行くことに不安を覚えて来た。いつも照子のところへ行く時は何日か前に電話を掛けておくが、いまの場合は出し抜けの訪問だった。もしかしたら照子は居ないのではないかと思った。照子はダイヤを買いに（そう影林は自分に思い込ませていた）福岡へ行っているのではないか。そうした不安がいったん頭を擡《もた》げ出すと、照子が居ないということは、もはや疑うべからざる既定の事実のように思われて来た。

「社長、社長の球は受けにくかったですな。――ちょっと、あれだけ速い球はない」

漸く自分の口から出す言葉を思いついて、貝原二郎は言った。貝原はこのことを影林と二人だけの時に言ったことはなかった。いまが初めてであった。貝原はこの場合必ずしも心にもないことを口走ったわけではなかった。彼は余り度々同じことを繰り返して言って来たので、それはいまや彼の頭の中では一つの真実となっていた。

影林はその言葉ではっとした。忘れていた貴重なものを机の引出しの奥から見付け出したように、学生時代の自分の球の速かったことが今は彼に残されているただ一つの栄光として思い出されて来た。野球では高名な貝原でさえ受けにくかった速球を自分の腕は投げ出したのである。

影林は扉を開けて運転手に声をかけた。

「まだかい」

「もう五分程です」

運転手はパンクしたタイヤを外し終えて、それを抱えて立っていた。頭の髪を上の方にはね上げ、タイヤを抱えて立っている運転手は何かの漫画で見たことのあるような恰好であった。運転手の影はインキを流したように濃く、地面は月光で蒼白く冴《さ》え返っている。

影林は地面に降り立った。そしてふいに襲って来た月光の冷たい虚《むな》しさを振り払うために、彼は右手を前から上へと大きく振り上げて行った。影林は何十年振りかで投手のモーションをつけた。いつも予備選手で勿論投手のプレートなど踏んだ経験はなかったが、いまの影林はそんなことは忘れていた。彼は体を前へ曲げ、実際に球を投げ出すように振り上げた右手を大きく前へ打ち降ろした。貝原でさえ受け損じた速球をもう一度投げるために。

くるまの中で、貝原二郎は視線を窓の方へ向け、ふと一人の老人が変な恰好で痩せた腕を振り廻しているのを見て、ぎょっとして息を飲んだ。その姿には明日満月という月の白い光を浴びて幽鬼でも踊っているような鬼気があった。

補陀落《ふだらく》渡海記

熊野の浜ノ宮海岸にある補陀落寺の住職金光《こんこう》坊が、補陀落渡海した上人たちのことを真剣に考えるようになったのは、彼自身が渡海しなければならぬ年である永禄八年の春を迎えてからである。それまでも自分の先輩であり、自分が実際にその渡海を眼に収めた何人かの渡海上人たちのことを考えたことがないわけではなかったが、同じ考えるにしても、その考え方はまるで違ったものであったのである。

と言うのも、金光坊自身、自分が渡海するかしないかといった問題は、実際のところそれまではそれほど切実に自分の身に結びつけて考えてはいなかったのである。なるほど補陀落寺の彼の前の住職である清信上人は六十一歳で永禄三年に渡海しており、その前の日誉上人も天文十四年十一月、六十一歳で渡海している。それからその前の正慶上人は天文十年の十一月の渡海で、やはり六十一歳の時である。こうして補陀落寺の住職の前任者を並べてみると、三代続いて、六十一歳の年の十一月に、補陀落の浄土を目指して、浜ノ宮の海岸から船出していることになる。併し、だからと言って、補陀落寺の住職がすべて六十一歳の十一月に渡海しなければならぬというような掟はどこにもないのである。

補陀落寺は確かにその寺名が示す通り補陀落信仰の根本道場である。往古からこの寺は観音浄土である南方の無垢世界補陀落山《せん》に相対すと謂《い》われ、そのために補陀落山に生身の観音菩薩《ぼさつ》を拝し、その浄土に往生せんと願う者が、この熊野の南端の海岸を選んで生きながら舟に乗って海に出るようになったのである。浜ノ宮はその解纜《かいらん》場所、補陀落寺はいつかその儀式を司る寺となったが、併し、補陀落寺の住職が自ら渡海しなければならぬといった掟はそもそも初めからどこにもないのであった。ただそうした補陀落信仰と関係深い寺であるので、創建以来長い歴史を通じて、渡海者の多くは補陀落寺に一時期身を寄せ、そしてこの寺から出て船出しているし、住職の中からも何人かの渡海者を出しているのである。寺記に残っている渡海上人たちの名は十人近くあろうか。いずれも渡海した年齢はまちまちであり、十八歳の上人も居れば、八十歳の高齢の渡海者も居る。

それが、たまたま近年になって、三代続いて補陀落寺の住職が六十一歳で渡海することがあって、そのために何となく補陀落寺の住職は六十一歳になると、その年の十一月に渡海するものだといった見方が世間に於て行なわれるようになり、またそうした見方が、この寺の歴史からするとさして不自然でなく成立するようなところもあって、六十一歳になった金光坊もそうした世間の見方から逃れられぬ羽目に立ち到ったわけであった。

世間のこうした見方というものに、これまで彼自身さして深い関心を示さなかったというのは、あるいはまた、そうした見方に気付いていてもそれほどそれが決定的な強い力を持つものであるということに思い到らなかったというのは、何と言っても若年から僧籍にはいった金光坊の世間知らずの迂闊《うかつ》さと言うほかはなかった。

　金光坊とて補陀落寺の住職である以上、いつか自分もそうした心境に立ち到れば渡海上人としてここから船出しないものでもないぐらいのことは考えていたし、また僧侶としてそうしたいつか自分のところへやって来るかも知れない日を、必ずしも期待しないわけのものでもなかった。金光坊にしても僧侶として多少の自負もあったし、渡海ということへの仏へ仕える身としての一種の憧憬に似た陶酔もあった。自分の師である三代前の正慶上人の渡海の立派さは、今もありありと眼に残っていて、自分もできるならそうなりたいとかねがね思っていたのである。ただそうした高い信仰の境地へ、正慶上人は六十一歳で到達できたが、鈍根の自分は更に何年かの修行の年月を必要とすると思っていたのである。渡海する心境に到達することが、補陀落寺で一生を過した僧としての金光坊のやはりそれは一つの悲願でなかろう筈はなかった。

　そうした金光坊に対して、永禄八年という年は、思いがけずひどく意地悪い年としてやって来たのであった。金光坊は年の初め早々から、寺を訪ねて来る人々から、渡海は十一月の何日であるかとか、いよいよ渡海の年になったが、せめてものお役に立ちたいので、自分にやれることなら何なり申し付けてくれないかとか、そんな言葉をかけられた。渡海するその年になるまでは、さすがに口から出さないでいたが、もうその年が来てしまったのだから、これ以上黙っていてそのことに触れぬのは却ってお上人さまに対して失礼であろうからといったそんなものが、いささかの悪意もなしにどの人の顔にも、その言葉にも感ぜられた。

意地悪い考えからそのようなことを言う者はなかった。金光坊は若い時から身を処するには一応厳しい方だったし、ずっと目立たない存在ではあったが、どこかに素朴な人柄のよさもあって、そうしたところが中年を過ぎてから地方の檀徒の間では想像以上の信望をかち得ていた。もうここ何年も金光坊は自分に対する人々の眼に、自分に対する崇敬と親愛の念が籠められているのを見ないことはなかった。こうしたことは里人の間でも、寺関係の人々の間でも、熊野三社関係の、いわゆる那智の滝衆の間でも同様だった。金光坊は誰からも充分尊敬され親しまれていたのである。

金光坊は正月から春まで、そうした自分が渡海するという世間の見方に迷惑を感じ、近い機会にそれを訂正して、自分の渡海の時期は、自分がその心境になるまで何年か先に延さねばならぬし、またそうしなければ折角渡海の船出をしても、補陀落山へ行き着くことはできないであろうということを諒解《りょうかい》して貰うつもりだった。併し、春になると、金光坊はそうすることに絶望を感じた。一人や二人なら理解して貰えたし、理解させることもできたが、彼の渡海を信じている者は十人や二十人や百人や二百人ではなく、それは広い世間全部と言ってよかった。

金光坊が巷《ちまた》へ一歩足を踏み出すと、渡海上人であるということで、彼の足許には賽銭《さいせん》が降り注いだ。子供までが追いかけて来て賽銭を投げた。そのために街を歩く金光坊のあとには、いつも賽銭を拾う乞食が何人も付き纏《まと》う程だった。それからまた観音の浄土まで携行してくれと故人の位牌が届けられて来たり、生きている者までわざわざ己が位牌を作って、それを金光坊の許に持参して来たりした。

こうなると、金光坊は好むと好まざるに拘らず、渡海しなければならぬもののようであった。若《も》し自分に目下渡海する考えのないことなどを口走ったり、それが何年か先のことであるなどと言おうものなら、世間というものは承知しないに違いなかった。どのような騒ぎが起り、どのような危害が身に及ぶか見当が付かなかった。

金光坊はそのために自分がいかに世の中から葬り去られようと、それはそれで耐えられぬこともなかったが、そのために観音信仰というものに汚点のつくことを考えると、それには耐えられなかった。若し小さい自分というものの言動一つで観音に対する信仰に瑕《きず》でもつこうものなら、それこそ僧として仏に対して詫びのしようはなかった。死んでもその罪は消えないものと思われた。

金光坊が正式に自分がこの十一月に渡海するということを発表したのは、三月の彼岸の中日だった。発表の折は熊野本社で古儀に則《のっと》って儀式が行なわれた。金光坊はこれまでこの儀式に侍僧として七回出席していたので、そのことについては誰よりも詳しかった。金光坊はその日に先立って多くの関係者に対して、その儀式の順序次第や、供花や楽器のことなどを教えた。金光坊が諳《そら》んじているものを口から出すと、清源という十七歳の弟子の僧侶がそれを傍で記録した。

この清源の姿を見た時、金光坊には多少の感慨があった。金光坊は二十七歳の時、いまの清源と同じように、やはり渡海して行く祐信上人の前に坐って、彼の口から出る儀式の次第を聞いて書き写したものであった。清源も亦、この補陀落寺に居る限りは何十年か先には渡海するような運命に見舞われぬものでもなく、何となくわが身に引き較べた痛ましい気持で、金光坊は稚《おさな》い僧侶の剃られた青い頭を見守っていた。

補陀落渡海がいつ頃から行なわれるようになったか詳しいことは勿論判らないが、金光坊が繙《ひもと》いた寺の古い記録によれば、貞観十一年十一月三日に熊野の海岸から渡海した慶竜上人が最初ということになっている。貞観と言うと、金光坊の生きている永禄から七百年程昔のことになる。その次が五十年程の間隔をおいて、延喜十九年二月の祐真上人。この人は奥州の人だと但書がついているから渡海の希望を持って奥州からやって来て、補陀落寺に渡海前の何年か何ヵ月かを過した僧侶なのであろう。三番目は天承元年十一月の高巌上人。祐真上人との間には二百年以上の歳月が置かれている。それから更に三百年を経た嘉吉三年十一月に四番目の祐尊上人が渡海している。それから更に五十余年を経て、明応七年十一月の盛祐上人の渡海となるわけだが、その盛祐上人の渡海は金光坊の生れる七年前のことであり、この僧侶の学徳の誉高かったことについては、金光坊も補陀落寺にはいった当座からいろいろと聞かされていた。それから金光坊もよく知っている足駄許《ばか》り履いていて足駄上人と謂われ、奇行の多かった祐信上人の渡海までには三十三年の隔りがある。

いまこそ補陀落寺は補陀落渡海あっての寺のように言われ、昔から少し気の利いた僧侶は尽《ことごと》くこの寺へやって来て渡海の儀式を終え、さっさと渡海して行ったように思われているが、金光坊の知る限りでは決してそのようなものではなかった。この寺の古い記録にある上述の慶竜、祐真、高厳、祐尊の四上人以外に、この寺の住職以外でこの寺から渡海した者は、信ずるに足るものだけを拾えばほんの二、三の例しかない。下河辺行秀という武人が貞永二年に、入道儀同三司房冬が文明七年に、それぞれ渡海したというのは、他の寺の記載にもあるので事実として見ていいであろうが、その他は殆ど信ずるに足らぬもの許りであった。

従って、補陀落渡海、補陀落渡海と言うが、七百年程の間に渡海者は十人あるかなしである。また考えてみればそれが当然なことに思われた。普通の人間が寺詣りでもするようにやたらに渡海できる筈のものではなかった。渡海者は僧侶の中でも何千人か何万人かに一人という特殊な人であるに違いなかった。渡海するに相応《ふさわ》しいだけの修行を積み、海上に於ての特殊な生命の棄て方を信仰の中に生かすことのできる僧侶は、何十年、何百年に一人しか出るものではない。

それがどういうものか近年やたらに渡海者が多くなり、金光坊の六十年の生涯の中に足駄上人を初めとして五年前に渡海した清信上人まで七人の渡海者を算《かぞ》えるに到ったのである。しかもこの中の二人は、二十一歳と十八歳の若者である。信仰のために渡海しようという希望を持った者に対して、それを阻止できる権利を持つ者は寺には勿論のこと、この世には居ないのである。現世の生を棄て、観音浄土に生れ変ろうという熱烈な信仰は、万巻の経典が信仰の窮極の境地として説いているものに他ならなかった。

金光坊は永禄八年になって渡海騒ぎが始まるまで、渡海そのものに対して、そこに一抹の疑念もさし挟んだことはなかった。船底に固く釘で打ちつけられた一扉すら持たぬ四角な箱にはいり、何日間かの僅かな食糧と僅かな燈油を用意して、熊野の浦から海上に浮ぶことは、勿論海上に於ての死を約束するものであった。併し、それと同様に息絶えたものの屍は、その者が息絶えると同時に、丁度川瀬を奔《はし》る笹船のように、それを載せた船と共に南方はるか補陀落山を目指して流されて行く。流れ着くところは観音の浄土であり、死者はそこで新しい生命を得てよみがえり、永遠に観音に奉仕することができるのである。

熊野の浦からの船出は現世の生命の終焉を約束されていると同時に、宗教的な生をも亦約束されているものであった。従って、金光坊は未だ曾《かつ》て一度も、渡海者たちの顔に絶対に帰依《きえ》する者だけの持つ、心の内側から輝き出して来るような一種独特の静けさと落着き以外の何ものも見たことはなかった。死への悲しみや怖れなど微塵《みじん》もなく、寧ろそこには新しい生への悦びが窺《うかが》われた。渡海者は一様にもの静かで晴れ晴れとした顔をしており、そして彼等を見送る者たちも亦、多少の好奇心を除いては、鑽仰の念以外のものは、彼等に対して懐かなかった。

併し、金光坊がそうした過去の渡海者たちに対して今までとは違った向い方で向うようになったのは、已が渡海を世間に発表してからであった。金光坊の眼には、寝ても覚めても自分の知っている何人かの渡海者たちの顔が、今までとは少しく異なった表情で入れ代り立ち代り現われるようになったのであった。

金光坊は春から夏へかけて補陀落寺の自室から出なかった。外出すると賽銭を投げられたり、生仏のように拝まれたり、あるいは浄土への携行物を託されたり、死にかかっている病人の額に触らせられたり、そうしたいろいろのことも煩わしかったが、それより金光坊はあと三、四ヵ月先に迫っている渡海に対して、曲りなりにもそれに応じられるだけの自分を作らなければならなかったのである。突然渡海ということに立ちはだかられてみると、金光坊は自分がまだ何の心準備もできていないことを知らなければならなかった。金光坊は明けても暮れても読経三昧にふけった。いつ侍僧が居室へ顔を出しても、金光坊はいつも痩せぎすの背を見せ、経を誦《ず》す声だけがそこからは立ちのぼっていた。

たまに経を誦していない時もあったが、そうした時は金光坊は気抜けしたように呆然と室内の一点へ眼を当てていた。侍僧が声をかけても容易なことではその視線を侍僧の方へは向けなかった。侍僧はそうした金光坊の様子をいつも同じ言葉で周囲の者に伝えた。渡海上人たちは海へはいってヨロリになられるそうだが、この頃のお上人の顔ときたら、渡海せんさきからヨロリそっくりじゃ。

実際に渡海上人の霊はヨロリという魚になると言われていた。ヨロリはミキノ岬と潮ノ岬の間にしか棲んでいず、土地の人はこの魚は捉えても直ぐ海に返してやり、決してそれを食用にすることはなかった。

金光坊は生れつき長身で痩せており、それでなくてさえ外見は長細いヨロリに似ていたが、侍僧にヨロリに似ていると言わせたものはそうした体恰好から来るものではなく、その眼であった。金光坊の放心したように焦点を持たぬ、それでいて冷たい小さい眼は、確かにヨロリという魚のそれに似ていた。

金光坊は瞑目して読経しているか、でない時はヨロリの眼をどこを見るというでもなく見開いていた。ヨロリの眼をしている時は、金光坊はいつも自分の先輩である渡海上人たちの誰かのことを考えていたのである。

金光坊も一日に何回か、ほんの僅かの時間だが、ヨロリの眼から人間の眼に返ることがあった。それは自分がもう長いこと渡海上人の誰かのことを考えていたことに気付き、ああ、こんなことをしていてはいけない、こんなことを考えていてはいけない、そんな暇があったら経を誦すことだ。経さえ誦していればいいのだ、と自分を叱りつける時であった。この時だけ金光坊は本来の自分の眼に立ち返り、それから再び憑《つ》かれたように経を誦し始めるのであった。

併し、経を誦し終ると、いつか、金光坊はまたヨロリの眼になってしまった。渡海した上人たちの誰かのことが彼の心を捉えてしまうのである。謂ってみれば、この時期の金光坊の毎日は、ともすればヨロリになり勝ちな自分の眼を、読経に依ってそうした状態から救うことであった。つまり、執拗に彼の眼の前へ入れ代り立ち代り立ち現われて来る渡海した上人たちの顔を自分の眼から追い払うことであった。それに精根を費していたと言っていいのである。

金光坊が補陀落渡海に立ち合った最初は享禄四年の祐信上人の場合で、祐信はその時四十三歳であった。金光坊は郷里の田辺の寺から補陀落寺へ移って来てから半歳経った許りの時で二十七歳であった。祐信はいつも足駄許り履いていて奇行が多く、寺でも何となく変り者として特別扱いにされていたが、突然物にでも憑かれたような恰好で補陀落渡海を宣言して周囲のものを驚かせ、宣言してから三ヵ月目に実際に渡海を実行したのであった。この祐信の渡海はその前の渡海者盛祐上人の時から三十三年の開きがあったので世間の視聴を集めるに充分だった。渡海の日は近郷近在は勿論、遠くは伊勢、津あたりからも渡海を拝もうという人たちが集まって、浜ノ宮の海岸は大変な人出だった。

　祐信も亦田辺出身の僧で、金光坊は郷里が同じだということで、短い期間ではあったが、祐信とは他の者より多少親しく話す機会を持った。祐信は金光坊によく自分には補陀落が見えるというようなことを言った。どこに見えるかと訊くと、海の果てに天気のいい日ははっきりと浮んで見えると言った。そして、自分の心を空しくして仏の心に帰依《きえ》した者には誰にも補陀落は見える筈だ。お前もその気になって信仰生活に徹すれば必ず自分と同じように補陀落が見えて来るだろうと言った。補陀落という所はどのようなところか、貴方の眼にはどのようなところとして映っているかと訊くと、そこは大きな巌《いわお》でき上っている台地で、烈しい波濤に取り巻かれている。その波の砕け散る音まで自分のところには聞えてくる。併し、その波濤に取り巻かれた巌の台地は、どこまで行っても尽きない程の広さを持ち、限りなく静かで美しいところで、永遠に枯れぬ植物が茂り、尽きることのない泉が到るところから湧き出していて、朱い色をした長い尾の鳥が群がり棲み、永久に年齢を取らぬ人間たちが仏に仕えて喜々として遊びたわむれている。祐信はそんなことを言った。

祐信は渡海の日、滞りなく渡海の儀式をすませると、浜ノ宮の一の鳥居のところから舟に乗ったが、その附近一帯を埋めている見送りの群衆には全く無関心であった。そして舟へ乗り移るまで付き添って世話をしていた金光坊に、今日は取り分けよく補陀落山が見える。お前もいつかやって来るがいいと言って、それから低く声を出して笑った。その笑い顔を見た時金光坊は何となくはっとした。それでなくてさえ、平生でも、坐って見えている祐信の眼が、この時は青い光でも発しているかのように鋭く見えた。

祐信の舟は海上三里の綱切島まで同行者の乗り込んだ数隻の舟に付き従われて行き、そこでこんどは同行者と別れて沖合へと一隻だけ押し出されて行った。

綱切島まで送った人々の話では、祐信の舟は一隻だけになると、まっすぐに南へ向けて黒い波濤の中を揺れ動いて行ったが、それは一本の綱にでも引っ張られて行くような速い進み方だったということだった。絶えず彼の眼に映っていた補陀落浄土へと仏の力に導かれて進んで行ったのかも知れなかった。

祐信は渡海後祐信上人と称《よ》ばれたり、足駄上人と称ばれたりした。渡海前後、彼を変人扱いにしていた寺の人たちも、誰ももう足駄上人の悪口を言うものはなかった。足駄を履いた僧侶の奇行は、いろいろな意味をもって考えられるようになり、そのどれもが鑽仰の念を以て語り継がれるようになった。

金光坊は祐信からお前もやって来いと言われたが、それから三十四年後本当に金光坊は祐信の行ったことになったのである。現在の金光坊には祐信が舟に乗り移る時見せた青い光を放った憑かれたような眼が、祐信のことを思うと思い出された。祐信が海の果てに補陀落浄土を見ていたことは疑うことは出来ないが、それを見ていた祐信の眼は常人の眼とは違っていたのではなかったか。彼の渡海には死の約束はなかったのだ。彼は死など一度も考えてはいなかったに違いない。死も考えなかったし、同時に、また生も考えなかったのだ。彼の青い光の眼は、実際補陀落を見、そしてそこへ憑かれて歩いて行っただけのことなのであろう。

それから十年経って、正慶上人の渡海があった。正慶上人が渡海を発表した時、世間の人は誰もそのことに少しも異様な感じは持たなかった。正慶上人は渡海などのことは口に出さないで一生寺で過しても、正慶上人は世間の人々から充分尊ばれたに違いなかったが、渡海を発表すればしたで、それはそれでまた、正慶上人らしいことに思われた。そうしたところは何と言っても正慶上人の豪《えら》さであった。ひと摑みにできそうな小柄な体、年齢より十歳以上も多く見える皺《しわ》だらけの顔、その中の慈愛深い二つの眼。

金光坊は正慶上人が渡海すると決った時、心は悲しみで閉されたが、これは全く上人と別れなければならぬということから来る悲しみであった。もう上人の優しい労《いたわ》りの籠った言葉にも、心の底に滲み通る嚙んで含めるような訓戒にも、もう接することができなくなると思うと、堪《たま》らなく悲しかったのである。自分を産んでくれた親と別れても、これほど深い悲しみはないだろうと思われた。

渡海する年の夏、上人の部屋へはいって行った金光坊に、正慶上人は何かの話のはずみで、広い青海原で死ぬのはいいものじゃろうよと言った。死ぬんでございますかと金光坊は訊いた。この時まで金光坊は補陀落渡海が海上での死を意味すると考えたことはなかった。死ぬには違いなかったが、補陀落へ渡り、永遠の生を得ることが目的である筈であった。そりゃ、死ぬ。死んで海の広さと同じだけある広々とした海の底へ沈んで行く。いろんなうろくずの友達になる。そう言って上人はいかにもそのことが楽しそうに屈託なく笑った。

正慶上人はこの時許りでなく、渡海の舟へ乗り込む時も、また綱切島から船出して行く時も、いつもにこにこしており、平生と少しも違わなかった。大抵の渡海者は四角な箱にはいり、その箱を船底に打ちつけて貰ったが、上人だけはそんなことはしなかった。箱は置かれてあったが、箱から出て艫端にきちんと坐り、手を挙げて一同と別れを惜んだ。上人は泣かなかったが、送る側は老若男女を問わずみな泣いた。

上人は屍が補陀落へと流れて行くことを考えず、海底へ沈むことを考えていたが、それではなぜ補陀落渡海したのであろうか。

それに対して、いまの金光坊に考えられることは一つしかなかった。正慶上人はそうすることが、観音信仰への自分の為すべき最上のことだと思っていたのに違いなかったのだ。天文の初めから上人の渡海した十年へかけて、熊野地方には天災地異がたて続けに起っていた。七年正月の大地震、同じく八月の山崩れ、この時は本宮の垂木《たるき》柱が悉《ことごと》く割れ砕けるという鎮座以来の不思議があった。また九年八月の大風雨には七人衆の川舟はみな流れ、在々浦々で多くの死者を出した。それからまた正慶上人の渡海の年の八月にも大洪水があった。こうしたことに加えて、京方面は争乱続きで、その余波を受けてこの地方にも殺伐な事許りが起っていた。夜盗の群れが横行し、やたらに殺人や傷害沙汰が多く、信仰心といったようなものは全く地を払っていた。正慶上人はそれが悲しかったのだ。そして信仰というものへ世間の心を惹くために、補陀落渡海を思い立ったのである。

併し、それにしても、いまの金光坊に気になることは、あれだけの上人が、海上に於ける往生以外、補陀落への渡海ということになると、それを少しも信じていなかったのではないかということであった。上人の場合はそれはそれでいいが、金光坊の場合は、それでは心に納得できぬものがあった。上人のような高い信仰の境地に到達すれば、補陀落へ着こうと着くまいと、それはそれでいいわけであったが、金光坊としては自分の死体がただ海の底へ沈んで行くだけでは、それだけのための渡海であるとしたら、死んでも死にきれぬ気持であった。

正慶上人の渡海から四年目に日誉上人が渡海した。この上人は正慶上人のあとを継いで補陀落寺を預かった人であるが、正慶上人とは異なって病弱で気難かしい僧侶であった。

金光坊はこの人物に仕えた四年間は、気持の休まる時はない思いだった。寺の人からもみな怖れられていた。だから日誉上人の渡海が発表された時、そのことの意外さは兎も角として、吻《ほっ》とした思いを持ったのは金光坊一人ではなかった筈である。日誉上人は生に執着の強い人で、平生でも風邪一つひいたら大変な騒ぎであった。それが渡海の年の正月から持病の喘息《ぜんそく》がひどくなり医者にかかっても少しも効果はなく、自分でも自分の生命がこのままで行ったら幾らもないことを悟ったのである。そして突然どうせ六十一歳で病歿するくらいならいっそ補陀落渡海をと思いたったものらしかった。

併し、この日誉上人の場合は、補陀落渡海に依って、現身《うつしみ》のまま補陀落浄土へ行き着けぬものでもあるまいという考えが強く働いていたことは疑えない。渡海前年の秋あたりから、日誉上人は康治元年の一月どこかの国の僧侶が土佐の国から渡海して現身のまま補陀落浄土へ行って、そこを見物して帰って来たという話や、どこのたれそれが文明年間に渡海して、これまた補陀落浄土へ詣で無事に帰国した話などを何かの書物で読んだらしく、そうしたことを誰彼の見境なく話すことが多くなった。

日誉上人の渡海にはこうした伝説か物語か判らぬものが、大きい力をもって働いていたことは否めないようであった。併し、渡海を決意してから渡海の日までの日誉上人は兎も角立派であった。渡海上人の称号を貰ってから急に気持がしゃんと立ち直った感じで、渡海の年の夏から秋へかけては別人のように穏やかになった。他処目から見ている限りでは、上人の心の内部にはもはや生とか死とかそうした観念はいささかもないようであった。

日誉上人は渡海の前日、自分の乗る舟を浜辺まで見に行った。その時金光坊は供をして一緒に行ったが、上人は舟を見た時だけ、少し不機嫌な顔をして、正慶上人の時もこのように小さな舟だったかと言った。金光坊は前の上人の場合はもっと小さかったと答えた。渡海の日、日誉上人は舟へ乗り移る際、水際から舟縁《べ》りへ渡してある板の橋を踏み外して、片脚を海水に浸した。この時日誉上人は誰にもそれと判る顔色の変え方をして、何とも言えず厭な顔をした。金光坊はこの時の上人の顔ほど絶望的な顔を見たことはなかった。日誉上人は片脚を船縁りにかけ、濡れた片脚を橋代りの板に乗せて、暫くの間そのままそこに立っていた。そしてやがて思い諦めたかのように船にはいった。五人の同行者の話では、日誉上人はそれから綱切島を出るまでたれともひと言も口をきかなかったそうである。

金光坊は日誉上人の顔を、その時から二十年経った現在もはっきりと眼に浮べることができた。そして厭なことには、そうした顔をした上人の気持は、そっくりそのまま自分の気持ででもあるかのようにこちらに伝わって来た。

梵鶏《ぼんけい》上人は、祐信上人の場合と同じように、自分には補陀落が見えるというようなことを時折口走っている人物だった。渡海の時の年齢は四十二歳で、体は大兵《たいひょう》肥満で、裸になると土方人足のように頑健で、素行は概して粗暴であった。金光坊は自分より十歳年少のこの僧侶が何となく虫が好かなかったが、梵鶏上人が渡海を発表した時は、妙に痛ましいものを感じた。渡海上人たちは概して繊弱な体格を持った人物が多かったが、梵鶏上人は余りに大きく、渡海の舟にも似つかわしくなく、補陀落の浄土にも亦無縁の人のように見えた。

梵鶏上人ははっきりと現身のまま自分が補陀落へ行き着くものと信じていた。自分は死ぬのは厭だが、併し、補陀落山から招きを受けているから、自分がそこへ無事に行き着けることは必定である。補陀落山が自分の眼に見えるということは、そこから招かれていることである。そんなことをくどくどと喋った。

みんなそうした梵鶏上人の言葉に対して、彼の満足するような返事は与えなかったが、日誉上人のあとを受けて住職になっている清信上人だけは、いつもその通りだろうと優しく穏やかに答えていた。

その清信上人も亦、五年前の六十一歳の時渡海したが、金光坊は清信上人の渡海には、それまでのなにびとの場合とも違った見方をしていた。清信上人はもともと身寄りのない孤独な身の上であったが、彼が住職になっている間、人から裏切られるような厭な事件がたて続けに彼を襲っていた。それでなくてさえ、その貧弱な体格同様、小さい風波にでもすぐ痛み易い上人の心は、すっかり厭人癖に取り憑かれ、世を厭《いと》い、人を厭い、生きて行く気持を失ってしまったのであった。

金光坊は年齢も近かったので清信とはよく気持が合ったが、清信上人の晩年の厭世的な気持は何ものも救うことができない程強いものであった。彼は心の底から死にたかったのである。幼年から僧籍にはいり、一生僧侶で過してはいたが、晩年の彼はたいして仏というものを信じてはいなかった。

勿論そうした自分の心の内側は誰にも覗かせず、渡海上人として衆生の尊敬を一身に集めて、万事そつなくやってのけたが、金光坊だけには彼の気持がよく解っていた。

渡海の日が迫ると、清信上人は舟は用いないで、鉦《かね》を叩《たた》きながら浜辺から海へはいり、次第次第に深処《ふかみ》へ向って歩いて行く方法を取りたいと言った。併し、この事は弟子たちから苦情が出て、実行することはできなかった。正慶上人と並んで、清信上人の場合も亦、立派な渡海であった。補陀落浄土へ行けるようなら自分は一刻も早くそこへ行きたい。それ故、食糧も燈心も油も要らない。帆柱と南無阿弥陀仏と染めぬいた帆さえあればそれで充分であると言い、実際にその通りにしたのであった。

舟の中の上人の顔は僧侶の顔ではなかった。念珠《ねんじゅ》こそ持っていたが、舟に乗ってから他の渡海上人たちの総てがやるように念仏を誦すわけでも、念珠をまさぐるわけでもなかった。

綱切島を出る時、上人は大勢の見送り人から漸く解放される時が来たというように、

「やれやれ、人間というものは、生きるにも死ぬにも人に厄介になるものですわ」

ただひと言そんなことを言った。これで漸く一人になれる、そんな吻としたものがその表情にはあった。

以上の渡海者たちの間に、二十一歳の光林坊、十八歳の善光坊の渡海があった。前者は金光坊が三十五歳の時であり、後者は三十八歳の時である。二人共申し合せたように骨と皮ばかりに痩せ衰えて死の一歩手前といった状態で、両親に付き添われて寺へ渡海を申し込んで来た。光林坊の場合は、補陀落渡海には両親が熱心で、万が一にも現身のまま補陀落山に行き着けるものなら、このままにしておいてどうせ長くは生きない我が子にとって、それはどんなに仕合せなことだろう、そういった気持から出た措置であった。本人の光林坊は渡海の真の意味が何であるかよくは理解できないらしかったが、どうせ自分でも助からぬことは判っているので、両親の言いつけなら何にでも従うといったところがあった。

善光坊の場合は、光林坊とは反対に全く本人の希望するところであった。両親はどうせ死ぬにしても一刻でも長く現世に置きたい気持であるらしかったが、本人の方は海上で成仏し、己が死体を補陀落浄土へ潮によって運んで貰いたいと両親を説き伏せ、両親はやむなく涙ながらに彼に付き従って寺までやって来たということであった。

この二人の若い渡海上人のためには同行者も多く、浜辺の見送り人も多かった。

金光坊は十八歳の痩せ衰えた少年の渡海にその時も涙をそそられたが、現在でも亦、その少年の姿を思い浮べると、心の底から込み上げて来る切ないものを感じた。

夏から秋にかけては恐しい程早く日が経った。金光坊は毎日のように今日は何日かと傍に居る者に訊ね、返事を聞く度にそんなことがあろうかと思った。金光坊は相変らず読経三昧に日を送っていた。立秋からあとは一日の時間が信じられぬ早さで飛んで行った。朝も晩も一緒にやって来るように思われた。

金光坊は、はっきり言って、依然として補陀落渡海する心用意が何もできていない自分を感じていた。読経の合間合間に、相変らず自分の知っている渡海者たちの顔は次々に立ち現われて来たが、現在の金光坊には、それらの顔は、それぞれに親しみも懐しさも感じはしたが、併し、例外なく補陀落渡海とは何の関係もない人間の顔に見えた。自分の渡海など考えてもいない長い間、金光坊が彼等に対して懐いていた崇高なものはすっかりその顔からは消えていた。

口癖のように補陀落山《せん》が見えると言った足駄上人と梵鶏上人の二人の顔は、いま考えてみると、常人のそれではなかった。世を厭い人を厭う老人の厭世からの行為としか解されぬ清信上人の渡海に到っては、どう考えても信仰とも観音とも補陀落浄土とも無縁であった。清信上人の眼はそんなものは何も見ていなかった。彼の見ていたものは熊野の海の黒い潮のぶつかり合いだけなのである。その点は、一番立派な渡海の仕方を見せた師正慶上人の場合でも同じことであった。正慶上人は自分が死ぬということだけをはっきり知っていて、自分の死体を海底へ沈めて行く潮の動きだけを見ていたのである。自分の死体が補陀落山へ運ばれて行こうとも、観音の浄土へ生れ変ろうとも、そんなことは微塵も考えていなかったに違いない。それでなくて、あんな落ち着いた静かな眼を、人間は持てるものではない。

まだ何かを見詰めていたと言うなら、それは日誉上人だろう。日誉上人は舟へ乗り込む時も、乗り込んでからも、そして何日か何十日か経って舟が板子一枚になり、その上に乗っている時も、いつも生きることを見詰めていたに違いない。まだ自分は救われるかも知れない、観音の救いの手が自分に及ぶかも知れない。そういう奇蹟を求める心を失わなかったに違いない。併し、彼も亦、本当の意味では信仰とも観音とも補陀落浄土とも無縁であった。結局は、信じると言える信じ方で、そうしたことを一度も信じたことはなかったのである。

二十一歳の光林坊と、十八歳の善光坊の二人は、静かな何とも言えず心の惹かれる渡海の仕方をしたが、併し、これとて信仰とは無縁なのだ。骨と皮だけになった痩せ衰えた少年たちは、どんな大人たちよりも、自分の生命というものにいさぎよく諦《あきら》めをつけていたのである。

金光坊は自分の眼の前に現われて来るそうした幾つかの顔を、それを見詰めている自分に気付くと、いつも大急ぎでそれを追い払った。みんな惨めであった。自分はそのどの一つの顔になるのも厭だと思った。それでいて、ともすればそのどの一つの顔にでもなりそうであった。祐信や梵鶏の顔にも、正慶上人の顔にも、日誉の、清信の、光林の、善光のそれぞれの顔にも、少し心をゆるめれば立ちどころにしてなってしまいそうであった。

金光坊としては、自分の知っている渡海上人たちの誰とも別の顔をして渡海したかった。どのような顔であるか、勿論、自分では見当が付かなかったが、もっと別の、一人の信心深い僧侶としての、補陀落渡海者としての持つべき顔がある筈であった。どうせ渡海するなら、自分だけはせめてそうした顔を持ちたいと思った。

併し、十月の声も聞いて、渡海する日が僅か一ヵ月あとに迫る頃になると、金光坊は、自分の眼に浮んで来る渡海上人たちの顔に対して、また別の考え方をするようになった。これはかなり大きい変り方であった。金光坊は、そのどの一つの顔でもいいから、それに自分がなれるものならなりたいと思うようになったのである。秋の初めまでは、ともすればそうした顔のどれにでも容易になりそうな自分を感じ、それに嫌厭を感じていたが、いまは反対にそのどの一つにでも、なれるものならなりたかった。なりたいと思ってから、容易になれると思ったことがいかに甘い考えで、簡単なことではそれらのどの一つの顔にもなれるものではないということが判ったのであった。

金光坊は、自分の眼にも補陀落の浄土が見えて来たら、どんなにいいだろうと思った。祐信や梵鶏の、常人のそれとは思われぬ青い光を発している眼も羨ましかった。清信上人のこれで漸く一人になれたという顔も羨ましかったし、日誉上人の何ものかと闘っているような不機嫌な、足一つ海水に浸したことでさっと変るような顔も羨ましかった。正慶上人の静かで立派な顔は望んでも及ばないことだったが、年若い二人の少年の顔さえも、自分などの到底求めて及ばぬ遠いものに思えた。それにしても年稚《わか》いのに、どうしてあのように静かな、併し、諦めきった顔が持てたのであろうか。

金光坊は今や急に増えて来た訪問者たちと会わなければならなかった。金光坊は誰がいかなる用件で来たか、そのことを考えることはできなかった。考えるゆとりもなければ考える力も持っていなかった。金光坊は侍僧に本堂の千手《せんじゅ》観音の前に連れて行かれ、午前中だけを毎日のようにそこに坐っていた。訪問者たちはあとからあとから入れ代り立ち代り現われた。金光坊は訪問者に対して一言も発しなかった。訪問者の方も、結局は別れにやって来たのであるから、金光坊から話しかけられぬ方が寧ろ好都合であったし、またこうした別れというようなものは、このようにして行なわれるものだという気がして、何も口から出さぬ金光坊の態度をいささかも異様には感じなかった。

金光坊は自分の眼の前の訪問者が何を話そうと、一切受け付けないで、口の中で低く読経しているか、さもない時はヨロリの眼をして暗い堂宇の一隅に視線を当てていた。

十一月へはいってからは、金光坊には全く日時の観念はなかった。朝眼覚めると、いつも若い僧の清源を招んで、渡海の日は今日ではないかと、そんな風に訊《よ》いた。そして今日が渡海の日でないことを知ると、吻としたように顔を上げて白い砂地で出来ている庭の雑木へ眼を当てた。雑木の青さが眼に滲み、庭続きと言っていい浜ノ宮の海岸の静かな波の音が耳にはいって来た。金光坊はこの頃になって初めて、雑木に眼を当てたり、波の音を聞いたりした。長い間金光坊の眼や耳は、そうしたものを受け付けていなかったのである。

秋晴れの気持よく空の澄んだ日、金光坊は例に依って、清源を招んで、渡海の日は今日ではなかったかと訊いた。すると若い僧は、今日申《さる》ノ刻に寺をお出ましになりますと答えた。金光坊は一度立ち上ったが、すぐまた坐った。そしてあとは急に体軀から力という力がすべて抜けてしまった感じで、身動きしないでいた。身動きしないと言うよりできなかったのである。

侍僧の一人が顔を出して、見送りの那智の滝衆がやって来たことを告げた。それから続いてもう一人の侍僧が顔を出して、禅家の導師が到着したことを告げた。

この頃から金光坊にも寺内の騒然として来るのが感じられた。金光坊は何人かに手伝われて、着衣を改め、それから何人かの人に導かれて、自分がこの寺へはいって以来一日も欠かさず毎朝のように勤行《ごんぎょう》した本堂へはいって行った。本堂の千手観音も、右脇侍《きょうじ》の帝釈《たいしゃく》天、左脇侍の梵天像、それから神将像、天部形像、そうした仏たちに、金光坊はその時だけは静かな視線を当て、そしてやがて、それをねめ廻すようにいつまでも見守っていた。

金光坊はすべて侍僧の指図に依って動いていた。本尊の前へ行って読経したり、また自分の席に戻って、仏像たちを見守ったりした。香煙は狭い堂内に立ち込め、僧侶たちはそこに這入り切れないで、廻廊から庭先へと流れていた。本堂で読経が行なわれているというより、読経の声に依って本堂はすっかり包まれていた。

午刻《ひる》過ぎに金光坊は本堂を出た。そして居間で何人かの僧侶たちと茶を喫《の》んだ。百八個の小石に経文の文字を一つずつ書き込んだものが、袋に入れられて縁側に運ばれて来た。何巻かの経典類、小さい仏像、衣類、手廻り品、そうした金光坊と共に舟に乗せられる物も次々に運ばれて来、それらが僧侶たちの手に依って改められると、最後にそれらを海岸まで運ぶ板輿《いたごし》がいやにひらべったい感じで担ぎ込まれて来た。金光坊の眼には僧侶や人夫たちの物の取扱いがすべて粗暴に荒々しく見えて腹立たしかったが、それを口に出す気持にはならなかった。

定刻の申ノ刻少し前に寺を出た。晩秋とも思えぬ強い陽が眩しく金光坊の眼を射た。境内から海岸へかけては人で埋っていた。観衆のどよめきの中を、金光坊をまん中にした一団は一ノ鳥居をくぐって浜の白い砂の上へ出た。見物人は金光坊たちの一団と共に移動して行った。

金光坊は自分の乗る舟が曾ての日誉上人のように今までのいかなる上人の渡海の場合より小さく感じられた。どうしてこんな小さい舟を作ったのかと思った。しかも乗船場も作られてなく、船は同行人の乗る三艘の舟と一緒に恰《あたか》も波打ち際に打ち上げられでもしたように置かれてあった。同行人の乗る舟の方がずっと大きかった。

金光坊は直ぐ乗船させられた。金光坊が乗船してから、人夫たちに依って、大きな木の箱が運ばれて来て、それがすっぽりと頭の上からかぶせられた。金光坊はまたこのことにも怒りを覚えた。屋形舟というものは初めから屋形が舟に設けられてあって、そこへあとから人間がはいって行くものである。それなのに、これでは反対ではないかと思った。

舟に屋形を取りつける釘打ちの音が聞え出したが、それは暫くすると止んだ。屋形の内部は全くの四角の箱で薄暗かったが、やがて一方の扉が外部から開けられて、そこからいろいろの物が運び込まれて来た。そしてそうしたことが総て終ってから、金光坊は侍僧に依って屋形の外に立って見送り人に挨拶することを求められた。金光坊は言われるままに屋形を出て舟縁りの上に立った。群衆の間にどよめきが湧き起り、賽銭が雨のように舟縁りや波打ち際に投げつけられた。子供たちが争ってそれを拾った。金光坊は直ぐ屋形の中へ逃げ込んだ。それからまた金光坊は帆柱が立てられ、それに南無阿弥陀仏と書かれた帆がつけられるまで、長いこと暗い屋形の中に坐っていなければならなかった。すべては不手際に、のろのろと行なわれているようであった。

かれこれ乗船してから一刻近い時刻が経過した時、金光坊は舟が何の前触れもなく動き出すのを感じた。舟底が波打ち際の小石の上をぎしぎしした音をたてて滑って、やがて海へ押し出されるのを感じた。金光坊は外を見ようと思った。併し、どこを押しても屋形の板は動かなかった。先刻《さつき》出入りした出入口も固く閉されていて、押しても突いてもことりとも言わなかった。

併し、やがて、船頭の漕ぐ艪の音が耳にはいって来た時金光坊は吻とした。まだ一人ではないと思った。綱切島まで船頭の手で船を操られて行き、そこへ行って初めて、一人きりになって潮の流れの中へ押し出されるのである。

波の音の間から鉦《かね》の音が聞えて来た。耳を澄ますと、鉦の音と一緒に何人かが和する読経の声も聞えている。併し、読経の声の方は絶えず波の音に妨げられていて、時々、ふいにそれは祭礼の日の囃子《はやし》か何かのように賑やかに聞えて来たり、すぐまた消えたりした。

綱切島へ着いた時、金光坊は屋形の板の合せ目に小さい隙間のあることを発見して、そこへ顔を押しつけて船外を覗いて見た。大きな波のうねりを見せている暮れかかった暗い海面だけがどこまでも果しなく拡がって見えている。

お上人さん、おさらばですじゃ。そんな船頭の声が屋形の天井板の方から突然降って来た。金光坊にはおさらばという意味が判らなかった。これまで渡海する場合は、舟は綱切島で一夜を明かし、そこで同行者とも別れを惜しんで、翌朝早くそこを出発することになっていた。

金光坊は、自分でも驚くような大声を出して、舟はここで一夜を明かす筈ではないかと訊ねた。すると、天候が荒れ模様で同行の衆が帰れなくなる怖れがあるので、ここで一夜を明かすことは取りやめて、すぐ艫綱《ともづな》を切るということであった。

金光坊はそれに対して何か呶鳴《どな》ったが、併し、もう船頭は岸へ飛び移ってしまったらしく、それに対する応答は得られなかった。

舟はやがて大きく揺れ始めた。金光坊は板の隙間へ顔をぴったりと当てて舟の外を覗いた。短い時間なのに、先刻より一層黒さを増した海面が、潮をぶさぶさとぶつけ合って拡がっているのが見えるだけであった。

金光坊は今や全く一人になって舟の屋形の中に倒れた。倒れると、一日の疲労がのしかかって来たのか、恐しい力で眠りが彼を捉えた。

どれだけの時間が経ったか、金光坊は眼を覚した。自分がいま真暗な闇の中に横たわっており、自分を横たえている板が大きく上に下に揺れ動いているのを知った。波濤の音が金光坊の体の下で聞えたり、頭上で聞えたりしている。

金光坊は起き上ると、いきなりありったけの力を籠めて屋形を形造っている板に己が体をぶつけた。金光坊は生れてからこれほど荒っぽく自分の体を取り扱ったことはなかった。

五、六回同じことを必死に繰り返しているうちに、やがて屋形の一方の板が音をたてて外部へ外れるのを感じた。と同時に、物凄い勢いで海風と潮の飛沫《しぶき》が屋形の中へ吹き込んで来た。屋形が風を孕《はら》んだので、舟は大きく一方へ傾いた。次の瞬間、金光坊は自分の体が海中へひどく軽々と放り出されるのを感じた。

金光坊は板子の一枚に摑まって、一夜海上に浮んでいた。夜が明けると、綱切島がすぐ近くに見えた。幼少時代紀州の海岸で泳いでいたので、それが役にたって溺れることから逸《のが》れることができたのであった。

金光坊はその日の午刻近く綱切島の荒磯《ありそ》へ板子ごと打ち上げられた。死んだようになっている金光坊の体が、昨日同行の者として金光坊をこの島まで送ってきた僧侶の一人に依って発見されたのは夕刻であった。海上が荒れていたので、同行人たちは全部島に留まっていたのである。

金光坊は荒磯で食事を供せられた。その間僧侶たちは互いに顔を寄せ合い、長いこと相談していたが、やがて、漁師に一艘の舟を運ばせて来ると、それに再び金光坊を載せた。その頃は金光坊は多少元気を恢復していたが、舟に移される時、それでも聞き取れるか取れないかの声で、救けてくれ、と言った。何人かの僧はその金光坊の声を聞いた筈だったが、それは言葉として彼等の耳には届かなかった。

それからどれ程かの時間、舟はそこに打ち棄てて置かれた。人々は黙ってそれを見降していた。

そうしている時、若い僧の清源は師の唇から経文ではない何か他の言葉が洩れているらしいのを見てとり、自分の耳を師の口許に近付けた。併し、何も聞き出すことは出来なかった。清源は懐中から紙を取り出し、矢立の筆と共に師の前に差し出した。

蓬莱《ほうらい》身裡十二棲、唯身浄土己心弥陀

金光坊は震えている手でそんな文字を綴《つづ》った。やっと判読できるような字体であった。それから彼はちょっと間を置くと、こんども危なっかしく筆を走らせた。

求観音者　不心補陀　求補陀者　不心海

金光坊は筆を擱《お》くと、直ぐ眼を瞑《つむ》った。清源は師の息が絶えたのではないかと思ったが、まだ脈もあり体温もあった。それは金光坊が漸くにして到達することのできた悟りの境地のようでもあり、また反対に烈しい怒りと抗議に貫かれたそれのようでもあった。

間もなく急拵《ごしら》えの箱が金光坊の上にかぶせられ、こんどはしっかりとそれは船底に打ちつけられた。その仕事が終ると、まだ生きている金光坊を載せて、舟は再び何人かの人の手で潮の中に押し出された。

金光坊の渡海後、補陀落寺の住職が六十一歳で渡海するということはなくなった。もともとそうした掟があったわけではなかったが、金光坊の渡海の始終が伝えられ、そうしたことが補陀落寺の住職の渡海に対する世間の見方を改めさせたものと思われた。そしてその代り、補陀落寺の住職が物故すると、その死体が同じく補陀落渡海と称せられて、浜ノ宮の海岸から流される習慣となった。そうした渡海者は享保の頃まで七名を算《かぞ》えている。それは渡海者の物故した月に行なわれるので、渡海の行なわれる季節は区々《まちまち》であった。春の時もあれば、秋の時もあった。

金光坊の渡海後、ただ一つの例外として生きながら渡海した例があった。それは金光坊の渡海後十三年を経た天正六年十一月の清源上人の渡海であった。清源は三十歳になっており、補陀落寺の記録に依ると、両親のための渡海となっているが、勿論、金光坊の渡海に同行したこの若い僧のその時の心境がいかなるものであったか、それを知る手懸りは何一ついまに残されていない。

小磐梯

　喜多方から檜原《ひばら》まで通常六里の道のりとされております。喜多方を朝八時頃出て遊び遊び歩いても午後の二時か三時頃檜原へ着くことになります。尤《もっと》も途中に大塩部落を過ぎてから大塩峠という峠があり、上り下り何町か岩角の露出した歩きにくい石ころ道に難渋しますが、しかし、それとて毎日のように駄馬の往復している往還ではあり、働き盛りの男の足にしてみたら物の数ではありません。大体この道は若松方面から喜多方、檜原を通って米沢へ抜ける米沢街道で、汽車の便の発達した今日こそすっかり廃《すた》れてしまいましたが、明治中期のその頃は、正確に言いますと私たちが喜多方を発《た》ったのは明治二十一年七月十三日のことですが、その当時はなかなか以て人馬の往来は繁かったものです。檜原附近に木地《きじ》屋が多い関係で、若松に漆器の木地を運搬する駄馬だけでも、毎日かなりの数に上っていたと思います。

　私たちはこんどの出張には初めから休暇でも取るような暢気《のんき》な気持を持っておりまし

た。私の役目は収税吏ということになっており、収税吏と言うと何となく苛斂誅求《かれんちゅうきゅう》の下端の悪役人でも想像されそうですが、決してそういったものではなく、現在なら田畑測量調査員とでも称《よ》ぶべき役柄でありましょうか。

　当時は郡役所が納税の仕事を受け持っており、管轄下の農村の耕作面積を一年おきに調べて、増耕の分に対して課税するための調査を行なっておりました。私は喜多方の、そうです、その頃はまだ喜多方の街はできていず、田附川を挟んで小田附村と小荒井村に分れておりましたが、その小田附村の方にあった郡役所で私はそうした仕事を、詰まりその頃の言葉で言うと地押《じおし》調査の仕事をさせられており、その時の出張も、檜原村に包括されている磐梯山北麓、詰まり一般に裏磐梯と呼ばれている地方の山間に散らばっている幾つかの小さな部落の耕作面積を調べるのが目的でありました。

　一行は私の他に留吉と金次の二人で、留吉は既に鬢《びん》に白いものを見せ始めている年配で、四十代も終りに近付いている痩せた、しかし、実直な人物でした。尻端折《はしょ》りしている着物の裾から出ている足がいかにも細く貧弱に見えましたが、山野の跋渉《ばっしょう》にかけては私たちの間では誰もその細い足に敵《かな》わないとされておりました。金次の方は三十歳の無口な、多少陰気なところのある若者でした。この方も尻端折りに草鞋《わらじ》履きの服装で、私だけが多少測量技手らしく、きっちりと脚部を覆う紺の仕事ズボンにジャンパー風の上着を纏《まと》い、それに草鞋履きといういでたちで、予備の草鞋を腰につけておりました。

頭領格の私が一番若く二十八歳ですが、私は二十歳前後に横浜で外人の測量技師に使われていたことがあり、測量の仕事に多少の経験と知識を持っていましたので、田舎の郡役所に於て若いのに人に命令する立場に立たされたわけであります。留吉は勿論測量の仕事には素人で、初めは日雇人夫として役所にやって来ていたのですが、測量の仕事を手伝わせられている間に、いつか測量班のスタッフのような恰好になり、彼自身もまたそんな気持になっていたのではないかと思います。金次の方は今度新しくこの仕事のために喜多方で雇い入れた筆生《ひっせい》でした。字はかなりきれいに書きました。

出張は大体十日程の予定で、初めから余裕をたっぷり取った贅沢《ぜいたく》な日程の組方でした。第一日の喜多方から檜原までは慣れた道でもあり、余り早くこの日の泊りである檜原に着いてごろごろしていても、村人の眼がいかがかということで、私たちは途中の茶店で時間を潰したり、峠の樹蔭で午睡までとったりして、休み休み行きました。嫁を貰ってからまだ一ヵ月にならぬという筆生の金次が、腰を下して休憩する度に居眠りをするので、留吉から絶えず何かとからかわれていました。

陽気は漸くこれから暑くなろうという時で、少し歩くと全身から汗を噴き出しましたが、足を停めると乾燥した風が肌に冷たく、この地方では一年中で一番いい時候とされている時でした。この年は雨期が遅く七月の初めまでは殆どからりと晴れた日がなく、気候は頗《すこぶ》る不順で、農作物への影響も案じられていましたが、その時はそれが立ち直ったばかりの時で、長い間鬱陶しい空ばかり眺めて来た私たちの眼には、塵埃の静まっている大気も、山野を埋める燃えるような精力的な緑も、一掃きの雲もなく深く澄み渡った空の蒼さも、みな特別なものに見え、これからの旅の何日間への予想を明るく楽しいものにしていました。

この日、四時を少し廻った頃に私たちは檜原にはいりましたが、その途中に一つの小さい、事件とも言えないような事件がありました。大塩峠を下って檜原川の崖っぷちに沿った道を歩いている時でしたが、私たちとは反対に向うからやって来たひとりの六部姿の女が、黙って私たちの前に立ち塞がると、何かしきりに口の中でぶつぶつ言い始めました。何を言っているのか聞き取れませんでしたので、私たちは女に顔を近付け、その口から出て来る言葉を聞いてみました。帰らんせ、帰らんしゃれ、ここから先は行かん方が身のためじゃ。そんなことを、低く呟くように言っています。例の鼠木綿の装束を身に着け、同じ色の手おい、脚絆《きゃはん》、半甲掛をして、手に鈴を持っている四十年配の女で、色が黒い上に年齢から来る細かいしみが一面に顔に現われていて、何となく意地の悪い、情の強《こわ》そうな女に見えました。物を言う時こちらに当ててはなさない眼眸《まなざし》は明らかに常人のそれとは異なっております。

私と金次は女を相手にしないで避けて通りましたが、留吉の方は避けようとする度に女に前に廻られて、二、三回右に避けたり左に避けたりした挙句に、どうにか相手の体の横を擦り抜け、狂人というものはなんと始末に悪いもんだべ、そんなことを言って私と金次のところへ追い付いて来ました。しかし、留吉は何となく女のことが気になる風で、かなり歩いて行ってからも、二、三回六部の方を振り返り振り返りしながら、その度に、まだこっち見てけつかる、縁起くその悪いこんだと、そんなことを口の中で呟いておりました。

まあ、こんなことはありましたが、その旅の最初の一日は、役所のくだらぬ雑務から解放されただけでも、私たちは充分快適であったわけであります。それからその日は軽い地震を数回感じました。一度は橋の上で吊橋でもないのに橋桁が軽い音を立てながら板を並べてある方向に軋《きし》むのを見ました。地震だな、留吉は言いましたが、その前に私もそれがかなり強い地震であることを感じ取っていました。ここ一ヵ月程、私たちは地震には慣れっこになっておりました。喜多方方面にあっても、日に一回や二回は人体に感じられる程度の地震に見舞われ、地震というものにはさほど驚かなくなっておりました。

あとになって考えてみると、私たちの遇った狂人の女六部の言ったことは満更根も葉もないことと一笑に付してしまうわけには行かないことであって、その時私たちがその女の言ったように、そこから引き返していたとしましたら、それぞれに今頃は己が与えられた人生をそれなりに歩いていたわけで、あんな悲惨な結末にはなっていなかったと思うのです。人間の智慧というものは何と言っても浅いもので、一寸先の見透しもできず、その時私たちは正しく身を亡ぼすために謂《い》わば己が身を亡ぼす地獄の門へ向って、一歩一歩足を運んでいたのであります。

前に申しましたように檜原は米沢街道に沿った宿場ではありますが、五十四、五戸の聚《しゅう》落《らく》で、昔は檜木《ひのき》谷地《やち》と称ばれていたくらいで、附近一帯には檜が多く、檜の林に覆い包まれた山間の聚落と謂《い》ってもよく、極く大雑把にその位置を説明しますと、磐梯の蔭、吾妻山の西、高曾根山の山腰にある僻村《へきそん》とでも言うことになりましょう。四方に大きな山を持っていますので、平坦な土地が少なく、耕地に恵まれず、文字通り瘠薄《せきはく》不毛の地であって、部落民は専ら木地をひいたり、望陀《もうだ》の皮を剝《む》いたり、駄馬を追ったりして生計を営んでおります。

旅宿は三軒ありました。私たちが歩んで来た喜多方からの道を真直ぐに東北に行きますと、郡境の嶺を越えて三里にして羽前の綱木に到り、綱木より更に三里にして米沢に達します。従って山間の小聚落ではありましたが、現在よりずっと文明開化の時代の新しい空気の通路になっていて、相撲の大達の一行も四、五年前、米沢、山形方面に行く途中この地を通ったらしく、私たちが戸長《こちょう》役場の人たちに案内されて草鞋の紐を解いた旅宿の表口の土間には、大達関一行御宿と書かれた、その時使われたと思われる大きな看板が掲げられてありました。

私たちは、しかし、明日からこの檜原に於て米沢街道と別れ、街道を直角に南に折れて、磐梯の北麓一帯を埋めている密林地帯の中へ長瀬川に沿ってはいって行こうとしていました。檜原村に属する七戸の細野部落が檜原から一里半程の地点に置かれてあり、更にそこから一里にして二十戸の大沢部落があります。大沢まではいるともう磐梯の直下と言ってよく、大沢から磐梯山の中腹にある中ノ湯、上ノ湯の湯治場までは、山腹への上りをも含めて僅か一里程の距離であります。この大沢から磐梯の裾を廻るようにして東北方一里の地点に十二戸の秋元部落があります。

以上の細野、大沢、秋元の三部落の地押調査がこんどの私たちの仕事で、戸長役場のある檜原の調査は場所柄いつでもできるといった気持で後廻しにして、取り敢えず雨期が明け暑熱のやって来ない短い時期を、密林地帯の奥深く匿《かく》された三つの小部落の調査に当てようというわけでありました。

私たちはその夜、旅宿で戸長役場の連中と打合せをして、春太郎、粂《くめ》、信州という三人の役場の用係の応援を得ることになりました。信州というのは変な名前ですが、みなが信州、信州と呼んでいましたので、私たちもそれに倣《なら》うことにしました。春太郎、粂の二人はいずれも六十過ぎた老人で、春太郎の方は人柄のおっとりした大家《たいけ》の隠居と言っても通りそうな耳の大きい福相をした人物で、粂の方はその反対に一歩曲ったらうるさそうな、眼が引っ込み頬骨の出たいっこく者の顔をしていました。信州は見るからに口八丁手八丁の、役場の雑務を一人で切り廻している小才の利いた小柄な男で、年齢は四十と言っても三十と言っても通りそうな、若いとも年寄とも判らぬ風貌を持っていました。

この三人の村民が地押調査督促として、地押の現場へ私たちと一緒に行ってくれることになったわけであります。明治の新しい時代になってからまだ二十年しか経っていず、税金というと理由もなく騙《だま》し奪《と》られるもののように思う考え方が一般に行なわれ、僅か四十戸程の耕地面積の調査にもこれだけの陣容がその頃は必要だったのであります。

翌七月十四日の早朝、一行六人は檜原部落を後にしました。村から加わった春太郎、粂、信州の三人も、喜多方から来た留吉、金次と同じように着物を尻端折りにして、頬かぶり、脚絆、草鞋のいでたちであります。宿の玄関口の土間に降り立った時、私たちはこの日最初の地震に見舞われました。最近頻々とある地震の中では一番大きいもので、私たちも宿の女たちの何人かも往来へ飛び出しました。

宿を出て部落を外れようというところに橋があって、そこで私たちは長瀬川の左岸に出ます。この辺から道は南方にゆるやかに曲り、通称岩石川原と称ばれている小石のごろごろしている地帯へはいりますが、そこへ差しかかった時、もう一度地震に見舞われました。こんどのは先程の地震の余震と思われる程度のもので、誰も地震のことは口に出しませんでしたが、一同はその瞬間だけ足を停めました。小さい礦石《かわら》がそこら一面を埋めていて、それらの石の上にも、また石と石との間に生えている雑草の上にも朝の陽が当っていて、日中の暑さを思わせるように早くも陽炎《かげろう》が立ち上っていましたが、陽炎のゆらめきを見詰めながら大地の揺れるのを感じているのは、妙に大地というものを信用できぬ不安な思いに駆られるものであります。鳥影でも横切るようにほんの一瞬のことでしたが、私の脳裡を厭だなという思いが横切りました。しかし、直ぐそれを私は忘れました。

この磧を越える辺りから磐梯は、頂上に持っている大磐梯、小磐梯、赤埴《はに》の三つの峰を行手正面に形よく配して来ます。見るからに男性的な凛々《りり》しい山で、裏磐梯から見る山容の美しさについては何回も人から聞いておりましたが、なるほど聞きしに勝る立派な山だなと思いました。山麓から岩石川原の手前辺りまで、檜、樫《かし》、欅《けやき》、樅《もみ》、楓《かえで》等の大木が雑木に混じって鬱蒼たる原始林を形造っています。磐梯直下の地帯から樹種は多少整理されて、赤松、ハヌキ、ドロガキ、白樺等が磐梯の山肌を覆うことになりますが、いずれにしても岩石川原附近からの眺めは樹海を一望のもとに収めた壮観なものであります。そしてそうした樹海の中に、これから自分たちの訪ねて行く三つの小さい部落があることを思うと、それが信じられぬような気持で、こうした中にも人間の生計が行なわれているということを思うと、何となくそら恐しい思いさえいたしました。

道は細野の手前で二つに岐《わか》れます。一つは中吾妻山麓の方へ通ずる道で、一つは言うまでもなく私たちの目指す磐梯山麓へと通じています。その分岐点で道を右に取りますと、こんどは長い丸木橋で長瀬川を右岸へ渡ることになります。

この丸木橋を渡る時、役場の用係の信州が磧の水際を夥《おびただ》しいひき蛙の群れが移動しているのを発見しました。

「あのずない石とちんちぇ石の間をぞろぞろ動いてるんはひきと違うのが」

信州の言葉で一同はその方を見ました。そしてそれが無数と言っていいくらい夥しい数のひき蛙の集団の移動であることを私たちは知りました。彼等はそのどの一匹に眼を当てても、一つの跳躍を終えると直ぐ次の跳躍に移り、片時も静止していることはありません。背後から同族がぎっしり詰って押し寄せて来るので先へ進む以外仕方のないようなものではありますが、その生きものの集団の動きには妙にひたむきな、傍目も振らずそのことに専心しているといったような真剣なものが感じられました。

たまげだとか、ぶったまげだとか、そんな言葉を口々に出しながら、留吉も、金次も、春太郎も、粂も、信州も、長いことその珍しい見ものに気を奪われておりました。そして信州が、ひき蛙が雪解頃群れをなして交尾をしているのは見たことはあるが、こんな沢山のひき蛙の引越しというのは初めてだと言えば、粂が自分は十年程前にやはりこの辺でひき蛙の合戦を見たことがある。これらのひきは川上の他のひきとの間に悶着を起して、それを力ずくで解決しようとして戦争をおっ始めようとしているのだ。それに違いねえと言いました。

「さ、行くべ、こうしていでも地押は進まぬぞ」

留吉は言いました。その言葉で一同はわれに返りそこを離れました。

細野部落へはいった時は十時を廻っていました。部落と言っても民家は七戸しかなく、それらが、八森山と剣ヶ峯に東西から挟まれた狭い地域にひっそりと体を寄せ合ったような恰好で固まって建っています。磐梯の北麓では、この細野部落附近が一番東西からの丘陵が出張っている狭い箇処で、まさしく山峡の村といった感じを抱かされます。部落の男たちは木地ひきを本業としていて、どこの家でも鶏小屋とさして変りないような小さな木地小屋を母屋の横手に持っていて、その中に手引轆轤《ろくろ》を一台か二台備えつけています。農耕の仕事の方は女たちの受持で、私たちが部落を訪ねた時も、畑仕事にすっかり出払っていて女たちの姿はどこの家でも見掛けることはできませんでした。

部落民の一人の案内で留吉が耕地の大体を頭に収めるために裏山へ出掛けて行っている間、私たちは木地屋の老人と無駄話をして時間を過しました。この間にも一回小さい地震がありました。

留吉が帰って来るのを待って、部落の男たちにもはいって貰って、みんなで数日後に行なう地押調査の段取りの打合せをし、それを済ませると、私たちは細野部落を後にしました。細野部落を出ると豁然《かつぜん》と地形は開け、低い丘陵の波を打たせて、大原野は磐梯をその中に包み込むようにして見晴るかす程広く東西に拡がっています。

私たちは部落を過ぎたところで長く付き合って来た長瀬川の川筋と離れました。細野から大沢までの一里の間は全く原始林の中を這うようにして続いている道とは言えないような細い道が一本走り、黄蓬原とか大淵とか、民家は一軒もなくただ地名だけが付けられている地点を過ぎます。黄蓬原で、私たちは磐梯山の湯治場から降りて来た女性を混じえた数人の一団と出会いました。五十年配の夫婦者と、末子だという十五、六の少年と、内儀《かみ》さんの妹だという三十ぐらいの女と、それから道案内として付き随っている檜原の隣村である塩原部落の若い者二人と、そうした人たちから成る一団でした。

この人たちは中ノ湯に一ヵ月程の長期の湯治をするために新潟方面からやって来た商家の一家だということでしたが、何かしら山がいつもと違うように思われ、急に不安になって湯治を一週間程で打ち切って早々にして下山して来たということでした。

いかにも病身らしく血色の悪い主人は不機嫌にむっつりと押し黙っていましたが、内儀さんの方は多少ヒステリック気味に見える神経質な顔を緊張させて、これだけはどうしても話さずにはいられぬといった風にまくし立てました。それに依ると、四、五日前から上ノ湯の湯の量はすっかり減り、減ったことも不思議だし、それに岩の間から噴出している白い水蒸気の勢いの烈しくなっているのも不思議である。それから中ノ湯の方は減水こそしないが、二、三日前から入浴できない程熱くなっており、山鳴りもこの四、五日毎日のように起り、それは日々烈しくなっている。今朝などはいまにも山が破裂するのではないかと思われる程烈しい山鳴りがあって、その前にも後にも地震があった。自分たちは毎年

今頃湯治に来ているが、こんなことは初めてのことで、到底ただ事とは思われない。そんなことを語ってから、

「わしらと一緒に怖がって山を下った人も何人かありましたが、また世の中は広いもので、わしらとは反対に山に上って行った人も何人かありました」

そんなことを内儀さんは言いました。現在まだ上ノ湯には三十人、中ノ湯には二十人、下ノ湯にも同じく二十人程の湯治客が居るということでありました。

道案内の塩原村の若者の一人は、ここ十年程磐梯は抜ける抜けると言われて来て、ちっとも抜けないが、この分だと今年あたりは抜けるかも知れない。昨夜山には少し降雨があったが、今日通ってみると沼ノ平の池は全部それを吸い込んでからからになっていた。こうした現象は恐しいと言えば恐しく、何でもないと言えば何でもないことだが、磐梯としてもこうなったら何かやらかさないことには恰好がつかないだろう。と、そんなことを土地の言葉で、ひどくたどたどしく話しました。聞いていると心配しているようでもあり、少しも心配していないようでもありましたが、しかし、妙にまとまりのないそんな話し方の中に、当人の恐怖は案外強く現わされていたのかも知れません。そうした話を彼は、

「くわばら、くわばら」

というような言葉で結び、そして連れの出発を促すと、自分が先に立ってさっさと歩き出して行きました。この若者は抜けるという言葉を使いましたが、山が抜けるということ

は山が噴火し、山巓《さんてん》が吹っ飛んでしまうというような意味で、この地方の人たちはみなこの言葉を使っておりました。

こうした新潟の商家の一家に遇っていろいろな話を聞きますと、不気味な気はしましたが、しかし、自分たちがこれから彼等とは反対に彼等が逃げ出して来た磐梯に近付いて行くというそのことにはさして不安は感じませんでした。しかし、彼等と別れて何町か行くうちに、おっとりした隠居の春太郎が、

「わしは随分長く生きて来たが、今日程たんと蛇を見たごどはねえ。ただごとじゃねえぞ」

と、ふいにそんなことを口に出しました。実は私もそのことに気付いていたのですが、何分この地方へ足を踏み込むのは初めてのことではあり、特別蛇の多い地方かも知れないと、そんなことを思っていたのであります。細野を過ぎた辺りから鎌首をもたげて道を横切る蛇だけでも何匹か見ていますし、休憩を取ろうとして腰を下すところを探すと、その度と言っていいくらいそこらの藪の中を音も立てずに滑って行く長いものの姿を眼にしておりました。この土地の人間ではあり、めったなことでは自分の意見というものを口から出しそうもない春太郎がそんなことを口にすると、何となくそのことが重大な意味でも持っているかのように感じられて来ました。すると、そうした春太郎に呼応するかのように、こんどは粂が、

「わしは蛇のことは気にしていねえだが、山鳩と雉がなんでこうあっちこっちで、がさがさすんのがな。わしは猟の経験もあるが、鳥ちゅうもんは、めったにこんなにそこらでがさがさするもんではねえ」

と、首をかしげるようにして言いました。この時殆ど今日一日中口をきいていなかった金次が、はっきりと怯えの色を顔に現わして、重い口をもぐもぐさせながら、

「わしらきのう峠の下で女六部に会った。そしたらその六部が――」

と、粂の方へ喋り掛けました。すると横合から、

「金！」

と留吉は、珍しく烈しい声で金次の言葉を制し、くだらぬことを言うもんでねえとたしなめました。温和な留吉にしては珍しいことでした。信州一人だけがこうした一座の空気とは無関係で、何事も全く意に介していないもののようでした。

「山だってたまには鳴るし、蛇や鳩だって、たまには宿替えすることだってあるべえ。そういちいち気遣うから、春さは中風が出、粂さは頭が禿げるんじゃ」

と、そんな冗談を言いました。春太郎の何となく物に動じないようなおっとりした態度は、中風のための挙措動作の緩慢さから来るものであることを、私はこの時知りました。粂は頭髪を坊主刈にしていましたが、信州に言われて注意して見ると、そのでこぼこした頭部のあちこちには、なるほど毛髪の生えていない小さい光沢のあるまるい部分が散らば

っておりました。

私たちは午後一時に大沢部落にはいりました。大沢はその頃、押沢とか雄子沢とか雄于沢とか、いろいろに綴られ、どれが正しい部落の名か判りませんでしたが、これは役場の台帳にいろいろな人が、その時々で勝手な書き方をしたからで、たとえどれが本当の名であると判ったとしても、もともとたいしたことであろう筈はありません。戸数にして二十戸、二百人ばかりの人間が、朝夕磐梯山をまなかいに仰ぐ場所に生活の根を張り、そこの密林内の一区域を、部落の人も部落外の人も、オオサワという名で呼んでいるだけのことでありました。

私たちは部落の人に一行の今夜の泊りのことを依頼し、まだ陽が高いので、東北一里の秋元部落へ出掛けることにしました。秋元部落の地押調査はできたらなるべく明日から始めたいと思っていましたので、今日中に現場も見ておきたかったし、部落の人とも談合しておきたかったのであります。長瀬川は大沢部落附近から殆ど直角に東へ進路を取り、磐梯山麓を大きく迂回し始めます。言うまでもなくこの川は表磐梯の猪苗代湖へ注ぐ川で、この辺りから両岸に美しい磧《かわら》を持ち始めます。私たちは大沢を出ると、長瀬川に沿った道を進みました。大沢から半里程の地点に小野川が流れ込む合流点があり、川は漸く広い川幅を持って、大河の相貌を帯びて参ります。更に半里程にして、小倉川の流れ込むもう一つの合流点があります。秋元部落はこの二つ目の合流点から二、三町のところにある小倉川に沿った十二戸の聚落でありました。

大沢から秋元へかけて、この附近一帯は磐梯山麓の密林が分厚い絨毯《じゅうたん》のように深々と拡がっていますが、しかし、土地は平坦ではなく、高原地帯特有の小丘陵が波打っていて、白樺の群落が一つの丘陵を占領していたり、所々を縞模様のようにこの地方だけに見る人の背丈よりも高い芒《すすき》や茅《かや》の原が拡がっていたりします。

私たちは細野から大沢まで、小磐梯を中央にし、右に赤埴、左に大磐梯の三峰が仲よく山頂を寄せ合った磐梯山を長く見て来ましたが、秋元部落まで来ると、磐梯の山容は全く変ったものになります。それまで左手に一つ離れていた櫛《くし》ヶ峰がぐっと三峰に身を寄せて来て、磐梯は四つの峰がそれぞれの分を守って、適当な間隔を置いて重なり合っている全く別の山のように見えます。こうした秋元からの磐梯の眺めもまた美しいものでありました。

私たちは秋元の農家の一軒でお茶を御馳走になり、今までとは全く異なった磐梯の山容を眺めながら、明日からの地押調査の打合せをしました。私たちが長い縁に一列に腰を下して話し合っている時、この日何度目かの地震がありました。農家の主人はこう地震が頻繁では大沢の人たちが生きた気持のしていないことは無理からぬことだ。あんたたちも早く大沢を引き揚げてこの部落へ来る方が安全だというようなことを言いました。

私たちはこの農家の主人から初めて大沢部落の井戸水が最近涸《か》れたことや、大沢だけが特に地震の震動も大きく、山鳴りもまた異様に聞えることなどを聞かされ、そんなことから大沢部落の人たちが戦々兢々《きょうきょう》として、この十日程仕事も手に付かず、どこの家でも引き揚げるとか引き揚げないとかでもめているということを知りました。

秋元も大沢と同じように磐梯直下の聚落でしたが、湯尻沢、小深沢、大深沢といったような磐梯の山襞《やまひだ》が北方に流れて、大沢部落一つを包むような形を造っていましたので、磐梯に変事があった場合、大沢だけがその厄を一手に引き受けるように思われて、秋元部落の人々には多少対岸の火事を見るような気持のゆとりのあることは否めないようでありました。

私たちもそうした話を聞くと大沢部落に泊ることは決して気持のいいことでもなく、またそのように動揺している部落の人たちの世話になることもどうかという気持がしました。しかし、今日のことは既に宿泊の依頼もしてあることですし、明日からは明日からのこととして、私たちは再び大沢へ引き返すことにしました。

そして長瀬川と小野川の合流点まで来た時、私たちは行手に見慣れない服装の一組の若い男女の姿を発見しました。遠くから見ていても、この地方の者とは思われないところがありましたが、私たちの足の方が早く、二人に追い付いてみますと、果して都会の空気を身に着けた若い男女で、二人共二十一、二歳ぐらいでありましたろうか。男は一見書生風で、和服の着流しに洋傘を持っており、女の方は色白豊頬の娘々した顔をショウルに埋め、髪形も細かい縞の着物も東京あたりでしか見掛けないものでありました。

私が二人にどこへ行くのかと訊きますと、男は上ノ湯に行くのだと答えましたが、持物と言えば女が風呂敷包を一個持っているだけで、旅行者としては勿論、湯治場行きの者としても何か腑に落ちない身拵《みごしら》えでありました。信州が今からそんな恰好で上ノ湯へ向って、一体何時頃着くつもりだと訊くと、男も女もそれには答えられませんでした。上ノ湯の在り場所も、そこへ行く道も、またそこまでの里程も、そうしたことには何の知識も持ち合せていないで、二人は磐梯山麓の原野をふらふら歩いているといった恰好でありました。

私は二人に自分たちと一緒に今夜は大沢に泊るようにと半ば強制的に勧めました。そうすることが、この場合のこの何ものかに憑《つ》かれている若い男女には一番いいことだと信じたからであります。女の方は躊躇《ちゅうちょ》して、連れの男に断わって貰いたい面持でしたが、男は気の弱いところがあって、結局私に押し切られてしまった恰好で、私の勧めに応じることになりました。

若い男女はともすれば私たちから遅れ勝ちでしたので、私は時折足を停めては二人の追い付くのを待ちました。そうしている時、見るともなく娘に眼を当てましたが、私には本当にその娘が綺麗に見えました。美人とか美貌だとか、そういうのではなく、罪汚れのない清純さが、その顔にも、その歩き方にも、ちょっとした小さい仕種《しぐさ》の中にも現われてい て、世の中にはこんな綺麗な娘も居るものかといった思いを深くいたしました。

大沢部落へ私たちは新しい二人の客を連れて帰って行ったわけですが、信州が口をきいてくれて、宿泊の割当は簡単に決りました。私と若い男女が一軒に宿泊し、残りの五人がその隣家である他の一軒に泊ることになりました。井戸が涸れているくらいですから風呂はありませんでしたが、私たちはそれぞれの農家で意想外に歓び迎えられました。

秋元部落で聞いたように、部落の家はどこも磐梯の山鳴りと地震に怯え切っており、すっかり浮き足立っていましたが、こうした場合一人でも多くの者が同じ屋根の下に眠るということが堪《たま》らなく家人たちには心強いようでありました。

私が厄介になった家も、留吉たち五人が厄介になった家も大変な大家族で、二軒とも大勢の子供と老人を抱えておりました。大沢に限らず細野でも秋元でも子沢山の家が多く、八人九人の子供を持っているのは普通のようでありました。

家の造りはどこも同じようなもので、入口の土間に面した囲炉裏《いろり》のある板敷の部屋は二十畳とか三十畳とかの大きいもので、その奥に八畳ぐらいの大きさの座敷と納戸が板戸一枚で隣合っております。座敷の方は前庭に、納戸の方は背戸に面してそれぞれ小さい縁側を持っています。

私は座敷に、若い男女は納戸に、大勢の家人は広い板敷の部屋に眠ることになりました。

部屋を一応決めておいてから、私も若い男女も囲炉裏を囲んで家人たちと一緒に夕食の馳走に与《あずか》りました。今年の雪は例年より深かったが、融けるのは早かったとか、今月の初めに土田村の者が黒沢尻にくるみの木を伐りに行った時、地中から大木の折れるような音が頻りに聞えて怖くなって逃げ返って来たとか、あるいはまた四月十五日の夜九時頃磐梯山頂から青い火炎が天空に迸《ほとばし》り、一、二分して大筒のような音が轟《とどろ》きわたったとか、そうした話をこの家の主人と内儀さんはそれぞれ浮かない顔で私たちに話して聞かせてくれました。大勢の子供たちは、両親が話すといっせいに両親の顔を見上げ、私が何か言うと、またいっせいに私の顔を仰ぎます。若い男女は殆ど何も喋らず、それぞれ何か物思いにふけっている風で、そんなところが私にはやはり気になっていました。私や家人たちが話しかけると口数少なく答えますが、自分たちからは決して話しかけて来ることはありませんでした。

私たちが夕食を食べている時、新しいもう一人の客がはいって来ました。今日午刻《ひる》頃檜原を発って来たという男でした。一度檜原からはいってみようと思っていたが、こんど初めてそれを試みてみて、道は悪いし、遠いし、いや、大変な目に遇ったというようなことを、上り框《がまち》で草鞋を解きながら、賑かに喋っていました。ひどく遠慮のないがさつな感じでしたが、囲炉裏のところへ上って来た顔をランプの光で見ると、案外人のよさそうな四十年配のがっちりした体の商人風の男でした。

この人物のことは、こちらから訊かなくても自分から喋るので、何もかもすぐ判ってしまいました。表磐梯の何とかいう村の出身の人物で、若い時大阪へ出て蒲鉾《かまぼこ》屋をやって成功し、小金も溜ったので、今度初めて郷里へ帰り、亡き両親の法事を盛大に営み、部落の人たちにあっと一泡吹かせようというのが、この人物の帰郷の目的でもあり、魂胆でもあるようでした。

表磐梯の部落なら、なるほどそこへ行くのには猪苗代の方からはいるのが道順で、その方がずっと近くもあり楽でもあるわけであります。しかし、そうしないで、たとえ以前に一度檜原からはいってみようと思っていたにせよ、それを久し振りの晴れの帰郷の時に試みたところに、この小成功者の人柄がよく現われているように思いました。お調子もののところはありますが、それはそれで憎めず、すぐ自慢したり威張ったりしますが、その反面、ひどく人のいいところもあり、実際に小金を溜めるだけの勤勉さも実直さも併せ持っているように見受けられました。

この人物が現われるまでは、磐梯に関係した不気味な暗い話ばかりが家人たちの口から出ていましたが、この賑かな人物の出現で、話題はすっかり一変してしまいました。笑い声が囲炉裏の周囲から何回も起りました。

しかし、こうしている時も、微震が一回と山鳴りが二回ありました。地震は極く軽いものでしたが、余程それに対する恐怖心に取り憑かれているものらしく、小さい子供たちはいきなり大人たちに縋《すが》りついたり、怯えた表情をして泣き出したりしました。山鳴りは私には風の音としか聞えず、なるほどこれが山鳴りならば、今日昼間のうちに何回もこれと同じ音を耳にしていたと思いました。地震の場合と違って、山鳴りのする時は、子供たちは大人たちに縋りつきも、泣き叫びもせず、子供ながらその稚《おさな》い顔を思案深げに緊張させ、じっとその音の行方を追っているように耳を澄ませています。そうした幼い者たちの陰気で真剣な表情を見ていると、何とも言えず遣り切れない辛い気持に襲われるものであります。

その夜、夕食を終えると、私たちも家人も早く寝に就きました。大阪の蒲鉾商人は座敷に私と一緒に寝ることになり、二つの床を並べて敷きましたが、彼は枕に頭をつけるや否やすぐ高い鼾《いびき》を掻いて深い眠りに落ちてしまいました。

私もまた間もなく眠りましたが、眠りは浅く、すぐ眼を覚しました。眼を覚すと同時に、私は納戸の方で雨戸をそっと繰り開けているような低い音を耳にしました。その音は極く僅かの時間続き、すぐまた止みますが、暫くすると、また繰り返され、その小さい作業は執拗に続けられている感じでした。私は納戸の方の気配に聞耳を立てていましたが、やがて畳を踏む音と衣擦《きぬず》れの音が聞え、若い男女が縁側から戸外へ立ち出でたのを知りました。私は床に就いた時から何となくこのようなことがあるのではないかという気がしており、そんなわけで眠りも浅かったのではないかと思うのですが、ともかく、そうしたことを知ってしまった以上棄て置けない気持でした。

私は躊躇しないで座敷の雨戸を開け跣《はだし》で庭に降りました。戸外は真昼のように明るい月夜で、庭先の南天の木の葉の裏表まで一枚一枚はっきり見える程でした。私は家の横手から背戸へと廻りました。そして井戸の横手から、そこへついている小道を伝って、この家の庭より一段高くなっている原野の一角へ出ました。雑草の葉と芒《すすき》の穂が月光のもとに白く輝いて見え、それがどこまでも続いて、そしてその野面の向うに若い男女の歩いて行く背後《うしろ》姿が見えていました。

駈け出さねばならぬ程のものは感じませんでしたので、私は大股に近付いて行き、半町ほど行ったところで、こちらを振り向いた男女に、

「一体どこへ行こうとしているんだ、ばか!」

と、思いきって大きな烈しい怒声を浴びせかけました。女は瞬間駈け出そうとしましたが、すぐ諦《あきら》めた風で、足を停めると同時に袂を顔に当てて声を出して泣き出しました。男の方はこうした場合全く無能な感じで、私が声を掛けた時からそこに茫然と立ち尽していました。

女は昼間とは違った着物を着ていました。濃い紫色の着物で、それが月光の中の女の顔を一層白く浮き立たせていました。死んで行く時の晴着のつもりで、女はそれを纏ってい

たのでしょうか。

「わたしたちはどうしても生きてはいられないんです」

女は涙に濡れた顔を上げて、そんなことを訴えましたが、私はそれを受け付けないで、ただ、帰んなさいとだけ言って、自分から先に立って家の方へ歩き出しました。背戸の井戸のところまで来ると、そこで私は足を洗いました。二人とも私に倣って足を洗っていました。私は履くものがありませんでしたので、二人の寝室である納戸からはいって、座敷の自分の寝床へ戻りました。納戸の方からは暫く女の忍び泣く声が聞えていましたが、私はそれに構わずやがて眠りに落ちてしまいました。

翌日、詰まり七月十五日のことですが、私は烈しい地鳴りの音で眼を覚しました。六時少し前のことでした。と言いますのは、蒲鉾商人も床から起き出して、どこに持っていたのか大型の金側時計を雨戸の隙間から洩れる白い光に当て、その時刻を口にしたからであります。

私も蒲鉾商人ももう眠れませんでしたので、雨戸を繰った縁側に坐り、早朝の冷たい空気を肌に冷たく感じながら莨《たばこ》を喫《の》みました。そうしているうちに納戸の方でも雨戸が開けられ、家人の寝ている板敷の間の方でも雨戸が繰られ始めました。みんな山鳴りのお蔭で起き出してしまったわけでありました。しかし、農家としましては決して早い時刻ではありませんでした。坂道一つ隔てた隣家ではとうに起きていたものと見え、そこの前庭で留吉と春太郎が何か話しながら草鞋を履いている姿が見えておりました。そのうちに粂の姿も、金次、信州の姿も見えました。みんな仕事に出掛ける支度をしております。私はこれから朝食も摂《と》らねばなりませんので、彼等より一足遅く出掛けることにしました。

私は見るともなしにそうした仲間の姿に眼を当てていたのですが、そのうちにこちらを振り向いた留吉が私の姿を眼に入れたらしく、右手を軽く上げて、先に出掛けるという合図をして寄越しました。粂、春太郎、留吉、信州、金次の順で、彼等は隣家の前庭から姿を消して行きました。

隣家に泊った連中が出掛けてから三十分程して、私と蒲鉾商人と心中志願の若い男女は揃って農家を立ちました。女はゆうべ着ていた紫色の着物を今日も着ており、私にはそのことで二人がまだ死ぬ気持をなくしていないように思われ、多少腹立たしい気持にもなっておりました。

「私はこれから秋元へ行くが、あんた方も一緒について来るがいい。そこから人をつけて、猪苗代へ送って上げる」

私は二人にそんな一方的な言い方をしました。男は軽く頷《うなず》き、女は俯いたまま黙っていました。その時私は二人の表情から男は既に死ぬ気をなくしており、女だけが執拗に死に取り憑かれているのだという気がしました。あるいは男の方は初めから積極的に死ぬ気は持っていず、女に引っ張られて厭々ながらこの高原にまで連れ出されて来ていたのかも知れません。そういう見方をすると、私には却って女の一途さが妙に哀れなものに見えて参りました。

私たちは、私が昨日秋元へ行く時取った同じ道を、長瀬川に沿って歩いて行きました。昨日に劣らず空は気持よく晴れていました。雲一つなく淡い藍色に澄み渡っています。大沢部落を出て二町程の地点で、道は小深沢から流れている小渓流にぶつかりますが、丁度その川を渡ったところで、道は秋元の方へ行く道と、川上、長坂の方へ通ずる道と二つに岐《わか》れます。

蒲鉾商人はそこで私たちと別れ、少し上りになっている熊笹の中の道を、その中に半分体を埋めながら歩いて行きました。彼は白シャツ一枚になって、着物を入れた風呂敷包と小さい手提鞄とを振分けにして肩に担いでおり、ひどく道を急いでいる恰好でいやにせかせかした足取りで歩いていました。やがて白いシャツは全く熊笹の中に消えました。

私は押し黙った都会の男女を供にして、小野川との合流点へと向いました。蒲鉾商人と別れてから何程も行かないうちに、私たちは道路に沿った小高い丘に十人程の部落の子供たちが立っているのを見ました。小さいのが五、六歳、大きいのが十歳ぐらいで、みんな連れ立って遊び場所を探しにやって来たといった感じでした。学校というものがこの辺にあろう筈はありませんので、もう少し大きかったら家の手伝いをさせられるのですが、まだそれにはいかにしても年齢が足りなく、養蚕の忙しい時期のことでもあり朝から家を追い出され、このところ毎日のように勝手気儘に野放しにされているのでありましょう。

子供たちの一団は道より一段高い処に陣取って、そこから私たちの通って行くのをじろじろと見降しておりました。私も子供たちの方へ視線を投げましたが、私はその時その中にゆうべ私たちが泊った農家の子供たちも居るのではないかという気がしました。大体農家の子供というのはみな同じような顔をしているもので、そこには囲炉裏端で地震に怯えた子供の顔もあれば、黙って山鳴りの音の行方に耳を澄していた子供の顔もありました。どれがどの家の子か区別は付きませんでしたが、私はゆうべ厄介になった家の子供がそこに居るかどうかを確かめ、居たらその方に声の一つも掛けてやろうという気でいました。

丁度その時でした。正確に言うと七時四十分頃になっていたと思うのですが、私は大地が大きく揺れ動くのを感じました。今までの地震とは全く異なった烈しい揺れ方で、私はいきなり地面に屈み込みました。山鳴りか地鳴りか判りませんが、何とも言えぬ不気味な地殻の底から突き上げて来るような音が聞えています。若い女が体の重心を失って、蹣跚《よろ》めいて膝を地面につくのが、私の眼に映りました。やがて私は立ち上りましたが、二度目の震動で再び屈み込みました。こんどは右手を地面につけ体を支えました。子供たちも地面に坐り込んでしまったのか、台地を見上げても、その姿は見えず、台地からは砂塵のようなものが舞い上っていました。

二度目の地震が鎮まった時、私は前に懲《こ》りて、こんどは用心して体を起しました。私の横では若い男が女に手を藉《か》して女の体を起していました。

私はその時台地の上に坊主頭が一つ二つ立ち上って来るのを見ました。そして全部の頭が私の眼にはいって来た時、私は一人の子供が大きな声で唱《うた》うように叫ぶのを耳にしました。

――ブン抜ゲンダラ、ブン抜ゲロ

すると何人かの子供がまるで体から振りしぼられるような声でそれに和しました。

――ブン抜ゲンダラ、ブン抜ゲロ

私ははっきりと何人かの子供たちが磐梯山に向い立っているのを見ました。そして私の耳は彼等がありったけの声を張り上げて叫ぶのを聞きました。

――ブン抜ゲンダラ、ブン抜ゲロ

そうです。その歌とも叫びとも判らぬ絶叫の合唱が終るか終らぬに、轟然たる大音響が大地をつんざきました。私は自分の体が一間程右手へ吹き飛ばされ大地へ叩《たた》きつけられるのを感じました。大音響は次々に起り、大地は揺れに揺れています。いつ私の眼が磐梯山を捉えたのか、そのことはあとで考えても判りませんが、とにかくその時、磐梯の山頂からは火と煙が真直ぐに天に向って噴き上り、その地獄の柱は一瞬にして磐梯自身の高さの二倍に達していたのであります。磐梯はまさしくぶん抜け、この時小磐梯は永遠にその姿を消してしまったのでした。勿論こうしたことは私があとで知ったことであります。

それからどうして私が助かるに到ったか、私はそれを正確に語ることはできません。磐梯山の北斜面を岩石と砂の大きな流れがいっきに駈け降り、それが山麓一帯の密林地帯を次々に呑み込んで行くこの世のものとは思われぬ怖ろしい情景をまるで夢のように覚えています。そしてその恐ろしく速い激流の裾にすくわれるようにして、紫色の着衣が、小さな一枚の紫色の紙きれのように空間に舞い上り、それが一瞬にして泥土の流れの中に落ちて消えたのは、いつどの辺の場所だったでしょうか。すべては小石と灰が絶間なく落ちている昼とも夜ともつかぬ薄明の中に行なわれたのであります。私は無我夢中で小野川の川っぷちを走って秋元部落北側の高地へ逃れましたが、ただそれだけのことで、私は九死に一生を助かったのでありました。もし私の逃げる方向が少しでも違っていたら、私は簡単に泥土の流れに捉えられ、影も形もなくなっていたことでありましょう。

磐梯が抜けてから僅か一時間程で、細野も大沢も秋元も岩と泥土の流れに呑み込まれ、何丈かの岩石の堆積の下になってしまいました。これら北麓の部落ばかりでなく東麓の諸部落の中の幾つかも同じような非運に見舞われたことは御承知の通りであります。

磐梯噴火について正確な調査報告も数多く発表され、今更私如きが附け加える何ものもありませんが、私は地質学者のいかなる報告とも違った噴火についての私の見聞を何となくお話してみたかったのであります。私には、

――ブン抜ゲンダラ、ブン抜ゲロ

という子供たちのどうにもできなかった気持からの山への挑戦を、その叫び声を、今でも耳から消すことはできないのであります。

それからもう一つ、四百七十七人の犠牲者ということになっていますが、正確に言うと、その数字に少なくとももう三つの数を付け加えねばならぬと思います。氏名不詳の若い男女と、同じく氏名不詳の蒲鉾商人の霊を、合同慰霊祭でも行なわれるような場合には是非一緒に祀ってやりたいものであります。現在は細野も大沢も檜原も長瀬川の中流が岩石と泥土に埋ったためにできた大きな湖の底に沈んでおり、秋元も同様に他の湖の底に沈んでおります。こう申しましても、まだ私はそこを訪ねておりません。恐らく将来もそこを訪ねて行くことはないと思います。美しい湖ができていればできていたで、それを眼にした時の自分の心はどんなに恐ろしいことでありましょう。恐らく一生、私は裏磐梯一帯の地へは足を踏み入れる気にはなれないだろうと思います。

鬼の話

一

今から十年ほど前のことになるが、私は秋の終りの半月ほどを、長野県の湯田中の古い温泉旅館の離れで過したことがあった。当時私はノイローゼとでも言うのか、心身共に衰えた状態にあった。夜は不眠に悩まされ、昼は何回かはっきりした理由のない不安な思いに襲われていた。周囲の者から身体のどこかに異常があるのではないかと思われたほど面《おも》窶《やつ》れもあり、机に向っても一つの纏《まとま》った想念の中にはいって行けず、仕事に根《こん》がなかった。前年七月から十一月までヨーロッパを回り、続いてこの年六月から七月にかけて中国に出掛けていたので、二回に亘《わた》っての慣れない外国旅行の疲れが一度に出て来たものと思われたが、それにしてもこのままで居てはいけないという気がした。湯田中に出掛けたのはそのためであった。思い切って東京からも、仕事からも離れて、人の顔を見ない何日かを過してみたらと思ったのである。

知人の勧めで湯田中に出掛けて行ったが、湯田中というところも、そこの何代も続いているという古い旅館も初めてであった。さいわい母屋とは棟《むね》を別にした静かな離れがあったので、そこをひとりで占領させて貰い、食事の時以外はなるべく女中にもかまって貰わないようにした。

不眠の苦しさというものは、その経験のないものには解らない。はっきりと頭が冴《さ》えているというのではなく、頭の芯《しん》のどこかは睡りへと傾斜しているのであるが、もう少しのことで睡りに落ち込めない状態が、深夜から暁方まで続く。結局は暁方近くなって疲れ果てた恰好で眠るのであるが、それは睡りというより闘い疲れた者が昏睡状態にはいると言った方がいいようなものである。その昏睡状態から覚めるのは正午近くで、寝床の上に起き上がると、身体の節々が砧《きぬた》を打つあの打ち方でひと晩中打たれでもしたように痛くなっている。朝食兼昼食の膳から立ち上がると、すぐ散歩に出る。夜眠るための用意をこの時から始めるのである。東京でもこうした状態が一ヵ月近く続いていたのであるが、湯田中に行ってからも同じことであった。

散歩には、私は旅館近くの雑木山の裾《すそ》を走っている間道を選んだ。散りぎわの悪い櫟《くぬぎ》の枯葉が枝にしがみついていて、それが風に揺すぶられるといやに危なっかしく儚《はかな》く見え、風がなくて晩秋のと言うよりこの地方では既に初冬のと言った方がいい静かな陽に照らされていると、そのひっそりとした佇《たたず》まいは堪《たま》らなく不安に見えた。二日酔の際、自己嫌悪と、世の中の総てのものに背を向けられているような遣り切れない思いに苛《さいな》まれるものだが、丁度それに似た精神状態が散歩時の私をずっと支配していた。それでも人の顔を見たり、人と話をしたりしないだけ、東京に居るよりは増しだった。空気も澄んでおり、落葉を踏んで行く足許の感触などには、多少なりとも気持を休ませてくれるものがあった。

睡眠薬も知人に選んで貰って鞄の中に入れて来てあったが、なるべくならそれを用いないで不眠症を直そうと思っていた。医者の家に生れながら、私は薬品というものを信用しない家風の中に育っていた。

そうした湯田中の旅館における深夜の不眠の時間に、いまは故人となっている母方の叔父藪戸《やぶと》奈之助の顔が現れて来たのは、転地してから幾晩目ぐらいのことであったろうか。その夜私の想念は余り幸運だったとは言えない六十年の生涯を持った叔父奈之助の周囲をぐるぐると廻っていた。思いはどうしても叔父のことから離れなかった。私はこの夜ほど叔父のことをあれこれ考えたことはなかった。あの時叔父はどういう気持であんなことを言ったのであるか、どうしてあんな表情をとったのであるか、あの時叔父は悦んでいたが、果して本当に嬉しかったのであろうか、もしかすると反対に悲しかったのではないかと、そんなとりとめない想念が現れたり消えたりしながら、私の不眠の時間を埋めていたのである。

私は何回か廁《かわや》に立ったが、その度にもう叔父のことなど考えないで、早く睡りにはいらなければならぬと思うのであったが、寝床に身体を横たえるとまた同じ状態が続いた。叔父が眠れない私に付合ってくれているようでもあり、私が睡りを犠牲にして叔父に付合っているようでもあった。

だが、平生思い出してもみなかった叔父のことが、この夜ふいに私の脳裡に居坐ってしまったということについては、多少その原因となるようなものが考えられないでもなかった。この年の六月から七月へかけての中国旅行において、私は叔父に生き写しの背後姿《うしろ》を持った人物に出会っていた。南京の繁華地区を歩いている時のことである。私は自分の前方を歩いて行く一人の老人の背に眼を当てた瞬間、あ、叔父ではないかと思った。叔父に違いないと思った。それほどその六十年配の人物の首から背にかけての恰好も、少し股を開きめ加減に歩く歩き方も、叔父によく似ていたのである。叔父だと思った瞬間、私は何とも言えない懐しい思いが身内に込上げて来るのを覚えて、その思いに抵抗できないままに、その方へ足を一歩踏み出していたのである。私はその老人の前に廻って行き、それとなく背後を振り返ってみた。叔父とは似ても似つかぬ人物であった。が、その時はそうせずにはいられなかったのである。もともと相手は中国人であり、いくら似ていると言っても、中国人と日本人とでは服装も、身に着けている雰囲気も異なっている筈であるが、叔父の場合は少し事情が異なっていた。叔父は地方の商業学校を出るとすぐ満鉄に入社し、戦争末期まで三十何年かを大連とか本渓湖とかいった町で過しており、結婚したのも満洲、七人の息子や娘たちを儲《もう》けたのも満洲であった。

叔父は満洲に長く住んだ人たちが例外なく見せるあの大陸臭い独特の風貌を持っており、満人服などを纏うとすっかり満洲人だった。壮年期の叔父が満人服を着て写した写真の何枚かは、私の両親の許にも送られて来てあった。そうしたことから、私は極《ご》く自然に街中で見掛けた中国の一人の老人の背に、叔父という人間を感じ取ってしまったのであった。それにしても既に故人になっている叔父が南京の町を歩いていよう筈はなかったし、そのことに気付かぬわけでもなかったが、一瞬私が錯覚の擒《とりこ》となったのは、結局私がこの叔父に対して、はっきりとそう言い切ることができる程度の好感を持っていたからではないかと思われる。叔父でないと判っていても、それを確めずにはいられない気持を持ったということは、やはり相手に強く惹かれているものがあったからであろう。

叔父は戦争末期、まだ定年に達しないのに満鉄を退《ひ》き、郷里伊豆に近い小都市に居を構えて、バス会社を設立して社長に収まった。資金は満鉄系の有力者が調達してくれたらしく、もともとそうした仕事を受持つために、叔父は話合の上で満鉄を退いたものと思われた。しかし、終戦後漸く会社の基礎が固まって、県東部ではただ一つのバス会社として知られるようになった時、突然叔父はその社長の地位を棄てた。会社の者にも、家の者にも、何が叔父にそのような行動をとらせたか一切判らなかった。誰に訊ねられても、叔父は厭になったから罷《や》めたと言った。何が厭になったかについては一言半句も触れなかった。そして叔父は、自分が造った会社を飛び出すと、呉服ものの行商人になった。呉服ものを入れた鞄や風呂敷包みを背負って、半島の山間部の農村を廻った。きのうまでとは打って変った叔父の姿は、誰の眼にも異様に痛ましく映ったが、叔父はそんなことにはいっこう頓着しなかった。周囲の者たちは何も行商までやらなくてもと言ったが、叔父は受け付けなかった。一生他人の機嫌をとって生きて来たが、余生は自分本位に生きるのだと言った。が、その叔父の余生なるものは案外短く、行商人になってから三年目に叔父は脳溢血で他界したのであった。

私は長い不眠の時間に、そうした叔父奈之助のその時々の顔をあれこれ眼に浮べ、それを繞《めぐ》って自分の思いを駈け廻らせていたのである。私は叔父に関して、叔父との交渉における自分に関して、その夜いろいろなことを発見した。私は自分が叔父の多少異常と思われる性格と行動に惹かれていたことに気付いた。にも拘らず、そのことをこれまでいっこうに意識していなかったことにもまた気付いた。一体自分は生前の叔父と何を話したというのであろうか。考えてみると、何も話してはいなかった。何一つ話らしい話をしていないばかりでなく、叔父と自分とが言葉を交えた時間というものは、叔父の生涯で全部合計してみても知れたものではないかと思われた。五時間か六時間、せいぜいそんなものかも知れぬ。一組の叔父と甥とが一生の間に言葉を交す時間というものは、もしかするとこの不眠の一夜にすら及ばないかも知れないのである。そう考えると憮然《ぶぜん》たる思いに突き当らざるを得なかった。

私はやたらに寝返りを打っていた。どちらに身体を向けても、私の瞼《まぶた》の上には叔父奈之助の、時には柔和な、時には烈しい顔があった。そうしている時である。変な話であるが、私はふと叔父の顔が額際に二本の角を生やしていることに気付いたのであった。おや、角が生えている！　と思った。そう思って改めて叔父の顔を瞼の上に載せてみると、確かに角が生えている。二本の角を持った鬼の顔であった。私はその鬼の顔を振り切るために眼を瞑《つむ》った。眼を瞑っても同じことであった。二本の角を生やした叔父の顔がすぐ瞼に浮んで来た。私は眼を瞑ったり、開いたり、寝返りを打ったりした。そして何回も改めて叔父の顔を瞼に載せたが、例外なくどの叔父の顔も角を持っていた。と言って、角を生やしている叔父の顔はいささかも陰気でも不気味でもなかった。寧《むし》ろ二本の角があることに依って、叔父の顔は一層叔父らしいものになっていた。いっこくで頑《かたくな》なところのある性格が、その角に依ってはっきりと顔の上に落着いて収まった感じであった。

人間死ぬと鬼籍にはいると言うが、なるほど叔父も物故して鬼になったと思った。角を生やして鬼になってしまったのである。それから私は長いこと輾転《てんてん》反側しながら、鬼になった叔父と向い合っていた。もう角を持たないいかなる叔父の顔も瞼に浮べることはできなかった。そして毎夜のことではあるが、その夜も私は何となく暁方の白い気配が雨戸の外側に感じられる頃になって、ひどく長く苦しかったざらざらした不眠の時間から釈放され、漸くにして睡りの沼に落ち込むことができたのであった。私は角を生やした叔父の顔を抱いて眠ったのである。

翌日、私は午刻《ひる》近くなって眼覚めた。気温は降っていたが、風のない静かないい日和《ひより》であった。陽の当っている縁側に座蒲団を持ち出し、そこで私は女中に持って来て貰った鋏《はさみ》で爪を切った。庭の陽陰っているところの土は薄く霜を置いていた。この冬最初の降霜であるということであった。午後の散歩を、私はいつもより早く切り上げた。ひどく身体が疲れていた。

夜は早く来た。この夜もまた私は鬼面の叔父に付合わされた。叔父と話をし、叔父のことを思い、叔父のことを考えた。しかし、この夜瞼の上に現れて来たのは叔父ばかりではなかった。叔父に関連して思い出されて来る人物、――いずれも私と身近い関係にある故人たちであるが、そうした人物が、一人一人ある瞬間私の瞼の上でその映像を静止させた。私はその面に角が生えているかどうかを確めずにはいられなかったのである。角が生えている顔もあれば、生えていない顔もあった。角の生えていない顔には、私は角を置こうとした。何とかして角を置きたかった。短い角を選んでみたり、長い角を持って来てみたりした。しかし、どういうものか、角を持たない顔には角を置くことはできなかった。

その額際のどこに、どのように置いても、角は落着かなかった。鬼籍にはいった人を鬼と言うなら、鬼には角を持った鬼と、角を持たない鬼とがあった。

私は父方の親戚一門の物故者の顔を次々に瞼に載せて行った。母方の親戚の方も同じようにした。角の生えている顔もあったし、生えていない顔もあった。その夜、私はもう何年も思い出したことのない従兄弟《いとこ》や二従兄弟《ふたいとこ》たちの何人かと対面した。相手によって、思いは長く留まったり、すぐそこから離れたりした。やがて、私は親戚一門から、私自身の知人や友人へと、鬼籍にはいった人々の範囲を拡げて行った。ああ、この人には角が生えている、この人には角が生えていないと、私はそんな撰り分け方をした。私は実にたくさんの故人たちの顔を思い浮べた。そして自分の身近いところにいかにたくさんの物故者があるかということに、今更の如く驚かされ、人間死ぬと、いつとはなしに忘れられて行くものだという思いを深くした。次々に角を生やしている顔や、角を生やしていない顔が立ち現れて来た。角が生えている顔は角が生えていることに依って、角が生えていない顔は角が生えていないことに依って、それぞれその人らしく落着くものがあるようであった。

私は生後七日にして亡くなった自分の娘のことを思った。この不幸だった嬰児《えいじ》の顔は、父親の私もはっきりした映像としては持っていなかったが、東大寺三月堂の弁財天の塑像《そぞう》の面輪《おもわ》を童女のそれに置き替えたようなものとして瞼に浮んで来た。嬰児の面は角を置くことに依ってしっくりしたものになった。小さい何本かの角を額際に並べてみると、それはいつまでも見惚《みと》れていたいほど愛くるしく見えた。飾り房のついた純白の毛糸の帽子などをかぶせるより、たくさんの角を置く方がよかった。小さく愛らしい無心な鬼であった。鬼の子供であった。私はこの夜初めて幸薄かった己が幼い娘のあどけなさに心を打たれ、哀《かな》しみで心が塞《ふさ》がって来るのを感じた。

二十三、四歳の若さで早世した母方の叔母の顔も現れた。幼時私はこの叔母に可愛がられた記憶を持っているが、その若い叔母もまた角を生やしていた。清楚な角の生やし方であった。彼女が角を生やしていることで、私は何となく自分の、同じように角を生やしている幼い娘を託すことができるような気持になり、一瞬安堵《あんど》の思いの中に居る自分を発見したものであった。

私はまた早世した高校の物理教師相楽《さがら》の顔を思い浮べた。峻厳極まりない教師であった。高校時代の三年間、その苛酷な採点の故に、私は相楽を怖れ、憎んでいた。しかし、いま私の瞼の上に現れて来る相楽は角を持っていなかった。この教師ほど憎々しげな角を持つにふさわしい人物はないと思われるのであったが、相楽は角を生やしていなかった。私は相楽の顔を何回も瞼に浮べた。そして私は相楽という教師を、あるいは理解していなかったかも知れないという、そんな思いに打たれた。

それからまた私の瞼の上には寒山と拾得《じっとく》が現れて来た。寒山も拾得も大陸で共に苦労した同班の兵隊であって、私は野戦の生活において、二人の友をそのような呼び方で呼んでいた。寒山は角を生やし、拾得の方は角を生やしていなかった。私には久しぶりで見る寒山の顔が、元朝の高名な画人が描いたほんものの寒山に似ているように思われた。拾得の方もまた同様にほんものの拾得に似ていた。二人の兵隊は若くして戦死していたが、いまは老いていた。私は二人の方に手を差しのべたい思いに身内を烈しく揺すぶられた。そしてそうした思いに浸りながら、死者もまた幽界にあって年齢を加えるものかも知れないと思った。年齢を加えているのは寒山、拾得に限らなかった。物理教師の相楽にしても、私の知っている相楽より十歳も二十歳も老いているように思われた。老いていないのは幸薄かった幼い娘と若い叔母の二人だけであった。

一晩中眠らないで死者と話したり、死者のことをあれこれ考えたりしていることは、どう考えても正常ではなかったが、その正常でない状態が更に何夜か続いた。不眠症を直すために東京を離れ、仕事から離れたのであるが、結局湯田中に移ってから事態は一層悪くなっていると言うほかはなかった。しかし、憑《つ》きものが落ちるように、突然私の不眠症は落ちた。呆気《あっけ》ないほどの落ち方であった。

私が不眠の苦しさから解放されたのは、午後の散歩において道に迷って山奥にはいり、日が暮れるまで山中を彷徨《うろつ》き廻ったためである。さして深い山でもないのに、どういうものか、その時の私は方角や地形に対して正常な判断がくだせず、次第に山の奥へ奥へと踏み込んで行った。そして、とんでもない沢に出た挙句、文字通り木の根岩の根のはびこっている場所を何時間もさ迷い歩いたのであった。

やっとのことで旅館に帰り着いた時は、寒さと空腹と疲労で、私は口もきけないほどくたくたになっていた。その夜、私は心配して部屋にやって来た宿の主人と炬燵《こたつ》に向い合って坐り、主人を相手にウイスキーを飲んだ。主人が帰る頃、私はひどく酩酊《めいてい》していた。寝床にはいると、睡りはすぐやって来た。朝まで正体なく眠った。朝、厠《かわや》に立ったが、そのあとでまた眠った。

この山中放浪の受難の日を境にして、それから私は健康人の生活を取り戻すことができた。何時間か山中をさ迷い歩いたことがよかったか、そうでなければ、その夜以来多量のウイスキーを飲むようになったことが、多少の役割を果していたかも知れない。とにかく私は湯田中滞在の終りの五日ほどを、恰《あたか》もそれまでの不眠の時間を取り戻しでもするかのようによく眠ったのである。

湯田中を発つ日、私は旅館の前からバスに乗った。バスの中で、私は向い合って腰掛けている乗客の一人一人の顔に眼を当てて行った。生きている人たちの面に角を置いてみようと思ったのである。バスは漸く冬の気配が厳しく立ち籠め始めている聚落《しゅうらく》を縫って走り、小さい停留所に停る度に乗客を拾った。新しく乗り込んで来る男や女たちの顔にも、私は同じように視線を当てた。しかし、よくしたもので生者たちの顔に角を置くことはできなかった。角は生えなかった。もともと角を生やしているとしか思えないような老婆の顔もあったが、そういう顔の場合も、改めて角を置こうとすると、相手は受付けなかった。

私は湯田中という土地と別れると共に、そこで何夜かに亘って付合った鬼たちとも別れた。角の生えている鬼とも、角の生えていない鬼とも別れたのである。

二

伊豆半島の天城山麓にある郷里の町から、戦争で亡くなった郷土出身の兵隊たちのために慰霊碑を建てる計画があるが、その碑面に刻む適当な文字を揮毫《きごう》して貰えないかという依頼があったのは、湯田中の転地生活から五年ほど経った時であった。その頃、私はまた不眠の夜を持つようになっていた。前ほど烈しいものではなかったが、毎夜のように睡りは浅く、深夜眼覚めては来《こ》し方行末をとりとめなく考えるあの遣り切れぬ不眠の時間が明方まで続いていた。慰霊碑の交渉に来たのは、曾て兵隊として大陸に渡ったことのある中年の役場の吏員であった。私はすぐその申出を承諾した。私も兵隊であったことではあるし、戦争のために殪《たお》れた郷土出身者の中には、小学校でいっしょに机を並べて学んだ者も居れば、姻戚関係の者も居た。単に顔見知りというだけの者を拾えば十指に余った。

揮毫の締切期日までには約一ヵ月の余裕があった。私はその一ヵ月の間、曾ての忠霊碑とか忠魂碑とかに代る文字をあれこれ考えたが、なかなか適当な文字は思い付かなかった。結局、私が選んだのは〝魂魄《こんぱく》飛びて、ここ美しき故里《ふるさと》に帰る〟という短い詩句であった。兵隊たちは南の島でも、北の島でも戦死していた。大陸で殪れた者もあれば太平洋や南海で散った者もあった。そうした戦死者の魂は、戦死した場所こそ違え、みなひとしく郷里伊豆の自然の中に帰って来ているに違いないと思ったからである。役場の吏員が二度目にやって来た日、私は半紙大の和紙に墨で、私が選んだ詩句を書いた。適当な大きさに拡大して、石の面に三行に刻むということであった。

戦死者の碑が郷里の町の小さい山の背に建てられた時、私は帰省して、その除幕式に列し、そのあとで小学校の講堂で講演とも挨拶ともつかぬ短い話をした。私は自分が綴った詩句について説明した。その時、私は聴衆席に居た中年の農家の主婦から、魂魄とはどういう意味かという質問を受けた。私は戦死者の魂であると簡単に答えたが、答えながら不安な思いを持った。魂魄という言葉の正しい意味を一度も確めたことはなかったからである。

東京に帰った夜、私は何種類かの漢和辞典を繰って、魂魄という文字の意味を調べた。その夜、多少急《せ》き立てられている仕事はあったが、その方は棄てておいて、私は専ら〝魂魄〟と付合った。魂も魄も共に死者の魂とか霊とかいう意味であって、その点では私は自分が選んだ言葉をいささかも訂正する必要はなかった。ただ、その時、興味深く思ったのは、魂と魄が同じ死者の霊を意味しながら、それぞれ受持っている分野が異なっているということであった。魂は精神を、魄は肉体をというように、二つは陰と陽との関係において、霊の生動する根源となるものを分け合っていた。それからもう一つ、私の興味をそそったのは、魂も魄も、その文字の中に鬼という字を嵌《は》め込んであることであった。私は辞書で鬼という字をひいてみた。これも死者の霊であった。魂と魄とを併せ持った霊が鬼であり、逆の言い方をすると、鬼はその受持つ分野から魂と魄とに分けられるということになった。

同じその夜、私はいったん床に就いたが、いつものように睡りは浅く、夜半眼覚めた。私は寝室を出ると書斎にはいった。どうせ眠れないのなら、鬼という字について、もう少し詳しく調べようと思ったのである。

私は改めて机の上に何冊かの辞書を置くと、上下左右どこかに鬼という字をくっつけた画の多い文字を探して行った。鬼という字をその体のどこか一部に持っている以上、死者、あるいは死者の霊と無関係ではないに違いないと思ったからである。そうしている時、私はそうした一群の鬼の一族の文字に星の名が多いことに気付いた。魡（シャク）も星の名であり、魌（ホウ）も星の名であった。更にめくって行くと、魁（カイ）、魋（カン）、鱓（ヒツ）、そんな星の名が出て来た。更に拾って行くといくつでも出て来そうであった。この星の名に対抗するように、鬼の名も多かった。⿰鬼乞（セキ）、⿰鬼少（ユウ）、⿱此鬼（シ）、⿰礻鬼（サイ）、⿰車鬼（コウ）、みんな鬼の名である。この方も際限なく現れて来そうな気がした。鬼の名が多いということは当然であったが、星の名の方は意外であった。私自身の感覚から言うと、星と鬼とは関係を持っているようには思われなかった。しかし、鬼と関係を持った一団の、謂《い》ってみれば鬼族の文字の中に星の名が多いということは、星が死者の霊と深い関係を持っていることを物語っていると見るほかはなかった。

私は明方まで鬼族の文字と顔を突き合せて過した。次々に現れて来る鬼に関係を持つ文字の訓《よ》み方と、それの持つ意味を知るだけのことであったが、こうした方面の知識を全く持ち合せていない私には、たいへん興味ある仕事だった。どの文字も例外なく独特の精神と肉体とを持っていた。よくもこう厄介な字面をしたものだと思うほど、どの多画の文字も異様なビルディングを形成しており、あちこちに明けられてある小さい窓からは、その文字の持つ生命が暗く、妖《あや》しく立ち上って来る感じである。どこかにひそみ匿《かく》れている魂と魄とが、それぞれの息衝《いきづ》き方で息衝いているのを感じる。

私は鬼というものの種類がいかに多いかを知った。空中を走っている鬼は⿰鬼登（トウ）であり、風に乗っている鬼は⿱告鬼（コク）であった。山に住むのは⿰礻鬼（シャ）で、虎にくっついているのは⿰鬼虎（コ）であった。⿱雷鬼（ライ）は雷鬼であり、⿱幾鬼（キ）は南方の鬼である。そのほかうんざりするほど鬼の名がたくさん出て来た。⿰鬼㡭（サイ）、⿰鬼員（ウン）、⿰鬼坴（リツ）、魖（ユウ）、魘（レキ）、魕（サツ）、魙（サン）、魒（キョウ）、魌（キ）、みんな鬼の名であるが、いかなる鬼か不明であった。鬼を己が体の中に二つも嵌め込んでいるのは魌という字しかなかった。この魌なるものが、いかなる鬼であるか知りたかったが、辞書もそれについては記してなかった。

しかし、不気味な文字ばかりがあるわけではなかった。魊（ヨク）という文字など、最初眼をそこに当てた時、私は暗いものも、不気味なものもその字面から受取ることはできなかった。鬼の名ではあったが、何かそこにふくよかな明るいものが漂っているような気がした。果して魊は小児の鬼であった。私はすぐ小さい角を額際にたくさん並べた自分の幼い娘の顔を思い浮べた。汚れというものの全くない、あどけなく可愛らしい鬼、――それが魊であった。

私はまた長い間魍（ボウ）という字を睨んでいた。これも鬼の名であったが、いかなる鬼か辞書には記されていなかった。夢見る鬼、夢の中に出て来る鬼、夢を見る鬼、そんないろいろな解釈ができそうであったが、いずれにしても魍という字から受取るものは厭なものではなかった。どこかに華やぎのようなものが立ちのぼっているのが感じられた。私は若くて亡くなった優しい叔母はこの鬼の名を持っているのではないかと、そんなことを思った。

こうした作業はその夜ばかりでなく、翌夜の不眠の時間にも及んだ。第一夜に鬼名を現している文字を漁《あさ》ったのに対して、第二夜は鬼をその体のどこかに嵌め込んでいる星の名に移って行った。⿺鬼工（コウ）、魁（カイ）、⿺鬼圭（フウ）、⿺鬼甫（フ）、魒（ヒョウ）、⿺鬼里（ヒツ）、⿺鬼雚（カン）など、いずれも星の名であった。鬼の名も、星の名も、私にはこれといった区別があるようには見えなかった。もし麻雀《マージャン》の牌《パイ》でも混ぜるように、鬼の名と星の名をいっしょにして掻き廻してしまったら、もはやそれを撰《よ》り分けることは難しいのではないかと思われた。

私はいくつかの斗星の名を現している文字を原稿用紙に並べたり、星座の本を持ち出して来て、北斗七星に与えられている古来からの名称である天枢《てんすう》、天璇《てんせん》、天璣《てんき》、天権《てんけん》、玉衡《ぎょっこう》、開陽、揺光といった文字が、鬼族の星の名のどれに相当するかを調べたりした。僅かに北斗の柄に当る揺光という星が⿺鬼包に相当するのではないかと思われるぐらいのことで、あとは全く判らなかった。⿺鬼甫、魁、⿺鬼里等はいずれも斗星であったが、その何番目に位置するものか不明であった。しかし、揺光という名が示している星と、⿺鬼包という名が示している星とが、もし同一であるとするなら、一つは明るく美しい名前であり、一つは暗く不気味な名前であった。

第三夜は深夜眼覚めると、私はすぐ雨戸を繰り、庭下駄をひっかけて、狭い芝生の庭に降り立った。星を見ようと思ったのである。星を見ることなど一年のうちでもめったになかった。東京の夜空のこととて、果して星が見えるかどうか疑わしかったが、庭のまん中に立って顔を仰向けると、殆ど真上のところに、幾つかの星のきらめきを認めることができた。斗星かどうかは判らなかったが、あるいはそれらの中の一つは揺光であり、⿺鬼包であるかも知れなかった。

　私は顔を仰向けたり、もとに戻したりした。仰向ける度に、新しく一つか二つの小さい光を見付けた。それは私にはいかにも⿺鬼包が出、⿺鬼工が出、⿺鬼畢が出るといった顔の出し方のように思われた。そうしている時、私はふと星というものは天上の鬼ではないのかという思いに捉われた。魁も、魒も、⿺鬼雚も、⿺鬼巠も、みんな天上の鬼ではないのか。鬼の名と星の名の二つが、鬼族の文字の中にあるということは、地上の鬼と天上の鬼と、二種類の鬼の集団があるということではないのか。揺光の美しい輝きの裏側にぴたりと死者の魂を持った⿺鬼包がくっついて、ひそみ匿《かく》れているという想定は成り立たないであろうか。満天にちらばっている無数の星のきらめきの裏側に、それぞれこれまたぴったりと無数の鬼たちが、つまりあの異様な名前を持った鬼たちがはりついている。無数の星に無数の死者の魂が宿っている。

　私は書斎に戻ると、すぐ寝床にはいった。私はこの夜湯田中以来久しぶりで鬼面の故人たちと顔を合せた。初めに角を持った故人たちが瞼の上に現れて来た。私はあの烈しい気性の叔父にも会い、優しかった若い叔母にも会い、可愛らしい幼い娘にも会った。従兄にも会い、従妹にも会った。寒山にも会った。

角を持った鬼たちが出尽してしまうと、こんどは角を持たぬ鬼たちが現れた。私は相楽にも会い、拾得にも会った。父方の伯母にも会い、遠縁の若くして自殺した美貌の娘にも会った。そうしている時、私はふいにこれらの角を持たぬ鬼たちは天上の星になっているのではないかという思いに打たれた。別段これといって、こうした考え方の根拠になるものはなかったが、ふとそういう思いが私の心の中に飛び込んで来たのである。角を持った故人たちは地上の鬼になり、角を持たぬ故人たちは天上の鬼となっているのではないか。

一度こういう思いが顔を出すと、私はそこから自由になることはできなかった。物理教師の相楽も、戦友の拾得も、二人とも星になっているに違いないと思った。自殺した遠縁の娘も星になっている。もっと正確な言い方をすれば、相楽も、拾得も、遠縁の娘も、その魂は天にのぼって、それぞれあの無数にちらばっている星の中のどれか一つに宿っているのである。

私は一種言い難い安堵の思いに身を任せていた。長い間解き悩んでいた難問がいっきに解決してしまったようなそんな安らかな気持であった。私はいつか眠った。明方を待たないで睡りにはいることは珍しいことであった。

次に眼覚めたのは陽が高く上っている時刻であった。私はゆうべの自分を思い出してみて、多少昂奮していたことを認めざるを得なかった。少くとも庭に出て夜空を仰いでいた終り頃からは正常とは言えない神経に左右されていたように思った。しかし、正常ならぬ神経がなせる業かも知れなかったが、私はゆうべの自分があのように夢中になってなした星や死者に対する頗《すこぶ》る独断的な解釈や断定を、いささかも改める気にはなれなかった。私は縁側の籐椅子に腰掛けて、庭に散っている明るい真昼の陽光に眼を当てながら、ゆうべと同じように人間は死ぬと天にのぼって星になるか、地にひそんで鬼になるか、そのいずれかに違いないと思った。天上の鬼になるか、地上の鬼になるか、そのいずれかである。

そして不思議なことだが、こうした考えは、それから日が経つにつれて、私の心の中で次第に確信といったものへと育って行った。鬼が私の心の中にはいり込んでしまったのかも知れなかった。そして鬼が心の中にはいったためか、鬼疲れか、その点ははっきりしなかったが、私の不眠症もまたいつの間にか私から落ちて行ったのであった。

私は訪問者があると、よく鬼の話をした。そして諸橋さんの漢和辞典の鬼の部をひいてみることを勧め、そこにいかにたくさんの鬼の名と星の名が出て来るかを説明し、人間は死ぬと天上と地上の、そのいずれかの鬼になるであろうと語った。

「相なるべくは天上の鬼——星の方になりたいですね」

大概の訪問者は言った。

「さあ、ね」

と、私はいつも曖昧《あいまい》に答えた。必ずしも天上の鬼の方が幸福で、地上の鬼の方が不幸だとは言えないという気がした。地上の鬼の魑になっている私の幼い娘や、魌になっている若い叔母が、不幸であろうとは思われなかったし、不幸でなければならぬという理由も考えられなかった。

私は郷里の町の慰霊碑に〝魂魄飛びて、ここ美しき故里に帰る〟と刻んだが、その詩句を思い出す度に、今までとは違って、それをいくらか具体的なイメージで補足することができるようになった。魂魄のあるものは伊豆のやわらかく美しい自然の中にひそみ、夏は夏の風にのってたわむれたり、秋は秋の気となって漂い流れたりしている。そしてまたあるものは星となって、夜毎澄みきった天空に遠く近く散開し、己が生い育った山峡の町にやさしい光の信号を送っているのである。

三

私が大学時代の友鯖内《さばうち》清園の訃報《ふほう》に接したのは昨年の七月の初めであった。その時私は夏期だけの仕事場に当てている軽井沢の小さい山荘に居たが、電報を手にしたまま、急に陽光が翳《かげ》ってしまったような暗然たる思いに鎖された。

私はすぐ未亡人になった華枝《はなえ》宛てに悔みの電報を打ったが、葬儀に列しられるものなら列したいという気持があった。華枝がわざわざ電報で報せて来たということには、できるなら葬儀に顔を見せて貰いたいという気持が動いているのではないかと思った。が、その時の私はすぐ出向いて行ける状態にはなかった。少し肩のはる客を東京から招いてあって、その日があすに迫っていることでもあったし、締切期日に追われている小さい仕事も二つ三つ重っていた。鯖内は京都に居を構えていたので、軽井沢からとなると、日帰りは望めなかった。

弔電を打ってから、私はそれを追いかけるように、葬儀には参列できないが、近日中に悔みに参上するといった意味の電報を打った。こうしておかないと、何か落着かない気持だった。が、こうした私の気持は周囲の者には納得されないに違いなかった。平生親しく交際もしていないのに、なぜ大学時代の古い友達の死にそのような気持の使い方をするのであるか、周囲の者ばかりでなく、私自身においても、多少そういった思いで、自分の心の内部を窺《うかが》いかねないところがあった。

私と鯖内との交友は大学の三年間がその主な部分を占めていた。それも格別親しく交ったというわけではなかった。鯖内にとっては私がただ一人の友人であったかも知れないが、私の方からすれば鯖内は私の何人かの友人の中の一人であり、しかも即《つ》かず離れずの関係を三年間維持しただけのことであった。鯖内は酒も煙草ものまず、いつも片隅に居るような性格で、そのくらいだからお互に一緒になって若さを発散させるといった思い出は持ちようもなかった。

ただ一つ私が彼と特別な関係にあったと言えるものがあるとすれば、彼と華枝との結婚に、私が多少の役割を果しているということであった。鯖内と華枝は見合結婚であったが、その見合の席に私は列していた。華枝の方は母と弟に付添われて来ていたが、鯖内の方は私一人だった。

「見てくれよ。俺にはいいか悪いか判らないと思うんだ。な、頼む、見てくれよ」

そんな鯖内の言葉で、私はその席に顔を出すことになったのであった。鯖内は自ら認めているように、若い女の品定めなどできる青年ではなかった。美しいか、美しくないかの判定さえも、甚だ怪しいところがあった。専攻は心理だったが、研究室の連中からも、同じ専攻の学生たちからも、真面目なだけが取得の、頭のきれない学生と見られていた。

学生時代に結婚するくらいだから生活には余裕があった。岡山県の田舎の資産家の一人息子で、大学に入った年に父を喪っており、そんなことから早く身を固めなければならぬ事情にあるらしかった。私たちに彼を羨望するものがあるとすれば、このことぐらいであった。

見合は四条河原町のレストランで行われ、そこで三十分ほどお茶を飲んだ。私には華枝が充分明るく、美しく、優しく見え、鯖内には過ぎた相手に思われた。そのレストランを出ると、私は鯖内と二人になった。私は自分が感じたことだけを伝えた。私の口からは相手を否定するいかなる言葉も出なかった。

「そうか、じゃあ、俺、あれに決めるかな、君がそう言うんなら」

鯖内は言った。

そういうことから、私は南禅寺附近の料亭で行われた二人の結婚式の披露宴にも出た。私はその席に居た鯖内のただ一人の友として、彼のために余りうまくない祝辞を述べた。私が大勢の人の前で喋ったのはこの時が最初である。

しかし、鯖内と華枝の結婚は決して幸福とは言えなかった。二人の新婚の楽しさはほんの一年足らずのことで、鯖内が大学を出るか出ないかに打ち切られた。華枝が扁桃腺《へんとうせん》を患って、それをこじらせてしまったというだけのことで、長い一生を病床で送らなければならぬ悲運に取付かれてしまったからである。心臓弁膜症というのがその病名であった。こういうことを考えると、私は鯖内の結婚に対していい役割をしたとは言えなかった。

それから今日までの長い一生を、鯖内はずっと病妻と暮していた。彼は専攻の心理は生かさないで、中学校の英語教師として、そこから生活の資を得ていたが、彼が経済的に困ったというような噂は一度も聞かなかったし、時たま会っても、その生活には、決して派手ではないが、中学教師の俸給では考えられぬあるゆとりが感じられた。親から譲られた資産を、彼は戦時中も戦後も、たいして失うことなく持ち堪えているようであった。

大学時代もそうであったが、大学を卒業してからもずっと、私は鯖内と即かず離れずの関係を保っていた。二、三年に一回ぐらいの割で、私は鯖内と顔を合せていた。私が京都の彼の住居を訪ねたことは結婚当初に一回と終戦直後一回だけであったが、彼が私の家を訪ねて来たのはもう少し多く、三回か、四回になっているかも知れなかった。思い出したように上京した鯖内から電話が掛かって来ると、私は町のレストランで鯖内と会った。喋って楽しい相手とは言えなかったが、私には、その不幸な結婚に多少の責任ある者として、彼に付合ってやっているところがあった。

結婚生活の初期に、一度だけであるが、結婚解消の問題が起きたことがあった。華枝が寝付いて、どうやら一生病人として生きねばならぬという容易ならぬ事態がはっきりして来た頃である。

「華枝もしきりにそう言うし、華枝の実家の者も、僕の周囲の者も、みんなそういう意見なんだが、僕はどうも、そうしたことには踏みきれないんだ。確かに一生大変なんだが、まあ、これも縁だからね」

鯖内は言った。

「一生、寝ていると決ったわけでもないだろう」

私が言うと、

「医者はそう覚悟してくれと言っている。覚悟はできているんだ。普通の家では家内がやることを、僕の家の場合、一生僕が代ってやれば、まあ、それでいいことなんだからね」

鯖内は言った。鯖内の言葉には周囲の見方に対して、ひとりで華枝を庇《かば》ってやっているところがあり、そういう点は私がそれまで気付かなかった鯖内という人間の優しさだった。

その優しさを、鯖内は戦時中も、戦後も、そしてついに一生貫き通したわけで、なかなか他人の真似て及ぶところではなかった。そうした鯖内ではあったが、勿論、時には愚痴めいた言葉を漏すこともあった。子供を持てないのには困るとか、家に使用人を置くと、いくら病人であっても、女の本心は失わないらしく、使用人に対して嫉妬《しっと》したり、猜疑《さいぎ》心を持ったりする、そうしたことが遣り切れないと、そんなことを言った。

そういう話を聞く度に、私は鯖内の家庭というものを想像しようとしたが、いかなるものか見当は付かなかった。しかし、不治の病人を抱えている家庭の暗さはあるにしても、鯖内をそこに置いてみると、他の家庭に見られないある静けさ、穏かさがあるように思われた。鯖内は戦後盆栽とか菊作りとかに夢中になっていたが、そうしたものの自慢を、縁側に腰掛けて、病室の妻を相手に喋っている友の姿が、時に私の眼に浮んで来た。そうした時の、私の心には、友のためにも、自分のためにも何かほっとするものがあった。

私が鯖内の悔みに出掛けて行ったのは、その訃報に接してから十日ほど経ってからであった。私は気付かないで出掛けたが、丁度祇園《ぎおん》祭にぶつかっていて、京都ではどうしても宿がとれず、そのために鯖内の悔みをすましたあと、私は大阪まで足を伸ばさなければならなかった。

私は若い時二回訪ねたことのある鯖内家の玄関に立った。鯖内の家は、鯖内が華枝と結婚した時手に入れた家であった。一生鯖内は一つの家に住み通したわけで、そうしたところも鯖内らしいと思われたが、一生立つことのできぬ妻を抱えていたことも、その原因になっているに違いなかった。もともと新婚者二人が住むに適当なこぢんまりとした仕舞屋《しもたや》風の家であったが、その家の大きさも、鯖内夫妻の生活には適したものであったかも知れない。手のかかる病人を抱えて、男手一つの生活であってみれば、鯖内にはもう少し大きい家に移るというような気持は起らなかったのではないかと思われた。家の近くに小さいアパートと、連れ込み宿らしい日本旅館ができていて、あたりの雰囲気はすっかり違ったものになってはいたが、それでも自動車の通る表通りからは大分引込んでいて、路地には京都らしい閑寂さがあった。

予め訪問する日を報せてあったためか、華枝の妹に当る中年の女性が玄関に出て来た。祭壇は玄関の隣の八畳間にきちんと作られてあり、去年写したという鯖内の写真と位牌が祀《まつ》られてあった。焼香し終ると、隣室の襖《ふすま》が開かれた。きちんと整えられた寝床の上に華枝は坐っていた。着ている着物も新しいものであった。

私は久しぶりで華枝と話した。華枝は年齢よりずっと若く見え、顔を見ている限りでは頬などふっくらとしていて、病人らしいところは見えなかった。顔色もよかった。鯖内が毎日のように寝床を引張って縁側に出し、日光浴をさせてくれたためだということであった。

お茶と菓子が運ばれたあと、華枝の妹なる女性もやって来て、傍に坐った。

「あの人も気の毒な人でした。一生、私のような者を抱えて」

華枝が言うと、

「本当に、義兄は大変でした。わたし、つくづく思うんですが、姉のような人には、神さまがちゃんと義兄のような人を授けて下さるんです。それにしても、義兄は立派だったと思います。たまには愚痴もこぼしましたが、姉に対しては、まあ、長い生涯、厭な顔一つ見せませんでした」

妹は言った。私は一時間ほどそこに坐っていた。華枝は亡き夫のただ一人の友人として、私に一応知らせておくべきことは知らせておくといった言い方をした。鯖内はこうした場合のことを心配してか、洛北に小さいアパートを二軒造ってあり、そこからあがる収入で、今後の華枝の生活は心配ないようになっていた。

一度妹が座を外したことがあった。その時、華枝はふいに表情を改めると、いかにも貴方だけに聞いて貰いたいとでもいうように、

「わたしは、つくづく因果な生れ付きだと思います。若い時は鯖内のために、死んであげたい、死んであげたいと思いました。あの人が気の毒で本当にそう思いました。この十年ほどはこちらも図々しくなって、死にたい死にたいとは言いませんでしたが、若い時は本

当にそう思っていました。それが、どうでしょう。鯖内の方が先に亡くなって、私の方が遺《のこ》ってしまいました。これが反対でしたら、たとえ少しでも、鯖内はほっとした生活を持てたでしょうのに。そうしてやりたかったと思いますが、本当に思うように行かないものです」

そんなことを言ってから、

「いま、私が毎日考えていることは死にたいということだけです。いくら死にたくても寿命ですから、どうにもならないことですが、本当に死にたいと思います。やっぱり一生鯖内の世話になって生きて来ましたから、あの人と別れては生きて行けない気持です」

華枝は言った。それを聞いていて、華枝としては確かにそういう気持であろうと、私は思った。

私は鯖内家を辞すと、大阪へ向った。そしてその晩、大阪のホテルから鯖内の家へ電話を掛けた。電話口に出たのは華枝の妹ではなくて、使用人らしい女であった。私は用事があるわけではなかった。自分が華枝に与えた慰藉《いしゃ》の言葉が足りなかったように思われたので、それを補足するつもりだった。が、妹が電話口に出なかったので、それは果せなかった。私は秋の終りに京都へ来る機会があるから、その時訪ねることにするという華枝への伝言を電話口の女に託した。

華枝が、彼女が望んでいたように死に見舞われたのは九月の末だった。三ヵ月ほどの間隔を置いて、華枝は夫のあとを追ったことになった。妹によって認《したた》められた華枝の死の通知が届いたのは、葬儀が終ってから半月ほど経った頃であった。華枝は突然心臓の異常を訴え、すぐ危篤状態に陥ったが、そのまま同じ状態が三、四日続いたあとで、眠るように他界したと、そう認められてあった。

私は華枝の死に一抹の疑惑を持たないではなかった。彼女が自殺したとしても、いっこうに不思議でない状態にあったからである。しかし、その後私が送った供物に対する礼が華枝の妹によって認められて来たが、それには前便より詳しく発作の前後の状況が綴《つづ》られてあって、かりそめにも匿しだてされてあるような暗いものはいささかも感じられなかった。そして最後に、亡くなった姉への追悼歌が三首認められてあった。それには夫のあとを追いたい追いたいと言っていた姉が、その望み通り亡くなった。そうした姉が哀れであるという意味のことが歌われてあった。私もまた、その歌の作者と同じように、自然に夫のあとを追うことができた鯖内華枝という女性が、そしてその運命が哀れに思われた。

この華枝の妹から三本目の手紙が来たのは十一月の終りだった。生前鯖内夫妻は歌を作っており、京都市内在住の者たちだけで出している短歌の同人誌に発表していた。こんどその雑誌で二人の追悼号を出すことになった。それに短くていいから追悼の文章を書いて貰えないだろうかという、そういう依頼の文面であった。私には鯖内夫妻が歌を作っていたということは初めて知ったことであったが、そう言われてみれば、そういうところがあったかも知れないと思った。歌でも作るということに依ってしか保てないようなものが、二人の生活にはあったかも知れないのである。それからまた、それは当事者二人だけでなく、その周囲の者にもあったかも知れない。前の手紙に歌を認めていたくらいだから、華枝の妹もまたその短歌の同人雑誌の一員であろうと思われた。鯖内夫妻に歌を作るようにさせたのは、あるいは華枝の妹であったかも知れない。そのような想像もできないことはなかった。一人の不治の病気を持った女が生きることも難しいし、それを妻にした一人の男が生きることも難しい。そしてまたそれを見守っていた肉親の者たちの心の動かし方もなみひと通りのものではなかったであろうと思われた。

私はすぐ追悼の文章を書くことを承諾するという返事を出した。書かなければならぬことがたくさんあるような気持だった。

十二月にはいってから私は伊豆に帰省した。親戚に祝儀もあれば、不祝儀もあり、どちらにも顔を出さなければならなかった。私は多少の仕事を持って、一週間の予定で帰省した。仕事の中には、鯖内清園と華枝の追悼文を執筆するということもはいっていた。

親戚の家で、そこの次女の祝言の振舞があった夜、私はかなり酩酊して家に帰った。振舞酒に酔うということはめったになかったが、どちらかと言えば、接待者側の方に廻っていたので、早く座を立つわけにもゆかず、つい酒量を過してしまったのである。座を立つ時はすでに頭が重かった。私は寒い風の吹いている三丁ほどの夜道を、二、三人の連れと顔を伏せて、前屈《かが》みの姿勢で風に逆らって歩いた。

家に帰ると、すぐ二階の寝室にはいった。十二時近い時刻であった。いったん寝床にはいったが、どうしても眠れないで、再び起き出して、部屋を暖くして机に向った。私は鯖内清園と華枝のことを短い文章に綴ろうと思った。書くことはたくさんある筈であったが、いざ書くとなると書けなかった。原稿用紙二、三枚をむだにして、また私は寝床にはいった。私にとっては、睡気はなかった。頭も体も疲れていたが、どうしても睡りにはいれなかった。実に久しぶりの不眠の時間であった。

私は眠れないままに、鯖内のことを考えていた。そうしている時、私は瞼に浮んでいる鯖内の額際に角を置いてみた。死者の額に角を置くようなことも、何年ぶりかのことであった。角を置いてみると、鯖内の顔はそれまでよりはっきりしたものになった。鯖内のどちらかと言えば弱々しさのある顔の中に、一本梃《てこ》でも動かぬものが通った感じだった。なるほど鯖内は鬼だなと思った。

私は華枝の顔を瞼に浮べた。この方は角を受付けない顔だった。角を置いた顔も想像できなかったし、無理に角を置くと、華枝の顔ではなくなった。

私は何回も鯖内の顔と華枝の顔を思い浮べた。角を生やしている鯖内の顔と、角を置いていない華枝の顔が、交互に現れたり、消えたりした。私は頭が痛くなっているにも拘らず、枕許にウイスキーの罎《びん》を置いた。床の上に腹這になって、生でウイスキーを飲んだ。私はウイスキーを嘗《な》めながら、鯖内の顔を凝視したり、華枝の顔に見入ったりしていた。

私は華枝に角がないなら鯖内の顔からも角を取上げなければならなかった。どうしても、それができないなら、華枝の顔の方に角を置かなければならなかった。鯖内が地上の鬼であるなら華枝にも地上の鬼であって貰わねばならなかったし、それができないなら、鯖内から角を取上げて、華枝と一緒に天に上って、天上の鬼に、つまり星になって貰わねばならなかった。しかし、何回二人の顔を瞼の上に置いても、鯖内は角を持ち、華枝は角を持っていなかった。

私はひどく物哀しい思いの中に引きずり込まれていた。遣り切れない気持だった。

——まあ、仕方ないじゃないか。君はそんなに悲しんでくれるが、僕に角が生え、華枝の方に生えなかったんだからね。

ふいに角を生やした鯖内の声が聞えてきた。もちろん死者が口をきく筈はないから、私にただそのように聞えただけである。

——と言っても、君は奥さんと別れていなければならぬだろう、地上と天上に。

私は言った。

——だから仕方がないと言っている。ものは考えようだ。生者の世界ではいろいろなことがあるが、幽界では角が生えるか、生えないかだけのことだ。それしかないよ。ひどく簡単だ。ただ一つの裁きだよ。他に何もない。

なるほどね、自問自答の形で、私は鯖内との対話を続けて行った。

——それにしても、なにを裁かれたんだ。

——そんなことは判らない。

——なぜ角は君に生え、奥さんには生えないんだ。

——判らんよ。何もむきになって問い詰めることはないだろう。角が生えるか、生えないかだけのことだ。地上の鬼になるか、星になるか、それだけのことだ。どっちの世界が住みいいというわけのものでもなさそうだ。界《さかい》を異にするというだけのことらしい。

——それなら、どういう人に角が生え、どういう人に生えないのか。

——判らんね。そんなことが判るものか。一生不犯《ふぼん》の聖人にも角が生える。同じような聖人でも生えんのもいる。悪人でも生えたり、生えなかったりだ。そっちの世界では、もっと凄いじゃないか。何百本の、何百種類の角が生えたり、生えなかったり、——それが見えないだけのことだ。

——それにしても、奥さんは悲しんでいるだろう。折角、君と一緒になりたくて、念願適《かな》って死んだのに。

——そりゃあ、別れていることは悲しいよ。幽界というところには、鬼たちの持つこの悲しさだけが瀰漫《びまん》している。ほかには何もない。怒りも、悦びも、憎しみも、恨みも、嫉妬もない。あるものは知り合っている者たちが別れているということの悲しさだけだ。それが丁度明界の秋の気のように漂い流れている。夫婦で一緒に角を生やしている者もある。だが、そうした夫婦でも大抵、星になった親とか、子供とかとは別れている。

続けて鯖内は言った。

――こうした悲しさだけはどうすることもできないものではないのかな、生きものであったという以上は。だが、幽界のいいところは、いくら地上と天上とに相別れていても、気持はいくらでも通じ合えるということだ。生者の世界ほど汚れていないからな。澄んでいるからな。ほら、もうそろそろ華枝の呼びかける声が聞えて来る頃だ。ああ、聞えている。たくさんの星がまたたいている空のどこからか、華枝の声が聞えて来る。界を異にした鬼たちの呼び合う声が聞えて来る。ここがどういうところか判るか。教えてあげたいが、もう喋っている時間はない。ひどくきれいなところだ。魂と魂とが呼び合うところだからな。さあ、行かなければならぬ。華枝に応えてやらねばならない。

それで鯖内の声は消えた。私は寝床の上に半身を起した。私は曾て何年か前に一度行ったことのある北京郊外の、河北平野のまん中に設けられてある天壇の上に立っていた。立っていたのではなくて、そこに立っているような思いの中にあったのである。そこは中国の往古の皇帝が地上の王者として、天帝と会見する場所であった。しかし、今私の立っている天壇はそうしたこととは無関係であった。界を異にした鬼たちが、天上と地上で互いに呼び合う場所であるに他ならなかった。私は大理石で造った広い壇の上に立っていた。頭上には無数の星をばら撒《ま》いた夜空が海のように拡っていた。拡っているのは夜空ばかりではなかった。それに向い合うようにして、天壇をこれまた涯しない大原野が取り巻いていた。そして宇宙を埋めつくすような虫の鳴き声が、その大原野から湧き起っている。何万、何億の虫が集《すだ》いている。

私はふと鬼が泣くのを、泣くとは言わないで集くと言うのだと、何かの本で読んだような気がした。そして、それを調べてみなければと、そんな思いが頭を掠《かす》めるのを意識しながら、いつまでも寝床の上に、いや、寝床ではなくて、天壇の上に立っていた。私はじっと息を詰め息を凝らしていた。鯖内と華枝の二つの魂が、一つは天上から、一つは地上から互いに呼び合う声を聞かねばならなかったからである。

道

一

山に獣道《けものみち》というものがあると何かの本で読んだことがあるが、なるほどそういうものがあるかも知れない。家の二匹の犬が庭の植込みの中を歩いたり、駈けたりする道はいつも決まっている。そんなことを言い出したのは息子である。息子の書斎は二階にあって、縁側から庭の大部分を見降ろすことができるので、いつとはなく二匹の犬の通る道が一定していることに気付いたのであろう。私の書斎も庭に面しているが、一階なので事情は少し違う。縁側からも、仕事机の横の窓からも、前庭と、それに続いている裏庭の両方を、いやでも終日眼に収めないわけにはゆかず、塀に沿った植込みの中を駈け抜けて行く二匹の犬の姿はよく見掛けるが、その駈け抜けて行く道が一定しているというような観察はできない。植込みの間を白い生きものが、ある時は分別ありげにゆっくりと、ある時は慌《あわただ》しく移動して行くのを見るだけである。

植込みと言っても、塀に沿って三かわ並べぐらいに雑木を配しただけの繁みであるが、家を構えてから十五年ほどになるので、雑木の何本かは、道路を隔てて建てられてある或る公共団体の二階建ての職員宿舎の目匿《めかく》しになる程度には育っている。塀際には椹《さわら》、樫《かし》などの常緑木が並んでいて、そのこちら側には雑然と花木が植わっている。山桜、梅、杏《あんず》、李《すもも》、ライラックといった木が、それぞれに時季が来ると花をつける。何本か欅《けやき》も混じっていて、この方はやたらに大きく育っている。そしてそのもう一つこちら側には、躑躅《つつじ》とか、木瓜《ぼけ》とか、沈丁花《じんちょうげ》とかいった類の丈低い灌木が配されている。

もともと広い敷地ではないが、長方形のいやにひょろ長い地面で、鰻《うなぎ》の寝床に家を建てたようなところがあって、それを塀で囲んである。従って塀の一方はいやに長く、一方はいやに短いということになる。甚だ感心しない形の屋敷ではあるが、ただ一つ取得と言えば、犬を放し飼いにしておくにいいことである。前庭から裏庭へと塀に沿って駈け抜けて行き、庭の隅の欅の木をひと回りして帰って来ると——勿論時間にするとあっという間のことではあるが、日に何回も繰り返していると、二匹とも、まぁ運動不足になることはないだろう。

息子から犬の道の話を聞いてから、私は犬が塀際の植込みの中を歩いて行くのを眼にすると、それとなくその歩いて行く道筋に注意するようになった。縁側の籐椅子に腰掛けている時のこともあるし、庭の芝生に降り立っている時のこともある。とにかく塀際の植込みの中を犬が移動して行くのを見ると、そこへ近寄って行ってみたり、反対に遠くに行って灌木の茂みを透かしてみたりする。何回もそんなことを繰返しているうちに、なるほど息子の言う通りだなと思った。確かに犬には犬の道があるようであった。木蓮の木にぶつかると、紀州犬も柴犬も右には回らないで左に回った。右に回った方が空地が広くてらくそうに思えるのであるが、犬たちはそうしなかった。わざわざ左に回って躑躅の株との間の体一つが漸く通れるような狭いところを通路にしている。そういうところは他にまだ何ヵ所かあった。灌木の茂みの中に小鳥のための水飲み場が作ってあったが、どういうものか、そこは避けて塀際へと迂回《うかい》して、窮屈な場所へと身を運んで行く。と言って、窮屈な場所ばかりを好んで通っているわけではなかった。大体においては駈け抜けて行き易い恰好な場所を選んでいるのであるが、そうした場所を繋《つな》ぎ合せている通路の中に何ヵ所か、人間の眼から見ると、理解に苦しむような場所が選ばれているのである。ゆっくり足を運んで行く分にはそれでもいいが、庭の隅などに訝《いぶ》かしげな音が起ったのを聞き咎《とが》めて、急遽《きゅうきょ》馳せ参じなければならぬといった一旦緩急の時でも、紀州犬も柴犬も、疾風の如くそこを駈け抜けて行くのである。

山に獣道があるという言い方を真似《まね》れば、わが家の庭にも犬道があるのである。と言って、二匹の犬は全く同じ通路を選んでいるわけではなかった。これは私自身の観察によることであったが、紀州犬が通るのに柴犬が通らないところと、柴犬が通るのに紀州犬が避けているところとがあった。庭の隅に煉瓦《れんが》で造った物置小屋があるが、紀州犬はその背後を迂回して通り、柴犬の方はそこを敬遠して欅の木の根もとに道を作っている。それからもう一ヵ所、大きな躑躅の株が何本か身を寄せ合っている一画を、柴犬は右回りし、紀州犬は左回りする。

こうしたことを食卓の話題にのせると、犬の面倒を一番よくみてやっている娘は、それは食物を匿している場所の関係からではないだろうかと言った。それぞれが自分の食物の隠匿場所を持っていて、お互いが相手の隠匿場所には近寄らない協定でもできているのではないかと言うのである。犬たちは時々与えられた食物を食べないで、どこかへ持ち去ってしまうことがあるが、暫くして帰って来ると、いつも鼻の頭を土で黒くしている。土の中に埋めてしまうのである。お互いがお互いの地中の隠匿場所を相手に知られないようにし、またお互いに相手のその場所に近寄らないでおこうといった協定が本能的に成立しているのかも知れない。そう言えば紀州犬は物置小屋の背後《うしろ》側からふいにひょっこりと姿を見せることがあるし、柴犬の方は欅の木の右手の茂みから、これまた時ならぬ時に立ち現われて来ることがある。食物の隠匿場所であるかどうかは別にして、そこがそれぞれの、決して他を入れない休憩場所であると見れば見られないことはない。

柴犬も紀州犬も共に雌で、毛なみは白い。柴犬は生れたばかりのを家に連れて来てから

十二、三年になる。老犬である。紀州犬の方はまだ満三年で、目下のところ若々しいエネルギーに満ち溢れている。喧嘩すると、柴は紀州の敵ではなく、ひとたまりもなくやられてしまうが、しかし、平時は柴の方が権力を持っていて、紀州の方は何かにつけて遠慮している恰好である。あとから家に引き取られて来た肩身の狭さがあるのであろう。

柴犬は家の者には誰彼の区別がなく愛想がいいが、紀州犬の方は飼われて三年になるというのに、いまだに誰にも懐《なつ》かない。誰かが食物を盛った器を持って庭に現われると、柴犬の方はすぐ寄って来るが、紀州犬はいったん茂みの中に身を匿し、灌木の間から家の方を窺《うかが》い、人が家の中に引き揚げて暫くしてからでないと、絶対に姿を現わさない。野性を失っていない証拠で、人間というものを信用していないのである。猜疑心と警戒心で全身を固めているこういう場合の紀州はなかなかいい。樹間に一匹の野性の生きものが居る感じである。白い毛色が少し青味を帯びて見え、身の構えは精悍である。そして家から誰ももう再び庭に現われないということを見定めた上で、紀州は塀際の茂みから芝生の上へ姿を現わして来る。いささかの隙もない感じである。そして食物の方に近付いて行くと、持ち運びのできないものはそこで食べるが、肉片などの場合は口に咥《くわ》えてどこかへ持ち去って行く。

私がそうした紀州犬について話すと、息子は紀州のそういう面の面白さでは深夜のそれが最たるものであると言う。深夜、紀州は昼間どこかへ埋めておいた食物を咥えて、茂みの中の通路を伝って居間の前の芝生へとやって来る。どこで食べてもよさそうに思われるが、どうも毎日食器の置かれる芝生の一画を正式の物を食べる場所と思い込んでいるようなところがある。食物を口に咥えて芝生に姿を現わした紀州犬は、昼間とは打って変った落着いた態度で、食物をそこに投げ出し、少しもがつがつしたところは見せないで、悠々とあたりを眺めやったりした上で、さてそれではといった風に口を持参の食物の方に持って行く。月でも出ていようものなら、いかにも月でも観賞しながら食事をとっているといった恰好であると言う。

この話を聞いている時、私には自分の知っている二匹の犬の専用通路が全く異ったものとして眼に浮かんできた。食物を口に咥えた一匹の生きものを一点に配し、全体を夜の闇で包んでみると、それはもはやわが家の庭の貧しい犬道ではなかった。大袈《おおげ》裟《さ》な言い方をすれば、山野を貫き走っている長い獣道に他ならないのである。そしてそこを伝って、漸くにして芝生の一画に立ち現われる紀州犬の姿には、野越え山越え千里の道を遠しとせずやって来たといった孤独精悍なものがあるのではないかという気がする。実際に見ていないので何とも言えないが、わが家の犬道も、そこを伝い歩く犬も、夜になると昼間とは全く異った生き生きした表情を持ってくるのではないかと思われた。

二

先年嫁いで二児の母親になっている上の娘が家に来た時、私は二匹の犬の専用通路のことを話題に取り上げた。そして娘を庭の隅の杏の木の根もとのところまで同行させ、塀に沿った雑木の茂みの中を犬道がどのように走っているかを説明した。娘は生れ付きこうしたことには関心を持たない性格で、半ば迷惑そうに庭の隅までついて来ていたが、ほんとに犬の道があるわね、でもここはこう通るんでしょう、ほら、ここが道になっています と、身を屈めて地面を覗き込みながら、私の説明を多少訂正するような発言をした。娘が指し示すところを見ると、山桜の白い花弁が一面に散り敷いている地面に、なるほど犬の足跡と覚しきものがたくさん捺《お》されてあるのが見られた。帯状をなしているその部分だけ、白い花弁は泥にまみれて無慚《むざん》な感じになっており、確かにそこが犬の通路になっていることを示している。私が犬の通路であると考えていたところは樫の切株の向うを回っており、白い花弁の散り敷いている場所からは外れていた。しかし、眼の前に証拠を突き付けられた恰好で、私は娘の言うことに従わないわけには行かなかった。すると娘はこんなことに大騒ぎする父親の気持が判らないとでもいうように、友子だって、ちゃんと自分の道というものを持っていますよと言った。友子というのは娘の子供で、私にとっては孫娘に当る六歳の幼女である。この間までは幼稚園に通っていたが、この春から小学校に通い始めている。

娘は言う。幼稚園の送り迎えをしていると、子供たちには子供たちの道があるということが判る。子供たちはいつもそこを通りたがる。どうしてこんなところを知っているのかと思うような裏通りの道で、時にはひとの屋敷ではないかと思うようなところをも小さい靴で踏んで行く。送り迎えは母親たちが交替でやるので誰かがそんな道を連れて通ったことがあるのであろうが、とにかく子供たちはそこを通りたがる。別段面白い道でも楽しい道でもなさそうだが、子供たちの足はその方へ惹《ひ》かれて行く。どうせ遊びなんだからと思って、自分が当番の時はいつもそこを通ってやるが、ああいうのは子供の道とでも言うのではないであろうか。

娘一家は二年ほど前に神奈川県の田舎に建てられた会社の社宅にはいっており、同じ会社の従業員の家族が何十組か三棟のアパートに配されている。もはや東京の子供たちには登校する道の選択などということは考えられないが、田舎に住んでいるお蔭で、孫娘の幼稚園の行き帰りにはまだそのような余裕が残されているのである。

娘に言われて、確かに子供には子供道があると、私は思った。犬道に気をとられて、子供道に思いを致さなかったのは、われながら不覚に思われた。私は書斎に引き返すと、縁側の籐椅子に凭《もた》れて、柴と紀州の二匹の犬が春の陽光を浴びて寝そべっているのを眺めながら、犬道ならぬ子供道のことを考えた。私は伊豆半島の中央部の天城山麓の山村に育っているが、子供の時のことを振り返ってみると、村中を何本かの子供道が走っていたことに気付かざるを得ない。渓谷の共同風呂に行くにも、隣村の親戚に使いに行くにも、子供たちは自分たちだけの道を持っていた。毎朝の登校路など今考えてみると奇妙なものである。田圃の畔道《あぜみち》を通り、小さい崖を降り、何軒かの農家の背戸を縫った上で、小学校の前を走っている往還に出る。そんなことをしないでももっとまともな道があった筈であるが、子供たちは何とはなしに旧道でも新道でもない自分たちの専用道路を作っていた。歩きにくい上に遠回りになる、道とは言えないような道を選んで、専らそこだけを使っていた。

　鮮やかな印象でそうした子供道の一つが思い出される。夏休みになると、子供たちは毎日のように渓川《たにがわ》の水浴場へ行くのが日課であったが、いつも崖の斜面の細い道を伝って渓間の小さい淵へと急ぐ。大人などのめったに通らぬ子供たちだけの道であった。渓に落ち込んでいる側の斜面には血のように赤い鬼百合の花が咲き、山側の斜面ではそこを埋めている木立から雨のように蟬の声が降っている。午下《ひる》がりの陽光に上から照り付けられながら、半裸の子供たちは一列になって、その道を駈けている。蜻蛉《とんぼ》の群れが次々に顔にぶつかる。青い水を湛《たた》えたインキ壺のような淵に一刻も早く身を投じたいだけの思いで、子供たちは今にも点火して燃え上がりそうな体を必死に川瀬の音の聞えている渓間へと運んで行く。今思うと、そこにはこれこそ夏であると言えるような夏があったのである。その後再び訪れて来たことのない強烈な夏が、確かにその幼時の子供道にはあったと思う。

夏の思い出ばかりでなく、幼少時代に一度やって来て、その後再び訪れることのない周囲の自然との取引きの鮮烈な印象は、その多くが子供たちが自ら選んで支配下に置いた子供道の思い出につながっている。その後再び、そこにあったような夕映えの美しさも、薄暮の淋しさも、夜の怖ろしさも経験することはない。風の音までが子供道においては凛々《りんりん》と鳴っていたのである。

夕方、娘が自家へ帰ると言って書斎に顔出しにやって来た。そして昼間杏の木のところで口に出した子供道の話に一応締め括《くく》りをつけておこうとでもいうつもりか、でもこの春から小学校に通い出したでしょう、こんどは集団登校ですから、もう子供道は通れませんと言った。孫娘のことであった。集団登校の一団の中に嵌《は》め込まれている小さい姿が眼に浮かんで来た。その小さい体が全身で抗議しているように、私には見えた。

その夜来客があった。画家であった。私はウイスキーを水で割ったグラスを口に運びながら、犬道と子供道の話を披露した。いかにして犬道を発見し、いかにして子供道なるものに思いを馳せるに到ったか、そういうことを酒席の話題にしたのである。そして一体、犬が犬道を、子供が子供道を選ぶということはそもそもいかなる意味を持つものであろうかと、客の意見を質《ただ》してみた。客は煙草に火を点ずる短い時間だけを置いて、犬道も子供道も恐らく野性というものと無関係ではないであろうと言った。原始の紐を体に着けている幼少時代だけ、人間は犬と同じように子供道を持つに違いない。崖を攀《よ》じたいし、原野の中に身を置きたい。人工の跡の少い山道や田圃道を歩きたいのである。が、長ずるに従って、原始の痕跡が心身から消えて行くと共に、そういうものに惹かれる気持もまた薄らいで行き、果ては全く失くなってしまうと言うのである。

そうじゃないか。現在僕たちは自分の道を持っていない。それどころではない多忙な時間に取り巻かれているし、大体そういう欲求はその片鱗すら感じなくなっている。高級になってしまったんだな。尤《もっと》も、僕などは銀座へ出るとこの二、三年決まった同じ通りしか歩かなくなっているが、これは犬道や子供道の場合とは違う。はっきりと説明がつくよ。自分の場合は幾つかの特定の画廊と画廊とを結んでいる線の上を歩いているに過ぎないんだ。絵でも観るぐらいのことしかこの人生には欲望を感じなくなっているからね。まあ、名付ければ馴染《なじみ》道とでも言うべきものであろう。

それから客は先輩の老画家が軽井沢で毎夏一日も欠かさず、毎日同じ道を散歩していささかも倦《う》むことないという話をし、これなども子供道とは明らかに違うもので、馴染道に属するものだと言った。ぜんまい仕掛の人形のようにただ機械的に同じ道を歩いているに過ぎない。健康を保持するために、生きたい生きたいと拍子をつけて歩いているようなものである。もはやその老人の散歩道には落莫《らくばく》たる秋風も渡らないし、沛然《はいぜん》たる雷雨が叩くこともないと言うのである。

私は二回窓のカーテンを開けて庭先に白い生きものの姿を探した。客に見せるためであったが、どこに潜んでいるのか、柴犬の姿も紀州犬の姿も見えなかった。

客が帰ったあと、私は昼間そうしたように書斎の縁側の籐椅子に腰を降ろして、ひとりでウイスキーのグラスを口に当てた。私は軽井沢の夏の終りの寂《さ》びれた別荘地区を眼に浮かべていた。犬と土地の子供たちと老人の姿がいやに眼について来る時季であった。私は客が話した老画家には面識はなかったが、やはりその老画家と同じように毎日散歩をする老学者を知っていた。客の言い方に従えば、健康を保持したいだけのために、生きたい生きたいと拍子をつけて歩いている人種の一人と言うことになる。

私はその頃の軽井沢の風物が好きで、日に何回か仕事場を出て家の周囲をうろつく。私は馴染道というものは持っていず、その時の気分次第で足の向いた方に歩いて行く。日一日戸締まりした家は多くなって行き、住居人の居なくなった家の庭には小さい雑草の花が目についてくる。私は犬に会ったり、子供たちに会ったり、その老学者に会ったりする。犬に会うのは私が犬道に立った時であり、子供たちに会うのは子供道に立った時であろう。そして老学者に会うのは老学者の道に立った時ということになる。私は軽井沢の自家の周辺を三種三様の道が大きく、小さく、それぞれに曲線を描いて走っているのを眼に浮かべる。犬道と子供道は、客の意見に依れば犬や子供たちが本能的に選んだ道であり、老人の道はそうしたこととは無関係に老人が自分のものとした散歩道であり、馴染道である。

私は老学者に会うと短い挨拶を交す。時にそうした二人の間を犬が駈け抜けて行くことがある。老学者の道と犬道とがそこで交叉していたのである。それからまた子供たちが、時にひょっこりと横道から出て来て、私と別れて向うへ歩いて行く老人の前を横切って行くのを見ることがある。その場合はそこで子供道が老人の道と交叉していたのである。

私はこの夜、夏が終ろうとする軽井沢の自家の周辺をこれまでとは全く異ったものとして眼に浮かべていた。白樺の林と落葉松《からまつ》の木立の間を犬が歩いていたり、子供たちが歩いていたり、老学者が歩いていたりする。野性的な生き生きしたものと、人生の果てに置かれた惰性的で無気力ではあるが、やはり静穏と言っていいものが、抽象絵画の曲線のように入り混じったり、平行したり、交叉したり、反転したりして、風景の中を走っている。その一枚の絵にはもはや不思議に季節の感覚というものはなかった。

三

父親の十三回忌で郷里の伊豆へ帰った。私の幼少時代は文字通りの山村であったが、今は附近の集落といっしょになって町制を敷いている。しかし、山村の時代に較べてさしたる変りはない。表通りに沿ってひとかわ並びに店舗らしいものが並んでいる一地区を外れると、あとは田野が拡っており、その田野の周囲を山が取り巻いている。父親の忌日には親戚の者や、生前の父と親しかった町の人たち、併せて三十人ほどが集った。その宴席で、これも故人になっている叔父の話が出た。父親は亡くなって十三年経っているが、叔父の方はまだ二年ほどにしかなっていず、父親の法事の席ではあったが、父親の話はあまり出ないで、叔父の話の方が多く一座の人たちの口に上った。

叔父は私の母親のすぐ下の弟である。叔父は二十一歳の時アメリカに渡り、晩年アメリカ人としての籍を持ったまま郷里に帰った。帰国して小さい洋館を建てたが、それができ上がると間もなく八十一歳で亡くなった。全く郷里で息を引き取り、郷里の墓地に眠るために帰国したようなものである。あとには叔母が遺《のこ》っている。叔父夫婦は郷里ではアメリカさんという呼び方で呼ばれた。親戚の者たちも、町の人も、アメリカさん、アメリカさんと言った。アメリカで一生を過したばかりでなく、歴《れっき》としたアメリカ人でもあったから、呼ぶ方にしてみると、アメリカさんという呼び方が便利でもあり、自然でもあった。

亡くなったのは五月の初めであったが、その前年の夏から秋にかけて、叔父は山際のN部落に通じている道を毎日のように散歩した。私たちの足では三十分足らずで往復できる距離であったが、叔父はそれに三倍の一時間半を費した。私も叔父がその散歩を日課にしていることは誰からともなく聞き知っていたが、酒宴の席で賑《にぎ》やかに話題として取り上げられたのは、そのアメリカさんの散歩についての話である。

叔父は毎日のように背広を着、ネクタイをしめ、叔母が磨いてくれた靴を履いて家を出、家の横手を通っているN部落へ通じている道を歩き出す。別に町を下田街道というのが貫いていて、この方はバスやトラックの往来が烈しいが、N部落への道は時たま山からの小型トラックが通るぐらいのことで、老人の散歩道としては恰好なものと言える。道は少しずつ登りになっているが、N部落の入口まではまあまあ平坦と言っていいようなものである。家から叔父の足で五分ぐらいのところに小学校があり、その附近までは家が並んでいるが、そこを過ぎると殆ど人家はない。道の両側は田圃になっているが、片側は何枚かの田圃が階段状にN川の流れている渓谷へと落ち込んでおり、片側は一間ほどの土堤の上に田圃が平坦に拡っていて、その上に立つと小さい丘を背にした神社や寺がその拡りの左手の方に見えている。

叔父はこうした道をゆっくりとN部落の入口まで行って、そこから引き返す。田舎のことなので親戚も二、三軒あるのであるが、決してその集落へははいって行かない。そこを引き返して来ると、小さい土橋を渡ったところから神社へ通じている野良道にはいる。そして神社の近くまで行くが、この場合もそこから引き返す。決して神社の境内にははいって行かない。再びもとの道にはいって、そこを小学校の近くまで戻る。ここまで来ると自家はすぐそこであるが、叔父の足は家の方へは向かわないで、小学校の手前の崖縁の小道にはいって営林署の職員宿舎が二、三軒並んでいる前を通り、私の家の屋敷の外側を半周するようにして、その上で自家へと帰って行く。

宴席で、最初に話題になったのは、叔父がどうしてそのような道を毎日の散歩道として選んだかということであった。まだほかに幾らでも散歩道はある。富士の見える道もあれば、周囲の眺めの美しい道もある。それなのになぜあのような、ろくに眺望も利かない、なんの面白みもない道が選ばれたのであるか。それからまた服装と歩き方が話題になった。散歩するのにあんな他家を訪問するような恰好はしなくてていいだろう。何のためにネクタイなどしめていたのか。靴もその度に光らせていたが、雨上がりの日など一度で泥みれになってしまうではないか。それにしても、どうしてあんなに大きく手を振って歩いたのか不思議である。運動のために歩調をとって歩くにしても、あれでは若い者でも疲れてしまう。あの大仰な歩き方が、それでなくてさえ高齢で弱っていたアメリカさんの死期を早めたのではないか。またこんなことを言う者もあった。毎朝家をきっかり十時半に出る。そして帰って来るのは決まって十二時で、めったに五分とは狂わない。日本人ではあのようには行かない、えらいものだと言うのである。

その他にまだいろいろなことが言われた。叔父が雨上がりの日、野良道で靴をすべらして転んで難渋しているのを見たと言う者もあったし、道に沿って桜地蔵と呼ばれている地蔵さんの祠《ほこら》があるが、その祠の背後に回って、大きな蟇蛙《ひきがえる》をもの珍しそうに見入っている叔父の姿を見掛けたと言う者もあった。いずれも、アメリカさんという郷里出身の、いまは他国人になっている老人のすること為《な》すことへの関心と疑問が含まれていた。

叔父の日常を比較的多く見知っている私の妹が、――妹と言っても既に何人もの孫を持っている年齢であるが、叔父は子供時代の思い出が一番多く残っている道を散歩道に選んでいたのではないかと自分は思っていると、恰《あたか》もそれが結論ででもあるかのような言い方をした。叔父の子供の頃には小学校はまだ今の場所には移っていず、小学校の敷地あたりからN部落へ行く道に沿った地域一帯が、子供たちの遊び場所になっていた。従ってあのN道に沿った地域には叔父の幼少時代の思い出がいっぱい詰まっているので、叔父はどうせ毎日散歩するならあの道を歩こうと思ったのであろう。すると親戚の一人で、叔父にとっては二従弟《ふたいとこ》に当る老人が、自分は少し違った見方をしていると言った。アメリカさんはどうも町の誰にもなるべくは顔を合せないですむ道を選んでいたのではないかという気がする。N部落の入口まで行くが、決して部落の中にはいらないのは人に会うのが厭なのであり、神社の近くまでは行くが、決して鳥居をくぐらないのは、その境内に幼稚園があって、人と顔を合せなければならないからであろう。営林署の職員宿舎の前は通るが、あそこに居るのはこの土地の人ではないからな、と老人は言った。

私は、妹の見方にも、老人の見方にも、なるほどなと思うものは感じたが、そのいずれにも全面的に賛意を表する気にはなれなかった。私にはやはり叔父の散歩道は、叔父が帰国すると同時に目立って来た己が肉体の衰えを、何とかして取り返そうとして選んだ道であり、それ以外のいかなる意味もないであろうと思われた。軽井沢の老画家や老学者の散歩道と同じものであり、叔父にとってはいつか馴染みになってしまった道であったに違いないのである。叔父はアメリカ時代の習慣で、きちんと背広を着、ネクタイを結び、光った靴を履いて散歩に出たのである。きっかり一時間半の散歩をするために、叔父は散歩の途中何回か腕時計に眼を当て、歩度を早めたり、遅くしたりしたことであろう。大体、叔父がこの道を散歩道に選んだということは、最初時計を持って時間を計りながら歩いた道がたまたまこの道であったということに拠《よ》るものではないか。折角時計で計って歩いてみた道を、他の道に変えなければならぬ理由というものは、叔父にはどこにも発見できなかったのである。N部落にはいらなかったのは、そこから急坂になっているからであり、神社にはいらなかったのは、鳥居の前の何段かの石段を登ることを避けたためであったろうと思われる。私はこうした自分の考えをよほど一座に披露しようかと思ったが、すんでのところで思い留まった。味もそっけもない見方であったし、一座の、やはり同郷人の暖かさがどこかに感じられるアメリカさん観に徒《いたず》らに水をさすようなものであったからである。

翌日の午後、私は東京からいっしょに来ている末の娘と、前夜問題になった叔父の散歩道を歩いた。娘はその道で、東京へ持って行くために初夏の雑草を探した。花を着けているものもあり、着けていないものもあった。花はいずれも米粒のような小さいもので、赤いのもあれば白いものもあり、それぞれ趣向を凝らした咲き方をしていた。娘は、こんなにたくさんの種類の雑草があるところは伊豆でも少いのではないかと言った。

その日夕食の時、私がアメリカさんの道を歩いたことを話題にのせると、八十六歳になる母親は言った。あんな道は歩かない方がいい。いけない道だよ。その言葉でみんな母親の顔を見た。母親は続けて、その道がいかにいけないかを説明した。自分の幼い時のことではあるが、あの道で二人も神かくしに遇《あ》っている。一人は若者で、半年後に痴呆になって帰って来、一人は子供で数日後天城の山の中で発見された。いけない道である。あんな道を毎日歩いていたから、アメリカさんも折角日本に帰って来たというのに、ろくに親戚回りをする暇もなく慌しく亡くなってしまった。母親は耄碌《もうろく》していて、話すことによっては取りとめなかったが、幼少時代のことになると正確で、話の内容も話し方も、別人のようにちゃんとしていた。

母の口から〝いけない道〟という言葉が出た時、私ははっとした。母の言葉が生き生きとして心に飛び込んで来たからである。アメリカさんの散歩道も、そこを歩くアメリカさんも、私には今までとは異って生彩を帯びたものに見えた。母親の言うところに従えば、叔父は嘗《かつ》て二人の人間が神かくしになった〝いけない道〟を歩いていたのである。そこを毎日の散歩道に選んでいたのである。

今日、〝いけない道〟も〝いけなくない道〟もなくなっている。が、明治時代までは〝いけない道〟というものがあったかも知れない。人間がふいに気が触れて山に向って歩き出すような、そんな狂気を誘発しやすいような何らかの条件を持った道というものがあったかも知れない。

今日、そうした道があろうとなかろうと、私には昼間歩いたアメリカさんの散歩道が、何の特色もない平凡な道でありながら、妙に魂胆でも匿し持っている一筋縄では行かない道に見えて来た。そしてその道の上に置いてみると、私には叔父という人間もまた全く異った老人として眼に映って来た。孤独で、狷介《けんかい》で、気難しい老人なのだ。叔父は失敗者とは言えないにしても、決して成功者とは言えなかった。子供も持っていなかったし、異国で半生をかけて造り上げた資産も戦争で失っていた。そして八十歳近くなってから故国へ引揚げて来たのである。帰国後二年で亡くなったが、その間、叔父がいかなる心境にあったか誰も知っていない。私も身近い関係にありながら、知っていると言えるような知り方はしていないのである。もちろん母の言った〝いけない道〟というものはたまたま叔父が自分の散歩道として選んだだけのことであって、叔父とその〝いけない道〟との間になんの関係もあろう筈はなかった。しかし、その〝いけない道〟というものの一点に叔父を置いてみると、叔父の姿はある烈しさを持ってくる。叔父は本当は山にでも向って歩き出して行きたかったのではないかという気がしてくる。日本を棄ててアメリカに行き、アメリカを棄てて日本に来たのであるから、もうこの次は実際に山へでもはいってしまう以外、どこにも行き場所はなかったのである。

母親が言ったように、叔父は〝いけない道〟を散歩道として選んで、そこを毎日歩いていたのである。母親のそうした指摘には、自分より早く他界した弟に対する無意識な労《いたわ》りがあるかも知れなかった。私には軽井沢の老学者の歩く道よりも、そして恐らく私の知らない老画家の歩く道よりも、叔父の散歩道は烈しいものに思われた。寧《むし》ろそれは、どこかに子供道や犬道に通ずるものがあるように思える。どこかにやはり野性の臭いがする。

解説

生死と超俗

曾根博義

1

井上靖はすぐれた長篇作家であると同時に短篇の名手でもある。

総計二七〇篇に及ぶ短篇の大部分は、昭和二十五年の芥川賞受賞以後、昭和四十年代までの約二十年間に発表されている。いちばんよく知られているのは芥川賞受賞作の「闘牛」、「闘牛」とともに候補作にあげられた「猟銃」、それらの前後に発表された「通夜の客」「比良のシャクナゲ」などの現代小説、また「楼蘭」「洪水」「漆胡樽」「玉碗記」などの西域もの、さらに本文庫の一冊として出ている『わが母の記』連作などであろう。

それらの名作は読もうと思えばすぐにどこでも読めるが、それ以外に、現在、文庫などでは簡単に読めなくなっている名作も多い。本書はそうした作品のなかからとくにすぐれたものを新しく選んだ井上靖珠玉短篇集である。収録にあたっては、人間が生きること、死ぬことの意味を深く考えさせてくれるような作品を、昭和二十年代から四十年代まで、著者四十代から六十代までの短篇のなかから、なるべく一つの時期に集中しないように満遍なく採ることにした。その結果、おのずからここには井上靖の文学の基調をなすいくつかの重要なテーマや発想が浮かび上がることになった。

最も大きなテーマは、人間が老いて死ぬということをどう考え、それに対してどういう態度をとるかという問題である。老いて死ぬのは、人間に生まれた以上、誰しも避けて通るわけにはいかない宿命である。しかしわれわれは、ふだん、生きることは老いて死ぬことを忘れることであるかのように、意識的、無意識的にこの事実から目を逸らして生きている。

井上靖は、父を失い、母の老耄がはじまった六十歳前後から、この問題に正面から向き合った。長篇『化石』あたりから『わが母の記』『桃李記』などに収められた短篇を経て『本覚坊遺文』『孔子』に至るまでの晩年の作品は、その間に書かれた数多くの詩を含めて、ほとんどすべて、やがて自分に襲いかかってくる死に対していかに心をととのえるかという問題を、文学を通して考えるために書かれたといっても過言ではない。それは、何をどう書いても面白く読ませてしまう天性の物語作家というそれまでのイメージからはおよそ想像できない、愚直といってもいいほどの執心ぶりであった。本書末尾の二篇、「鬼の話」と「道」は、短篇集『桃李記』に収められたこの時期の名作である。

2

しかしあらためて初期以来の短篇全体を眺め返してみると、同じ問題を扱った作品は実はもっと前から書かれていたことがわかる。本書の表題作「補陀落渡海記」（昭和三十六年十月）と、さらに遡って「姨捨」（昭和三十年一月）は、この問題に取り組んだ早い時期の短篇で、発表当時から高い評価を受けた。

とくに「姨捨」は作者と等身大の「私」が自分の身内の何人かについて語るという、形式、内容ともに十五年後の「鬼の話」「道」とほぼ同じ作品で、違うのは前者では身内の者がまだ生きているが、後者ではすべて死者になっていることだけである。息子に背負われながら早く姨捨山に棄てておくれとせがむ「姨捨」の母は『わが母の記』に描かれた老母に重なる。

「姨捨」の「私」の心には、幼い頃、大人の話や絵本を通じて知った姨捨山の話が焼きついている。むかし信濃の国で、月夜の晩、若者が母を背負って山に登る。国の掟で老人は七十歳になったら山に棄てなければならない。しかし若者は母親を棄てるに忍びず、家に連れ戻り、床下に穴を掘ってかくまう。この話を絵本で読んでから何十年か経って、七十歳になった「私」の母が、月の名所として有名な姨捨山に棄ててもらいたいと言い出すのを聞いて、「私」ははっとする。それ以来、信濃の姨捨の近くに行くたびに自分が母を背負ってそのあたりをさまよっている情景を眼に浮かべ、早くどこかに棄ててくれという母と、それをためらう「私」が交わす会話を想像する。想像のなかの母は、いかにも負けん気の母にふさわしい。

ちなみにこの作品が発表されたのは、作者の母親がちょうど七十歳になった頃だが、まだ老耄の兆候はあらわれていなかった。想像のなかで母を背負って姨捨山をさまよう「私」と母の肌を月の光が痛く刺すというくだりは、『わが母の記』の「月の光」を思い出させる。「月の光」の最後のクライマックスでは、同じく「私」の想像のなかで、嬰児の「私」を二十三歳の若い母親が探し求めている絵と、還暦を過ぎた「私」が八十五歳の老いた母親を探し求めている絵が重なり合って、「鋭い月光に刺し貫かれている」一枚の絵になるが、この激しい母恋いの情感の噴出は、「姨捨」に描かれた距離を置いた母子関係の上に初めて可能になったものであろう。

3

「姨捨」の後半は「私」の弟妹と叔父の話になる。姨捨山に棄ててもらいたいという母の話から「私」は、二児を残して婚家を飛び出した妹のことを思い出し、そこに母のそれと同質の「厭世的な性向」を見出し、急に新聞社を辞めた弟や、会社の社長を辞めた母方の叔父、さらには自分自身のなかにも同じ血が流れているのではないかと考える。「姨捨」の凄さは、自分から姨捨山に棄てられることを望む母親と、そういう母親を背負って姨捨山をさまよう息子の「私」を想像で描き出したところにある。しかしそれを描いた前半と、母以外の身内について語った後半が、果たしてうまく結びついているかどうかは、読む人によって評価の分かれるところだろう。結び目はこう書かれている。

母を一瞬襲い来たった姨捨へ棄てられたいといった思いは、紛れもなく一種の厭世観と言えるものではないか。そして清子の、その理由は何であれ、常人では為し遂げられぬ家庭脱出もまた、母のそれと同質な厭世的な性向が幾らかでもその役割を持っていはしないか。

「姨捨」はたしかに名作の名に恥じないが、もし弱いところがあるとすれば、自ら姨捨山に棄てられることを望んだ母親の気持を、「厭世観」とか「厭世的な性向」という、やや曖昧な心理的性向に解消してしまった点にあるのではないかと思われる。
そう思わせてしまうのは、「姨捨」発表の翌年、「姨捨」の前半に登場する母を真正面から描いたかのような恐るべき小説が出現したからである。いうまでもなく新人深沢七郎の「楢山節考」(昭和三十一年十一月)である。七十になった老人は楢山に棄てられるという風習のある村で、七十を目前にした丈夫な老婆が、ためらう息子を励まして、自ら進んで見事に楢山参りを果たすという話である。『中央公論』新人賞の選考委員だった伊藤整、武田泰淳、三島由紀夫が揃って驚きを隠せなかったことはよく知られている。しかしいちばんショックを受けたのは「姨捨」を発表したばかりの井上靖だったのではなかろうか。十年後の昭和四十一年十月発行の『群像』創刊二十周年記念号に井上靖は「三つの作品」という短いエッセイを寄せて、戦後に自分がぶつかった三大事件として「太陽の季節」「楢山節考」「瘋癲老人日記」の三作をあげているが、「楢山節考」についてはこう述べている。

二回目の事件は、深沢七郎氏の『楢山節考』である。『楢山節考』が発表される少し前に、私自身『姨捨』という作品を書いていたが、『楢山節考』を読んで、なるほどこのように正面から組んで書かれては敵わないという気がした。読んでいて、何回か頁を伏せた。先きに何が書かれてあるか、楽しみというより心配だった。時限爆弾でも仕掛けられてある作品に対かい合っている気持だった。実際にどの頁にもなまぐさい硝煙の匂いが立ちのぼっていた。してやられた気持も、うんざりした気持もあったが、そうした気持を持つほど、やはりこの作品から受けた衝撃は私にとっては大きな事件であった。

『雷雨』表紙
(昭25・12 新潮社)

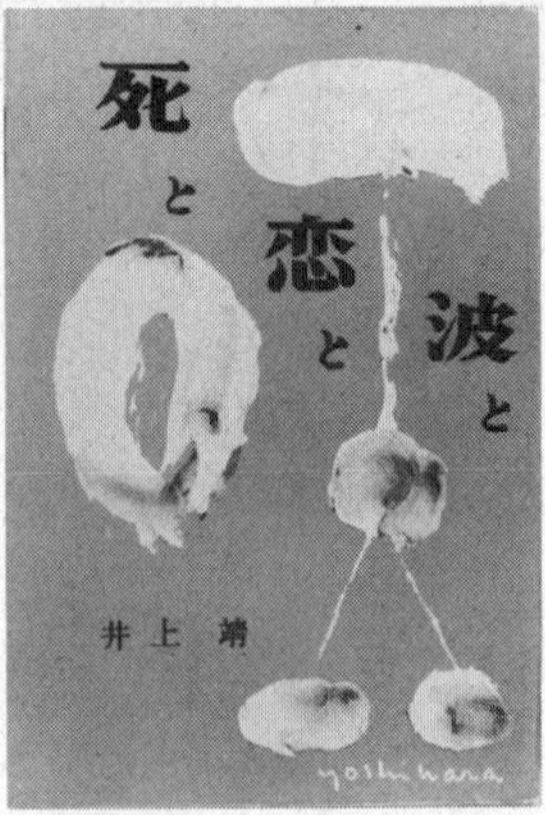

『死と恋と波と』カバー
(昭25・12 養徳社)

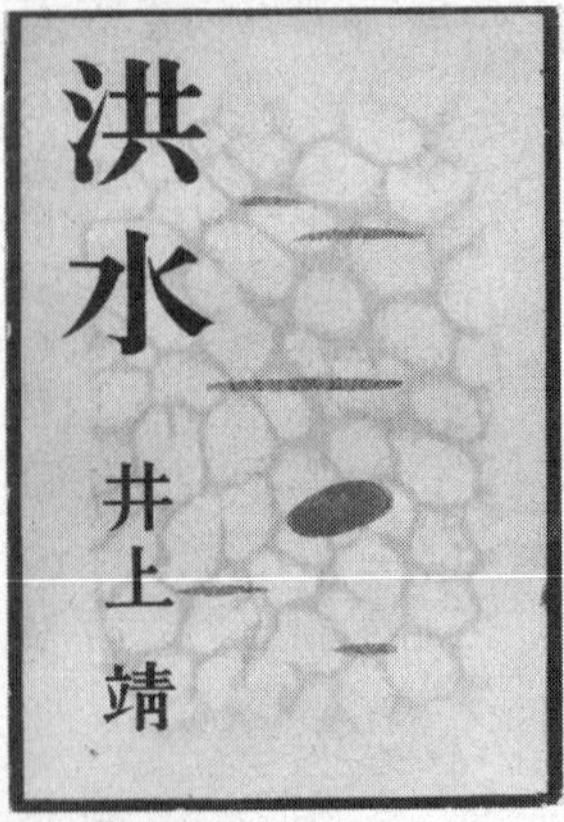

『洪水』函
(昭37・4 新潮社)

『姨捨』カバー
(昭31・6 新潮社)

昭和59年9月、著者

しい。井上靖が同時代の他の作家の作品から受けた衝撃をこれほど率直に語った文章はめずらしい。井上靖の偉いところは、「楢山節考」以来、深沢七郎の作品に注意を払い、高く評価していることである。昭和三十三年に出た長篇『笛吹川』は講演旅行に行く汽車のなかで読み、戦国時代を庶民の側から書いている点に感心したことを『新潮』に連載中だった「作家のノート」に記している。『群像』昭和三十五年八月号のアンケート「戦後の小説ベスト5」には、「山の音」「野火」「金閣寺」「女人焚死」とともに「楢山節考」をあげている。

「姨捨」と「楢山節考」はどちらも自分から早く姨捨山に棄ててもらいたいと思っている母親を描いているが、微妙な点で異なっている。「楢山節考」の世界では母親のおりんだけがそう思っているのではなく、家族も村の人々もみんながそれを自然なことだと考えている。それが食糧の不足している村の掟になっているからだが、にもかかわらず個人に対する強制の感じをあたえないのは、楢山節、その他の歌や習慣を通じて、それが村全体の文化として、いわば社会化されているからである。だから自分から進んでその義務を果たすことは美徳であり、それに従わないことは恥なのである。「姨捨」の母は「楢山節考」のおりんにそっくりだし、息子の「私」も母を棄てることに心を痛める辰平に似ていなくもない。しかし辰平にくらべると「私」ははるかに内面的、情緒的である。いつ、どこにあったのかわからない村のことを書いた「楢山節考」に対して、「姨捨」は、多少の虚構はあるにしても、戦後の作者自身の身辺の事実に基づいて書かれている。「私」は「楢山節考」の村にあるような社会の掟や文化のない、個人と肉親だけの世界に生きている。だからこそ個人に内面化されたその心情だけが、社会を飛び越えて厭世というかたちをとることにもなるのだ。

4

人間が歳を取って死ぬのはいつの時代でも同じだが、井上靖はそれをあくまで現代に生きる自分自身の問題として考えようとした。生きることは俗のなかで、俗に染まって生きることにほかならない。しかし俗を超え、俗を断って生きることも不可能ではないだろう。結局は俗に染まりながら生きざるを得ない自分も、俗を断つことへの夢や憧れだけは失っていない。そう考えた井上靖は、世俗を超えた純粋な愛や、世俗のなかでの孤独のかたちを多くの作品に描く一方、世俗に背を向けることは生きることを断念することであり、自ら死ぬことに等しいと考えたようでもある。「姨捨」で母の死の願望が自分を含めた一族の血を流れる「厭世観」や「厭世的な性向」と結び合わされたのはそのせいであろう。

だが、ひたすら生きることしか考えていない現代の人間に、「姨捨」の母や「楢山節考」

のおりんのように自ら潔く死ぬことが果たして可能だろうか。一度死ぬ覚悟を決めたつもりでも、いざ死ぬという段階になったら、半ば本能的に生にすがりつこうとして不様な恰好を見せてしまうのではないか。「補陀落渡海記」（昭和三十六年十月）はそういう現実を凝視して、生だけでなく自分の死すらも世俗に翻弄されてしまう恐ろしさを書いた作品である。

熊野の補陀落寺は補陀落信仰の根本道場で、生きながら舟に乗せられて南方の浄土に渡海往生しようとする者が集まった。近年になって補陀落寺の住職も六十一歳になると渡海しなければならない慣わしのようなものが出来ていた。現住職金光坊にもその期待がかけられる。そのつもりで何十年も修行を積んできた彼は、早くからその決意を表明するが、いよいよその時が近づき、渡海往生とはいっても実際には海に流されて死ぬだけだと考えると、どうにも覚悟が決まらない。これまでに渡海した上人たちの顔を思い浮かべ、呆然とした日々を過ごす。遂にその日が来、心の定まらぬまま、読経の声に包まれ、無理やり小舟に乗せられて沖に出される。一度は舟が転覆して島に泳ぎ着くが、また舟に結わえつけられて潮のなかに押し出され、悲惨な往生を遂げる。

あらすじだけでもわかるように、「姨捨」や「楢山節考」とは正反対の内容の作品である。「姨捨」のあとで、どうしてこういう小説を書かなければならなかったのかわかりにくいところもあるが、要するに「姨捨」は母を描いた作品であって、「私」を語った作品ではなかったということだろう。「姨捨」には、自分が母を棄てることを想像したあと、どうしてそんな母を想像したかを考えた末、「私は私の背の上に、母に代って自分を置いてみた。私が老人になったら、今空想した母のように或いは自分はなるかも知れないと思った」とあるが、それに続いて語られるのは、「私」自身がやがて来るであろう自分の死に対してどのような態度で臨むかではなくて、もっぱら母と同じ血を引くという身内の「厭世的な性向」なのだ。この時点では井上靖はまだ自分の死を直視していないと考えざるを得ない。

「補陀落渡海記」は発表直後から河上徹太郎、平野謙、山本健吉、江藤淳らの好評を受けた。河上徹太郎は「井上氏の数多い短篇中最高傑作の一つである」という折紙をつけ、山本健吉は「ためらわず死地に赴く深沢七郎氏の『楢山節考』の老婆と違って、ここでは死に直面した人間の心の中の戦慄すべき地獄図があばかれる」と称えている。

「補陀落渡海記」は、「楢山節考」でいえば、最後まで楢山参りの覚悟が出来ず、無理やり谷底に突き落とされてからすの餌食になる銭屋の又やんを主人公にしたような小説である。金光坊は補陀落信仰の修行を積んだ高僧だという点で又やんとは異なる。だが、どんな貴顕、偉人といえども、一皮むけば俗人にすぎないことを、井上靖にしてはめずらしく皮肉な眼で淡々と書いたのがこの小説だったのである。「姨捨」とは対極の立場から人間の死を冷静に見つめた、これまたすぐれた短篇というべきであろう。

ただ発表直後の合評で中村真一郎が指摘していたように、同じようなテーマの小説は大正時代の芥川龍之介や菊池寛の作品にすでにいくつか見られる。よく似た短篇として菊池寛の「頸縊り上人」などが思い出されるが、菊池寛などにくらべてはるかに円熟した筆で書かれた名作であることはいうまでもない。

5

「姨捨」「補陀落渡海記」以外の作品についてくわしく述べる余裕がなくなったので、以下、それぞれについて注記めいたことだけを簡単に記しておく。

「波紋」と「雷雨」は昭和二十五年十一月に別々の雑誌に同時に発表された初期の短篇で、これまであまり注目されて来なかったが、前者は、作者の京大時代の年下の友人高安敬義をモデルにして、世俗を超えた人間の純粋さを流星にたとえた、井上靖らしい美しい作品、後者は、故郷に錦を飾った学者に対する、幼なじみの素朴な親愛と憎悪の情を書いた佳作で、「比良のシャクナゲ」を別の視点から書いた作品とも読める。

「グウドル氏の手套」(昭和二十八年十二月)は、『しろばんば』をはじめ他の多くの小説に登場する、作者の曾祖父の妾で作者の育ての親になった女性のことを、「姨捨」「鬼の話」「道」に連なる形式で初めて書いた短篇。

「満月」(昭和三十三年三月)は、権力に賭ける実業家の孤独を多視点から描いている。

俗に徹しながら俗を突き抜けているところが見所である。

「小磐梯」（昭和三十六年十一月）は明治二十一年の磐梯山の噴火を扱った一風変わった作品。子供たちが山に向かって「ブン抜ゲンダラ、ブン抜ゲロ」と一斉に叫んだ直後に山が大噴火するという話は作者が考え出したものらしいが、似た話を柳田國男が書いていることを作者自身が語っている。

「鬼の話」（昭和四十五年二月）の最初に出てくる叔父藪戸奈之助は、「姨捨」で土木会社の社長から行商人になった母方の叔父と同じ人物をモデルにしているが、「鬼の話」の方が事実に近いようだ。また郷里の町に建つ戦死者の慰霊碑の碑文を揮毫する話が出てくるが、この小説が発表される六年前に同じ碑文を刻んだ慰霊碑が湯ケ島に建立されている。「鬼」のついた字が鬼の名と星の名に多いことは詩「十一月」（昭和四十三年十一月）にすでに書かれている。

「道」（昭和四十六年六月）に登場する「アメリカさん」は『わが母の記』にも出てくるが、作者に未完の長篇『わだつみ』を書かせるきっかけになった重要な人物である。神かくしについての作者の関心は根強く、詩にも他の短篇にも頻繁に書かれている。「神かくし」（昭和四十二年七月）というエッセイでは、柳田國男の『山の人生』で神かくしが一種の出離遁世だとされていることに興味を示している。「姨捨」で一族の血に流れているとされた「厭世的な性向」は、「道」に至って、単なる超俗以上の、人間の原始の深みに達しているというべきだろう。

このように本書に収められた短篇のほとんどは死あるいは死者を扱っているが、井上靖自身は最後まで死と闘いながら「清冽に生きる」意志を貫こうとした。癌手術後の生涯最後の短篇の題名は単刀直入に「生きる」であったし、最後の詩「病床日誌」は「生きている森羅万象の中」で「私も亦、生きている」と結ばれている。

年譜——井上靖

一九〇七年（明治四〇年）
五月六日、北海道石狩国上川郡旭川町第二区三条通一六番地二号の旭川第七師団官舎で二等軍医井上隼雄・やゑの長男に生まれる。井上家は伊豆湯ヶ島で代々医を業としてきた家柄で、父隼雄は入婿。〇八年、満一歳のとき、父が第七師団第二七聯隊付で韓国に従軍したので、母と伊豆湯ヶ島に移り、翌〇九年、父の転任に伴い静岡市に転居。

一九一〇年（明治四三年）　三歳
九月、妹の出産のために里帰りした母とともに湯ヶ島に移り、亡曾祖父潔の妾で祖母として入籍し土蔵に一人で暮らしていたかのに育てられる。その後、一時、父母とともに東京、静岡、豊橋で過ごすが、就学前にかののもとに戻る。

一九一四年（大正三年）　七歳
四月、湯ヶ島尋常高等小学校に入学。

一九一五年（大正四年）　八歳
九月、曾祖母ひろ死去。この頃、湯ヶ島小学校の代用教員となった母方の叔母まちを慕うが、一九年病死。

一九二〇年（大正九年）　一三歳
一月、祖母かの死去。二月、浜松の両親のもとに移り、浜松尋常高等小学校に転校。四月、浜松師範附属小学校高等科に入学。

一九二一年（大正一〇年）　一四歳
四月、静岡県立浜松中学校に首席で入学、級長になる。この年、父、満洲に出動。
一九二二年（大正一一年）　一五歳
四月、父が台湾衛戍病院長の内示を受けたので、三島町の叔母の婚家に寄宿、県立沼津中学校（現・沼津東高校）に転校。
一九二四年（大正一三年）　一七歳
四月、他の家族全員が台湾の父のもとに移ったので、三島の親戚に預けられる。夏、台北の両親のもとに旅行。この頃、図画と国語の教師前田千寸、学友の藤井寿雄、岐部豪治らの影響で詩歌や小説に興味を持ちはじめる。
一九二五年（大正一四年）　一八歳
四月、沼津の妙覚寺に下宿。秋、学校の寄宿舎に入る。間もなく、ストーム騒ぎを起こし、首謀者の一人として近くの農家に預けられ、教師の監視下に置かれる。
一九二六年（大正一五年・昭和元年）　一九歳
二月、短歌「衣のしめり」九首を沼津中学校『学友会々報』に発表。三月、沼津中学校を卒業。山形、静岡の高等学校を受験したが、いずれも失敗。台北の家族のもとに行ったが、父の金沢衛戍病院長転任に伴って金沢に移り、高等学校の受験準備をする。
一九二七年（昭和二年）　二〇歳
四月、金沢の第四高等学校理科甲類に入学。柔道部に入る。この年、徴兵検査甲種合格。
一九二八年（昭和三年）　二一歳
五月、応召、静岡第三四聯隊に入るが、柔道で肋骨を折っていたので即日帰郷となる。七月、京都で行われた柔道インターハイに出場、準決勝まで進む。八月、京都に住む遠縁の足立文太郎を訪れ、長女ふみと初めて会う。この頃より詩作をはじめる。
一九二九年（昭和四年）　二二歳
この年より詩の発表盛ん。二月、富山県石動町の大村正次主宰の詩誌『日本海詩人』に井上泰の筆名で詩「冬の来る日」を発表。以後、三〇年末まで同誌に詩を発表。四月、柔道部の主将になるが、部の古い伝統と左翼学生運動の煽りを受けた急進派の間で苦労し、間もなく退部。五月、東京の福田正夫主宰の詩誌『焔』にも加わり、三三年五月頃まで同誌に詩を掲載。『高岡新報』『宣言』（内野健児主宰のプロレタリア系詩誌）『北冠』（宮崎健三主宰、一一月創刊）などでも活躍。

一九三〇年（昭和五年）　二三歳

三月、四高卒業。九州帝国大学医学部を受験したが失敗、四月、同大法文学部英文科に入学。福岡に移ったが、間もなく大学に興味を失って上京、文学に傾倒。この年、父が弘前の第八師団軍医部長になったので、夏と冬、弘前の家族のもとに滞在。九月より筆名井上泰を本名に改める。一〇月、九大を中退。一二月、弘前で白戸郁之助らと同人誌『文学ａｂｃ』を創刊。

一九三一年（昭和六年）　二四歳

三月、父、軍医監（少将）で退職、金沢を経て伊豆湯ケ島に隠退。九月、満洲事変勃発。

一九三二年（昭和七年）　二五歳

一月、雑誌『新青年』が平林初之輔の未完遺作探偵小説「謎の女」の続篇を募集、冬木荒之介の筆名で応募して入選、三月号に掲載される。以後、『探偵趣味』『サンデー毎日』等の懸賞小説に相次いで応募、当選。二月、静岡第三四聯隊に応召、半月で解除。四月、京都帝国大学文学部哲学科に入学するも、講義にはほとんど出ず。夏頃から詩風を変え、行分け詩から散文詩に移行。

一九三三年（昭和八年）　二六歳

九月、『サンデー毎日』の「大衆文芸」に澤木信乃の筆名で応募した小説「三原山晴天」が選外佳作に入る。一一月、「三原山晴天」が大阪の劇団「享楽列車」（野淵昶主宰）により劇化され、道頓堀角座で上演される。

一九三四年（昭和九年）　二七歳
三月、『サンデー毎日』の「大衆文芸」に同じく澤木信乃名で応募した「初恋物語」が入選、賞金三〇〇円を得る。四月、小説の才能を買われて大学在学中のまま東京の新興キネマ社脚本部に入り、京都と東京を往復。
一九三五年（昭和一〇年）　二八歳
六月、初の戯曲「明治の月」を『新劇壇』創刊号に発表。八月、京大哲学科の友人高安敬義らと同人詩誌『聖餐』を創刊（全三号）、創刊号に詩七篇を載せる。『サンデー毎日』の「大衆文芸」に本名で応募した探偵小説「紅荘の悪魔たち」が入選、賞金三〇〇円。一〇月、「明治の月」が新橋演舞場で守田勘弥、森律子らによって上演される。一一月、湯ケ島出身で遠縁の京大名誉教授（解剖学）足立文太郎の長女ふみと結婚、京都市左京区吉田浄土寺に新居を構える。
一九三六年（昭和一一年）　二九歳
三月、京大哲学科卒業。卒論は「ヴァレリーの『純粋詩論』」。口頭試問で九鬼周造の質問を受ける。この頃、野間宏と知り合う。七月、『サンデー毎日』の「長篇大衆文芸」に応募した「流転」が時代物第一席に選ばれて第一回千葉亀雄賞を受け、賞金一〇〇〇円を得る。八月、「流転」入選が機縁となって大阪毎日新聞社編集局に就職、学芸部サンデー毎日課に勤務。一〇月、長女幾世生まれる。西宮市香櫨園川添町に移る。
一九三七年（昭和一二年）　三〇歳
六月、学芸部直属となる。八月、日中戦争に充員として応召。「流転」、松竹で映画化、主題歌（唄・上原敏）とともにヒット。九月、名古屋第三師団野砲兵第三聯隊輜重兵中隊の一員として北支に渡るが、一一月、脚気にかかり、野戦病院に送られる。
一九三八年（昭和一三年）　三一歳
一月、内地に送還され、三月、召集解除。四月、学芸部に復帰し、宗教欄、のちに美術欄を担当。大阪府茨木町下中条一七五に転居。一〇月、次女加代、生後六日で死亡。

一九四〇年（昭和一五年）　三三歳
安西冬衛、竹中郁、小野十三郎、伊東静雄らの詩人と交わる。九月、職制変更により文化部勤務となる。一二月、長男修一生まれる。

一九四三年（昭和一八年）　三六歳
一月、『大阪毎日新聞』が『東京日日新聞』を吸収合併、『毎日新聞』となる。四月、整理部の浦上五六との共著『現代先覚者伝』を浦井靖六の名で大阪の堀書店から刊行。一〇月、次男卓也生まれる。

一九四五年（昭和二〇年）　三八歳
一月、毎日新聞社参事になる。四月、社会部に移る。岳父足立文太郎死去。五月、三女佳子生まれる。六月、家族を鳥取県日野郡福栄村神福の農家の空家に疎開させ、大阪茨木から出社。八月一五日、終戦記事「玉音ラジオに拝して」を執筆。一一月、社会部より文化部に復帰。一二月、家族を妻の実家足立家に預ける。

一九四六年（昭和二一年）　三九歳
一月、大阪本社文化部副部長になる。詩作を再開。

一九四七年（昭和二二年）　四〇歳
小説「闘牛」を『人間』第一回新人小説募集に井上承也の筆名で応募、九月、当選作なしで、選外佳作に入る。四月、大阪本社論説委員を兼務。八月、家族を湯ケ島に移す。

一九四八年（昭和二三年）　四一歳
一月、小説「猟銃」を脱稿、『人間』第二回新人小説募集に応募したが、選に洩れる。二月、竹中郁らを助けて童詩・童話雑誌『きりん』を創刊、詩の選に当る。四月、東京本社出版局書籍部副部長になる。一二月、単身上京、葛飾区奥戸新町の妙法寺に投宿。

一九四九年（昭和二四年）　四二歳

一〇月、「猟銃」、一二月、「闘牛」を『文学界』に発表。品川区大井森前町に移り、湯ケ島から家族を呼び寄せる。
一九五〇年（昭和二五年）四三歳
二月、「闘牛」により第二二回芥川賞を受賞。三月、東京本社出版局付となり、創作に専念。四月、短篇「漆胡樽」を『新潮』に発表。五月、初の新聞小説「その人の名は言えない」を『夕刊新大阪』（～九月）に、七月、長篇「黯い潮」を『文芸春秋』（～一〇月）に連載。八月、「井上靖詩抄」を『日本未来派』に発表。
一九五一年（昭和二六年）四四歳
一月、長篇「白い牙」を『新潮』に連載（～五月）。五月、毎日新聞社を退社、社友となる。八月、「戦国無頼」を『サンデー毎日』に連載（～五二年三月）、「玉碗記」を『文芸春秋』に、一〇月、「ある偽作家の生涯」を『新潮』に発表。
一九五二年（昭和二七年）四五歳
一月、「青衣の人」を『婦人画報』（～一二月）に、七月、「暗い平原」を『新潮』（～八月）に連載。
一九五三年（昭和二八年）四六歳
一月、「あすなろ物語」を『オール読物』（～六月）に、五月、「昨日と明日の間」を『週刊朝日』（～五四年一月）に、一〇月、「風林火山」を『小説新潮』（～五四年一二月）に連載。一二月、「グウドル氏の手套」を『別冊文芸春秋』に発表。品川区大井滝王子町四四八三に転居。
一九五四年（昭和二九年）四七歳
三月、「あした来る人」を『朝日新聞』に連載（～一一月）。
一九五五年（昭和三〇年）四八歳
一月、「姨捨」を『文芸春秋』に発表。昭和二九年度下半期（第三二回）より芥川賞の銓衡委員になる（～昭和五八年度下半期、第九〇回）。八月、「淀殿日記」（のち「淀どの日記」）を『別冊文芸春秋』（～六〇年三月）に、「真田軍記」を『小説新潮』（～一一月）に、九月、「満ちて来る潮」を『毎日新聞』（～五六年五月）に連載。一〇月、書き下ろし長篇『黒い蝶』を新潮社より刊行。

一九五六年（昭和三一年）　四九歳

一月、長篇「射程」を『新潮』（～一二月）に、一一月、「氷壁」を『朝日新聞』に連載（～五七年八月）。

一九五七年（昭和三二年）　五〇歳

三月、「天平の甍」を『中央公論』に連載（～八月）。一〇月、「海峡」を『週刊読売』に連載（～五八年五月）。新聞連載中から話題になった『氷壁』が一〇月に新潮社より刊行され、ベストセラーになる。月末より約一ヵ月間、初めて中国を旅行。世田谷区世田谷四ノ四一〇（現・世田谷区桜三ノ五ノ一〇）に転居。

一九五八年（昭和三三年）　五一歳

二月、『天平の甍』により芸術選奨文部大臣賞を受賞。三月、「満月」を『中央公論』に、七月、「楼蘭」を『文芸春秋』に発表。

一九五九年（昭和三四年）　五二歳

一月、「敦煌」を『群像』に連載（～五月）。二月、『氷壁』その他により日本芸術院賞を受賞。五月、父隼雄を喪う。七月、「洪水」を『聲』に発表。一〇月、「蒼き狼」を『文芸春秋』（～六〇年七月）に、「渦」を『朝日新聞』（～六〇年八月）に連載。

一九六〇年（昭和三五年）　五三歳

一月、「しろばんば」を『主婦の友』に連載（～六二年一二月）。『敦煌』『楼蘭』により毎日芸術大賞を受賞。七月、毎日新聞社よりローマ・オリンピックに特派され、欧米各地を回って一一月末に帰国。

一九六一年（昭和三六年）　五四歳

一月、『蒼き狼』をめぐって大岡昇平との間に論争が起こる。「崖」を『東京新聞』夕刊他に連載（〜六二年七月）。三月より七六年二月まで『風景』に詩を発表。六月末より約半月間訪中。一〇月、「憂愁平野」を『週刊朝日』に連載（〜六二年一一月）。一二月、『淀どの日記』により野間文芸賞受賞。
一九六二年（昭和三七年）　五五歳
七月、「城砦」を『毎日新聞』に連載（〜六三年六月）。
一九六三年（昭和三八年）　五六歳
二月、「楊貴妃伝」を『婦人公論』に連載（〜六五年五月）。四月、「風濤」取材のため約一週間韓国へ旅行。八月、「風濤」を『群像』に連載（八、一〇月）。九月末より約一ヵ月間訪中。
一九六四年（昭和三九年）　五七歳
一月、日本芸術院会員となる。二月、『風濤』により読売文学賞を受賞。五月、「わだつみ」取材のため二ヵ月間アメリカに旅行。六月、「花の下にて」（のち「花の下」）を『群像』に発表。九月、「夏草冬濤」を『産経新聞』（〜六五年九月）に、一〇月、「後白河院」を『展望』（〜六五年一一月）に連載。
一九六五年（昭和四〇年）　五八歳
五月、約一ヵ月間ソ連領中央アジアに旅行。一一月、「化石」を『朝日新聞』に連載（〜六六年一二月）。
一九六六年（昭和四一年）　五九歳
一月、「おろしや国酔夢譚」を『文芸春秋』（〜六八年五月）に、「わだつみ（第一部）」を『世界』（〜六八年一月中断）に、「西域の旅」を『太陽』（〜一一月）にそれぞれ連載。
一九六七年（昭和四二年）　六〇歳
六月、「夜の声」を『毎日新聞』夕刊に連載（〜一一月）。夏、ハワイ大学夏期セミナー講師に招かれて旅行。
一九六八年（昭和四三年）　六一歳
一月、「額田女王」を『サンデー毎日』に連載（〜六九年三月）。五月、「おろしや国酔夢譚」取材のため約一ヵ月半ソ連旅行。一〇月、「西域物語」を『朝日新聞』日曜版（〜六九年三月）に、一二月、「北の海」を『東京新聞』他（〜六九年一一月）に連載。

一九六九年（昭和四四年）　六二歳

一月、「わだつみ（第二部）」を『世界』（〜七一年二月中断）に、「西域紀行」を『太陽』（〜六月）に連載。三月、日本文芸家協会理事長に就任（〜七二年五月）。四月、『おろしや国酔夢譚』により日本文学大賞を受賞。八月、「月の光」を『群像』に発表。

一九七〇年（昭和四五年）　六三歳

一月、「欅の木」を『日本経済新聞』（〜八月）に、九月、「四角な船」を『読売新聞』（〜七一年五月）に連載。

一九七一年（昭和四六年）　六四歳

一月、美術紀行「美しきものとの出会い」を『文芸春秋』に連載（〜七二年七月）。三月、「わだつみ」取材のため約二週間渡米。五月、「星と祭」を『朝日新聞』に連載（〜七二年四月）。九月から一〇月にかけてアフガニスタン他に、一一月、韓国に旅行。

一九七二年（昭和四七年）　六五歳

九月、「幼き日のこと」を『毎日新聞』夕刊に連載（〜七三年一月）。毎日新聞社主催「井上靖文学展」が池袋西武百貨店で開かれる。一〇月、「わだつみ（第三部）」を『世界』に連載（〜七五年一二月中断）。新潮社版『井上靖小説全集』全三二巻刊行開始（〜七五年五月）。

一九七三年（昭和四八年）　六六歳

五月、アフガニスタン、イラン他へ約一ヵ月間旅行。一一月、母やゑ死去。沼津駿河平に井上文学館開く。

一九七四年（昭和四九年）　六七歳

一月、紀行「アレキサンダーの道」を『文芸春秋』（〜七五年六月）に、五月、「雪の面」

を『群像』に発表。随筆「一期一会」を『毎日新聞』日曜版（〜七五年一月）に連載。九月末より約二週間訪中。
一九七五年（昭和五〇年）　六八歳
五月、訪中作家代表団の団長として約二〇日間中国を旅行。
一九七六年（昭和五一年）　六九歳
二月、約一週間渡欧。六月、約一〇日間韓国旅行。一一月、文化勲章受章。約二週間訪中。
一九七七年（昭和五二年）　七〇歳
三月、約一〇日間、エジプト、イラク他を巡る。八月、約二〇日間訪中、新疆ウイグル自治区を歩く。一一月、「流沙」を『毎日新聞』に連載（〜七九年四月）。
一九七八年（昭和五三年）　七一歳
一月、「私の西域紀行」を『文芸春秋』に連載（〜七九年六月）。五月から六月にかけて訪中、初めて敦煌を訪れる。一〇月、約三週間、アフガニスタン、パキスタンを旅行。
一九七九年（昭和五四年）　七二歳
三月、毎日新聞社主催「敦煌—壁画芸術と井上靖の詩情展」が大丸東京店その他で開かれる。夏から秋にかけて映画『天平の甍』撮影班、NHKシルクロード取材班などとともに中国、西域各地を数度旅行。
一九八〇年（昭和五五年）　七三歳
三月、平山郁夫とインドネシアのボロブドール遺跡を見学。四月末より約一ヵ月間、NHK取材班と西域各地を回る。六月、日中文化交流協会会長になる。八月、訪中。一〇月、NHKシルクロード取材班とともに菊池寛賞を受賞。
一九八一年（昭和五六年）　七四歳
一月、「本覚坊遺文」を『群像』に連載（〜八月）。四月、エッセイ「河岸に立ちて」を『太陽』に連載（〜八五年六月）。五月、日本ペンクラブ会長に就任（〜八五年六月）。八月、家族と渡欧。九月末、「孔子」取材のため夫人同伴で中国旅行。一〇月、日本近代文学館名誉館長に就任。
一九八二年（昭和五七年）七五歳
一月より毎月『すばる』に詩を発表しはじめる（〜九一年三月）。五月、『本覚坊遺文』により日本文学大賞を受賞。九月、パリで開かれた日仏文化会議に出席。同月末、一一月末、一二月末から新年にかけて、三度中国に旅行。
一九八三年（昭和五八年）七六歳
六月（二度）と一二月に訪中。
一九八四年（昭和五九年）七七歳
一月〜五月、毎日新聞社主催「美しきものとの出会い　井上靖　忘れ得ぬ芸術家たち」展が横浜高島屋その他で開かれる。五月、国際ペン東京大会を運営委員長として主宰。一一月、訪中。
一九八五年（昭和六〇年）七八歳
一月、朝日賞受賞。六月、『おろしや国酔夢譚』撮影班と夫人同伴で訪ソ。一〇月、訪中。
一九八六年（昭和六一年）七九歳
四月、訪中、北京大学名誉博士の称号を受ける。九月、食道癌のため国立がんセンターに入院、手術を受ける。
一九八七年（昭和六二年）八〇歳
五月、夫人同伴で渡仏。六月、最後の長篇「孔子」を『新潮』に連載（〜八九年五月）。一〇月、訪中。
一九八八年（昭和六三年）八一歳
五月、「孔子」取材のため一〇日間、中国に二七回目、最後の旅行。
一九八九年（昭和六四年・平成元年）八二歳
一二月、『孔子』により野間文芸賞を受賞。
一九九一年（平成三年）八四歳
一月二九日、国立がんセンターで死去。二月二〇日、青山斎場で葬儀。戒名　峯雲院文華法徳日靖居士。
一九九二年（平成四年）〜

三月、井上靖記念文化財団設立。九月から九三年二月まで毎日新聞社・日本近代文学館主催の「井上靖展」が全国各地で開かれる。九四年一月、井上靖記念文化財団による井上靖文化賞発足。九五年四月、新潮社版『井上靖全集』全二八巻別巻一の刊行が始まる（～二〇〇〇年四月）。九八年一二月、岩波書店版『井上靖短篇集』全六巻刊行開始（～九九年五月）。二〇〇〇年四月～六月、世田谷文学館で「井上靖展」が開かれる。

（曾根博義編）

著書目録——井上靖

【単行本】

〈詩集〉

北国　昭33・3　東京創元社
地中海　昭37・12　新潮社
運河　昭42・6　筑摩書房
季節　昭46・11　講談社
遠征路　昭51・10　集英社
井上靖全詩集　昭54・12　新潮社
乾河道　昭59・3　集英社
傍観者　昭63・6　集英社
春を呼ぶな　平1・11　福田正夫詩の会
星闌干　平2・10　集英社

〈短篇集〉

闘牛　昭25・3　文芸春秋新社
死と恋と波と　昭25・12　養徳社
雷雨　昭25・12　新潮社
傍観者　昭26・12　新潮社
ある偽作家の生涯　昭26・12　創元社
春の嵐　昭27・5　創元社
黄色い鞄　昭27・10　小説朝日社
仔犬と香水瓶　昭27・10　文芸春秋新社
暗い平原　昭28・6　筑摩書房
異域の人　昭29・3　講談社
風わたる　昭29・9　現代社
青い照明　昭29・10　山田書店

伊那の白梅　昭29・11　光文社
美也と六人の恋人　昭30・3　光文社
騎手　昭30・10　筑摩書房
その日そんな時刻　昭31・2　東方社
野を分ける風　昭31・4　創芸社
姨捨　昭31・6　新潮社
孤猿　昭31・12　河出書房
真田軍記　昭32・2　新潮社
少年　昭32・12　角川書店
青いボート　昭33・5　光文社
満月　昭33・9　筑摩書房
楼蘭　昭34・5　講談社
洪水　昭37・4　新潮社
凍れる樹　昭39・11　講談社
羅刹女国　昭40・1　文芸春秋新社
月の光　昭44・10　講談社
崑崙の玉　昭45・6　文芸春秋
ローマの宿　昭45・9　新潮社
土の絵　昭47・11　集英社
火の燃える海　昭48・3　集英社
あかね雲　昭48・11　新潮社
桃李記　昭49・9　新潮社
わが母の記　昭50・3　講談社
石濤　平3・6　新潮社

〈長篇小説〉（童話を含む）

流転　昭23・10　有文堂
黯い潮　昭25・10　文芸春秋新社
その人の名は言えない　昭25・10　新潮社
白い牙　昭26・6　新潮社
戦国無頼　昭27・4　毎日新聞社
春の嵐　昭27・5　創元社
緑の仲間　昭27・10　毎日新聞社
青衣の人　昭27・12　新潮社
座席は一つあいている*　昭28・7　読売新聞社
風と雲と砦　昭28・11　新潮社
花と波濤　昭29・1　講談社
昨日と明日の間　昭29・4　朝日新聞社

あすなろ物語	昭29・4	新潮社
霧の道	昭29・9	雲井書店
春の海図	昭29・11	現代社
星よまたたけ	昭29・12	同和春秋社
オリーブ地帯	昭29・12	講談社
あした来る人	昭30・2	朝日新聞社
黒い蝶	昭30・10	新潮社
夢見る沼	昭30・12	講談社
風林火山	昭30・12	新潮社
魔の季節	昭31・4	毎日新聞社
満ちて来る潮	昭31・6	新潮社
白い炎	昭32・3	新潮社
白い風赤い雲	昭32・4	角川書店
こんどは俺の番だ	昭32・4	文芸春秋新社
射程	昭32・5	新潮社
氷壁	昭32・10	新潮社
天平の甍	昭32・12	中央公論社
海峡	昭33・9	角川書店
揺れる耳飾り	昭33・12	講談社
ある落日	昭34・5	角川書店
波濤	昭34・8	講談社
朱い門	昭34・10	文芸春秋新社
敦煌	昭34・11	講談社
河口	昭35・8	中央公論社
蒼き狼	昭35・10	文芸春秋新社
渦	昭35・12	新潮社
群舞	昭36・6	毎日新聞社
淀どの日記	昭36・10	文芸春秋新社
しろばんば 正続	昭37・10、38・11	中央公論社
憂愁平野	昭38・1	新潮社
風濤	昭38・10	講談社
城砦	昭39・5	毎日新聞社
楊貴妃伝	昭40・8	中央公論社
燭台	昭40・9	講談社
夏草冬濤	昭41・6	新潮社
傾ける海	昭41・11	文芸春秋
化石	昭42・6	講談社
夜の声	昭43・8	新潮社
おろしや国酔夢譚	昭43・10	文芸春秋

西域物語　昭44・11　朝日新聞社
額田女王　昭44・12　毎日新聞社
欅の木　昭46・7　集英社
後白河院　昭47・6　筑摩書房
四角な船　昭47・7　新潮社
星と祭　昭47・10　朝日新聞社
幼き日のこと　昭48・6　毎日新聞社
北の海　昭50・11　中央公論社
花壇　昭51・10　角川書店
崖　上下　昭51・11　文芸春秋
紅花　昭52・1　文芸春秋
地図にない島　昭52・2　文芸春秋
戦国城砦群　昭52・3　文芸春秋
盛装　上下　昭52・4　文芸春秋
兵鼓　昭52・5　文芸春秋
若き怒濤　昭52・6　文芸春秋
月光・遠い海　昭52・7　文芸春秋
わだつみ　第一～三部　昭52・12　岩波書店
流沙　上下　昭55・6　毎日新聞社
銀のはしご　昭55・12　小学館
本覚坊遺文　昭56・11　講談社
異国の星　上下　昭59・9、10　講談社
孔子　平1・9　新潮社

〈エッセイ集〉

現代先覚者伝＊　昭18・4　堀書店
西域　人物と歴史＊　昭38・4　筑摩書房
異国の旅　昭39・12　毎日新聞社
天城の雲　昭43・12　大和書房
愛と人生　昭44・12　大和書房
　わが人生観9
歴史小説の周囲　昭48・1　講談社
六人の作家　昭48・4　河出書房新社
美しきものとの出会い　昭48・6　文芸春秋
カルロス四世の家族　昭49・10　中央公論社
沙漠の旅・草原の旅　昭49・12　毎日新聞社
わが一期一会　昭50・10　毎日新聞社
アレキサンダーの道＊　昭51・4　文芸春秋

四季の雁書*　昭52・4　潮出版社
過ぎ去りし日日　昭52・6　日本経済新聞社
遺跡の旅・シルクロード　昭52・9　新潮社
歴史の光と影　昭54・4　講談社
故里の鏡　昭54・5　風書房
私の中の風景　現代の随想　昭54・7　日本書籍
きれい寂び　昭55・11　集英社
ゴッホの星月夜　昭55・11　中央公論社
作家点描　昭56・2　講談社
クシャーン王朝の跡を訪ねて　昭57・1　潮出版社
西行　昭57・7　学習研究社
忘れ得ぬ芸術家たち　昭58・8　新潮社
私の西域紀行　上下　昭58・10　文芸春秋
美の遍歴　昭59・7　毎日新聞社
河岸に立ちて　昭61・2　平凡社
レンブラントの自画像　昭61・10　中央公論社

〈談話集〉
わが文学の軌跡　昭52・4　中央公論社
西域をゆく　昭53・8　潮出版社
歴史の旅　昭55・9　創林社
歴史・文学・人生　昭57・12　牧羊社

【全集・作品集】
井上靖作品集　全5巻　昭29・4～8　講談社
井上靖長篇小説選集　全8巻　昭32・4～12　三笠書房
井上靖文庫　全26巻　昭35・11～38・6　新潮社
井上靖小説全集　全32巻　昭47・10～50・5　新潮社
井上靖歴史小説集　全11巻　昭56・6～57・4　岩波書店

井上靖エッセイ全集　全10巻　昭58・6〜59・3　学習研究社
井上靖自伝的小説集　全5巻　昭60・3〜7　学習研究社
井上靖歴史紀行文集　全4巻　平4・1〜4　岩波書店
井上靖全集　全28巻・別巻1　平7・4〜12・4　新潮社
井上靖短篇集　全6巻　平10・12〜11・5　岩波書店

【文庫】

猟銃・闘牛（解＝河盛好蔵）　昭25　新潮文庫
黯い潮（解＝浦松佐美太郎）　昭27　角川文庫
戦国無頼　前・中・後篇　昭28〜29　春陽文庫
白い牙（解＝高橋義孝）　昭30　角川文庫
戦国無頼　上下（解＝小松伸六）　昭30　角川文庫
貧血と花と爆弾（解＝十返肇）　昭31　角川文庫
青衣の人（解＝亀井勝一郎）　昭31　角川文庫
ある偽作家の生涯（解＝神西清）　昭31　新潮文庫
楼門（解＝小松伸六）　昭31　角川文庫
あした来る人　上下（解＝山本健吉）　昭32　新潮文庫
霧の道（解＝沢野久雄）　昭32　角川文庫
異域の人（解＝山本健吉）　昭32　角川文庫
春の海図（解＝福田宏年）　昭33　角川文庫
真田軍記（解＝小松伸六）　昭33　角川文庫
黒い蝶（解＝十返肇）　昭33　新潮文庫
あすなろ物語（解＝亀井勝一郎）　昭33　新潮文庫
風林火山（解＝吉田健一）　昭33　新潮文庫
春の嵐・通夜の客（解＝小松伸六）　昭34　角川文庫
愛（解＝野村尚吾）　昭34　角川文庫

満ちて来る潮（解＝瓜生卓造）　昭34　角川文庫
孤猿（解＝進藤純孝）　昭34　角川文庫
満月（解＝佐伯彰一）　昭34　角川文庫
風と雲と砦（解＝杉森久英）　昭35　角川文庫
ある落日　上下（解＝河盛好蔵）　昭35　角川文庫
北国（解＝村野四郎）　昭35　新潮文庫
海峡（解＝山本健吉）　昭36　角川文庫
あした来る人（解＝山本健吉）　昭36　新潮文庫
白い風赤い雲（解＝福田宏年）　昭36　角川文庫
波濤（解＝進藤純孝）　昭37　角川文庫
天平の甍（解＝高田瑞穂）　昭38　学燈文庫
射程（解＝山本健吉）　昭38　新潮文庫
河口（解＝福田宏年）　昭38　角川文庫
氷壁（解＝佐伯彰一）　昭38　新潮文庫
天平の甍（解＝山本健吉）　昭39　新潮文庫
淀どの日記（解＝篠田一士）　昭39　角川文庫
蒼き狼（解＝亀井勝一郎）　昭39　新潮文庫
しろばんば（解＝臼井吉見）　昭40　新潮文庫
敦煌（解＝河上徹太郎）　昭40　新潮文庫
渦（解＝山本健吉）　昭40　角川文庫
憂愁平野（解＝進藤純孝）　昭40　新潮文庫
昨日と明日の間（解＝野村尚吾）　昭41　角川文庫
あすなろ物語（解＝福田宏年、平山信義、角田明）　昭41　旺文社文庫
城砦（解＝福田宏年）　昭41　角川文庫
風濤（解＝篠田一士）　昭42　新潮文庫
姨捨（解＝福田宏年）　昭42　新潮文庫
楼蘭（解＝山本健吉）　昭43　新潮文庫
傾ける海（解＝進藤純孝）　昭43　角川文庫
群舞（解＝進藤純孝）　昭43　角川文庫
天平の甍（解＝山本健吉、河上徹太郎、杉森久英）　昭43　旺文社文庫
しろばんば（解＝小松伸六、福田宏年、巖谷大四）　昭44　旺文社文庫

化石（解＝福田宏年）　昭44　角川文庫
夏草冬濤（解＝小松伸六）　昭45　新潮文庫
天平の甍（解＝中山渡）　昭45　正進社名作文庫
蒼き狼（解＝奥野健男、野村尚吾、岩村忍）　昭45　旺文社文庫
孤猿・小磐梯（解＝佐伯彰一、菊村到、竹中郁）　昭46　旺文社文庫
月の光（解＝中村光夫）　昭46　講談社文庫
洪水・異域の人（解＝高橋英夫、大原富枝、源氏鶏太）　昭46　旺文社文庫
楊貴妃伝（解＝石田幹之助）　昭47　講談社文庫
額田女王（解＝山本健吉）　昭47　新潮文庫
楼門（解＝山本健吉）　昭47　潮文庫
暗い平原（解＝奥野健男）　昭48　中公文庫
傍観者（解＝尾崎秀樹）　昭48　潮文庫
伊那の白梅（解＝尾崎秀樹）　昭48　潮文庫
山の少女・北国の春（解＝高野斗志美）　昭49　潮文庫
おろしや国酔夢譚（解＝江藤淳）　昭49　文春文庫
真田軍記（解＝杉本春生）　昭49　旺文社文庫
崑崙の玉（解＝佐伯彰一）　昭49　文春文庫
天目山の雲（解＝山本健吉）　昭50　角川文庫
その人の名は言えない（解＝小松伸六）　昭50　文春文庫
星と祭（解＝角川源義）　昭50　角川文庫
欅の木（解＝奥野健男）　昭50　文春文庫
満月（解＝奥野健男）　昭50　角川文庫
滝へ降りる道（解＝長谷川泉）　昭50　旺文社文庫
後白河院（解＝磯田光一）　昭50　新潮文庫
花のある岩場（解＝奥野健男）　昭51　角川文庫
緑の仲間（解＝福田宏年）　昭51　文春文庫
こんどは俺の番だ　昭51　文春文庫

（解＝福田宏年）
幼き日のこと・青春放浪　昭51　新潮文庫
（解＝福田宏年）
西域物語（解＝江上波夫）　昭52　新潮文庫
揺れる耳飾り　昭52　文春文庫
（解＝福田宏年）
わが母の記　昭52　講談社文庫
（解＝中村光夫）
白い牙（解＝福田宏年）　昭52　集英社文庫
冬の月（解＝福田宏年）　昭52　集英社文庫
魔の季節（解＝福田宏年）　昭52　文春文庫
四角な船（解＝福田宏年）　昭52　新潮文庫
青葉の旅（解＝奥野健男）　昭52　集英社文庫
花と波濤（解＝福田宏年）　昭53　講談社文庫
燭台（解＝福田宏年）　昭53　文春文庫
オリーブ地帯　昭53　文春文庫
（解＝福田宏年）
火の燃える海　昭53　集英社文庫
（解＝進藤純孝）
夢見る沼（解＝進藤純孝）　昭53　講談社文庫
白い炎（解＝福田宏年）　昭53　文春文庫
少年・あかね雲　昭53　新潮文庫
（解＝北杜夫）
三ノ宮炎上　昭53　集英社文庫
（解＝尾崎秀樹）
崖　上下（解＝福田宏年）　昭54　文春文庫
夏花（解＝山本健吉）　昭54　集英社文庫
黯い潮・霧の道　昭54　文春文庫
（解＝福田宏年）
楼門（解＝福田宏年）　昭54　集英社文庫
貧血と花と爆弾　昭54　文春文庫
（解＝福田宏年）
断崖（解＝福田宏年）　昭54　文春文庫
夜の声（解＝佐伯彰一）　昭55　新潮文庫
紅花（解＝福田宏年）　昭55　文春文庫
花壇（解＝小松伸六）　昭55　角川文庫
地図にない島　昭55　文春文庫
（解＝福田宏年）
北の海（解＝山本健吉）　昭55　新潮文庫
北の海（解＝小松伸六）　昭55　中公文庫

盛装 上下（解＝福田宏年） 昭55 文春文庫
北国の春（解＝福田宏年） 昭55 講談社文庫
戦国城砦群（解＝福田宏年） 昭55 文春文庫
西域 人物と歴史＊ 昭55 現代教養文庫
自選井上靖詩集（解＝大岡信） 昭56 旺文社文庫
月光（解＝福田宏年） 昭56 文春文庫
四季の雁書＊ 昭56 聖教文庫
若き怒濤（解＝福田宏年） 昭56 文春文庫
道・ローマの宿（解＝秦恒平） 昭56 新潮文庫
わが文学の軌跡（解＝福田宏年） 昭56 中公文庫
遠い海（解＝福田宏年） 昭57 文春文庫
兵鼓（解＝福田宏年） 昭57 文春文庫
故里の鏡（解＝福田宏年） 昭57 中公文庫
流沙 上下（解＝諏訪正人） 昭57 文春文庫
遺跡の旅・シルクロード 昭57 新潮文庫
歴史小説の周囲 昭58 講談社文庫
歴史の光と影 昭58 講談社文庫
井上靖全詩集（解＝宮崎健三） 昭58 新潮文庫
西域をゆく＊（解＝陳舜臣） 昭58 潮文庫
きれい寂び（解＝福田宏年） 昭59 集英社文庫
本覚坊遺文（解＝高橋英夫） 昭59 講談社文庫
忘れ得ぬ芸術家たち（解＝高階秀爾） 昭61 新潮文庫
アレキサンダーの道＊ 昭61 文春文庫
私の西域紀行 上下（解＝田川純三） 昭62 文春文庫
異国の星 上下（解＝福田宏年 年＝井口一男） 昭62 講談社文庫
星よまたたけ（解＝福田宏年） 昭63 新潮文庫
河岸に立ちて（解＝大岡信） 平1 新潮文庫
カルロス四世の家族 平1 中公文庫

おろしや国酔夢譚　平3　徳間文庫
わが一期一会　平5　知的生きかた文庫（三笠書房）
石濤（解=曾根博義）　平6　新潮文庫
孔子（解=曾根博義）　平7　新潮文庫
わが母の記（解=松原新一　年=曾根博義）　平9　文芸文庫

【単行本】は原則として初刊本に限った。／【全集・作品集】の項で各種文学全集中の井上靖集の類は省いた。／【文庫】は現在品切れのものも含めて既刊のすべてをあげたが、改版については省略した。／文庫と称しても判型が通常の文庫判と異なるもの、また判型は文庫判でも「――文庫」という名称を用いていないものは省いた。／原則として共著は省いたが、とくに掲げたものには＊印を付した。／解=解説、年=年譜を示す。

（作成・曾根博義）

本書は、一九九五年六、八～一一月新潮社刊、『井上靖全集』第二、四～七巻を底本とし、多少ふりがなを加えた。また、底本にある表現で、今日から見れば不適切と思われる表現があるが、時代背景と作品価値とを考え、著者が故人でもあるのでそのままにした。

補陀落渡海記《ふだらくとかいき》 井上靖《いのうえやすし》短篇名作集《たんぺんめいさくしゅう》

井上靖《いのうえやすし》

二〇〇〇年一一月一〇日第一刷発行

発行者——野間佐和子

発行所——株式会社 講談社

東京都文京区音羽2・12・21 〒112-8001

電話 編集部（03）5395・3513

販売部（03）5395・3626

製作部（03）5395・3615

デザイン—菊地信義

製版——豊国印刷株式会社

印刷——豊国印刷株式会社

製本——株式会社国宝社

Printed in Japan

定価はカバーに表示してあります。

落丁本・乱丁本は、小社書籍製作部宛にお送りください。送料は小社負担にてお取替えします。なお、この本の内容についてのお問い合せは文芸文庫出版部宛にお願いいたします。（庫文）

講談社文芸文庫

ISBN4-06-198234-6

講談社文芸文庫

阿川弘之——舷燈　岡田 睦——解／進藤純孝——案
阿川弘之——青葉の翳り 阿川弘之自選短篇集　富岡幸一郎-解／岡田 睦——年
阿部昭——単純な生活　松本道介——解／栗坪良樹——案
阿部昭——大いなる日|司令の休暇　松本道介——解／実相寺昭雄-案
阿部昭——無縁の生活|人生の一日　松本道介——解／古屋健三——案
阿部昭——千年|あの夏　松本道介——解／古屋健三——案
阿部昭——父たちの肖像　松本道介——解／阿部玉枝——年
青柳瑞穂——ささやかな日本発掘　高山鉄男——人／青柳いづみこ-年
青柳瑞穂——マルドロオルの歌 ＊　塚本邦雄——解
秋山駿——知れざる炎 評伝中原中也　加藤典洋——解／柳沢孝子——案
青山二郎——鎌倉文士骨董奇譚　白洲正子——人／森 孝一——年
青山二郎——眼の哲学|利休伝ノート　森 孝一——人／森 孝一——年
網野菊——一期一会|さくらの花　竹西寛子——解／藤本寿彦——案
網野菊——ゆれる葦 ＊　阿川弘之——解／長谷川 啓——案
安部公房——砂漠の思想　沼野充義——人／谷 真介——年
安部公房——終りし道の標べに　リービ英雄-解／谷 真介——案
芥川龍之介-大川の水|追憶|本所両国　高橋英夫——人／藤本寿彦——年
粟津則雄——正岡子規　高橋英夫——人／著者——年
浅見淵——昭和文壇側面史　保昌正夫——人／保昌正夫——年
秋元松代——常陸坊海尊|かさぶた式部考　川村二郎——解／松岡和子——案
青野聰——母よ　島田雅彦——解／藤本寿彦——年
石川淳——鷹 ＊　菅野昭正——解／立石 伯——案
石川淳——紫苑物語　立石 伯——解／鈴木貞美——案
石川淳——白頭吟 ＊　立石 伯——解／竹盛天雄——案
石川淳——江戸文学掌記　立石 伯——人／立石 伯——年
石川淳——安吾のいる風景|敗荷落日　立石 伯——人／立石 伯——年
石川淳——黄金伝説|雪のイヴ　立石 伯——解／日高昭二——案
石川淳——落花|蜃気楼|霊薬十二神丹　立石 伯——解／中島国彦——案
石川淳——影|裸婦変相|喜寿童女　立石 伯——解／井沢義雄——案
石川淳——ゆう女始末|おまえの敵はおまえだ ＊　立石 伯——解／塩崎文雄——案
石川淳——荒魂 ＊　立石 伯——解／島田昭男——案
石川淳——普賢|佳人　立石 伯——解／石和 鷹——案
磯田光一——永井荷風　吉本隆明——解／藤本寿彦——案
磯田光一——思想としての東京　高橋英夫——解／曾根博義——案

▶解=解説 案=作家案内 人=人と作品 年=年譜を示す。 ＊品切 2000年11月現在

講談社文芸文庫

講談社文芸文庫

伊藤 整——	日本文壇史 18 明治末期の文壇	曾根博義—解/曾根博義—年
伊藤 整——	若い詩人の肖像	荒川洋治—解/曾根博義—年
稲垣達郎—	角鹿の蟹	石崎 等他—人/石崎 等他—年
岩阪恵子—	淀川にちかい町から	秋山 駿——解/著者———年
伊藤信吉—	ユートピア紀行	川崎 洋——解/梁瀬和男—年
井上 靖——	わが母の記	松原新一—解/曾根博義—年
井上 靖——	補陀落渡海記 井上 靖短篇名作集	曾根博義—解/曾根博義—年
李良枝——	由熙|ナビ・タリョン	渡部直己—解/編集部——年
井上光晴—	眼の皮膚|遊園地にて	川西政明—解/川西政明—年
岩橋邦枝—	評伝 長谷川時雨	松原新一—解/佐藤清文—年
伊藤桂一—	螢の河|源流へ 伊藤桂一作品集	大河内昭爾-解/久米 勲——年
石田波郷—	江東歳時記|清瀬村(抄) 石田波郷随想集	山田みづえ-解/石田郷子—年
宇野千代—	雨の音	佐々木幹郎-解/保昌正夫—案
宇野千代—	或る一人の女の話|刺す	佐々木幹郎-解/大塚豊子—案
宇野千代—	女の日記	大塚豊子—人/大塚豊子—年
梅崎春生—	桜島|日の果て|幻化	川村 湊——解/古林 尚——案
梅崎春生—	ボロ家の春秋	菅野昭正—解/古林 尚——年
宇野浩二—	思い川|枯木のある風景|蔵の中	水上 勉——解/柳沢孝子—案
内田魯庵—	魯庵の明治	坪内祐三—解/歌田久彦—年
内田魯庵—	魯庵日記	山口昌男—解/歌田久彦—年
遠藤周作—	哀歌	上総英郎—解/高山鉄男—案
遠藤周作—	異邦人の立場から	鈴木秀子—人/広石廉二—年
遠藤周作—	青い小さな葡萄	上総英郎—解/古屋健三—案
遠藤周作—	白い人|黄色い人	若林 真——解/広石廉二—年
江藤 淳——	一族再会	西尾幹二—解/平岡敏夫—案
江藤 淳——	成熟と喪失——“母”の崩壊	上野千鶴子-解/平岡敏夫—案
江口 渙——	わが文学半生記 *	荒川洋治—解/小林茂夫—案
円地文子—	妖|花食い姥	高橋英夫—解/小笠原美子-案
大江健三郎-	万延元年のフットボール	加藤典洋—解/古林 尚——案
大江健三郎-	叫び声	新井敏記—解/井口時男—案
大江健三郎-	みずから我が涙をぬぐいたまう日	渡辺広士—解/高田知波—案
大江健三郎-	厳粛な綱渡り	栗坪良樹—人/古林 尚——年
大江健三郎-	持続する志	栗坪良樹—人/古林 尚——年
大江健三郎-	鯨の死滅する日	栗坪良樹—人/古林 尚——年

講談社文芸文庫

大江健三郎-懐かしい年への手紙	小森陽一——解／黒古一夫——案
大江健三郎-壊れものとしての人間	黒古一夫——人／古林 尚——年
大江健三郎-同時代としての戦後	林 淑美——人／古林 尚——年
大江健三郎-「最後の小説」	山登義明——人／古林 尚——年
大江健三郎-静かな生活	伊丹十三——解／栗坪良樹——案
大江健三郎-僕が本当に若かった頃	井口時男——解／中島国彦——案
大庭みな子-啼く鳥の ＊	三浦雅士——解／与那覇恵子-案
大庭みな子-三匹の蟹	リービ英雄-解／水田宗子——案
大庭みな子-海にゆらぐ糸|石を積む ＊	江種満子——解／水田宗子——案
大庭みな子-オレゴン夢十夜	三浦雅士——解／田辺園子——案
大庭みな子-浦島草	リービ英雄-解／著者———年
大岡昇平——中原中也	粟津則雄——解／佐々木幹郎-案
大岡昇平——わがスタンダール	菅野昭正——解／亀井秀雄——案
大岡昇平——文学の運命	四方田犬彦-人／吉田凞生——年
大岡昇平——幼年	高橋英夫——解／渡辺正彦——案
大岡昇平——少年	四方田犬彦-解／近藤信行——案
大岡昇平——天誅組	亀井秀雄——解／池内輝雄——案
大岡昇平——愛について	中沢けい——解／水田宗子——案
小沼丹——懐中時計	秋山 駿——解／中村 明——案
小沼丹——小さな手袋	中村 明——人／中村 明——年
小沼丹——埴輪の馬	佐飛通俊——解／中村 明——年
小沼丹——椋鳥日記	清水良典——解／中村 明——年
尾崎一雄——まぼろしの記|虫も樹も	中野孝次——解／紅野敏郎——案
尾崎一雄——美しい墓地からの眺め	宮内 豊——解／紅野敏郎——年
岡本かの子-巴里祭|河明り	川西政明——解／宮内淳子——案
岡本かの子-生々流転	川西政明——解／宮内淳子——案
大田洋子——屍の街|半人間	小田切秀雄-解／黒古一夫——案
小田実——HIROSHIMA	林 京子——解／黒古一夫——案
小川国夫——アポロンの島	森川達也——解／山本恵一郎-年
織田作之助-夫婦善哉	種村季弘——解／矢島道弘——年
長田弘——詩は友人を数える方法	亀井俊介——解／著者———年
大原富枝——アブラハムの幕舎	富岡幸一郎-解／福江泰太——年
荻原井泉水-一茶随想	矢羽勝幸——解／村上 護——年
大城立裕——日の果てから	小笠原賢二-解／著者———年

講談社文芸文庫

加賀乙彦――錨のない船 上・中・下　秋山 駿――解／竹内清己――案
加賀乙彦――帰らざる夏　リービ英雄-解／金子昌夫――案
柄谷行人――日本近代文学の起源　川村 湊――解／栗坪良樹――案
柄谷行人――意味という病　絓 秀実――解／曾根博義――案
柄谷行人――畏怖する人間　井口時男――解／三浦雅士――案
柄谷行人編-近代日本の批評Ⅰ 昭和篇 上
柄谷行人編-近代日本の批評Ⅱ 昭和篇 下
柄谷行人編-近代日本の批評Ⅲ 明治・大正篇
上林暁――白い屋形船｜ブロンズの首　高橋英夫――解／保昌正夫――案
金子光晴――風流尸解記　清岡卓行――解／原 満三寿――案
金子光晴――詩人 金子光晴自伝　河邨文一郎-人／中島可一郎-年
金子光晴――絶望の精神史　伊藤信吉――人／中島可一郎-年
金子光晴――人間の悲劇　栗津則雄――人／中島可一郎-年
金子光晴――女たちへのエレジー　中沢けい――解／中島可一郎-年
河上徹太郎-都築ケ岡から ＊　勝又 浩――人／大平和登――年
川端康成――一草一花　勝又 浩――人／川端香男里-年
川端康成――水晶幻想｜禽獣　高橋英夫――解／羽鳥徹哉――案
川端康成――反橋｜しぐれ｜たまゆら　竹西寛子――解／原 善――案
川端康成――再婚者｜弓浦市　鈴村和成――解／平山三男――案
川端康成――たんぽぽ　秋山 駿――解／近藤裕子――案
川端康成――浅草紅団｜浅草祭　増田みず子-解／栗坪良樹――案
川端康成――ある人の生のなかに　鈴村和成――解／川端香男里-年
川端康成――伊豆の踊子｜骨拾い　羽鳥徹哉――解／川端香男里-年
川村二郎――語り物の宇宙　池内 紀――解／椎野千穎――案
河盛好蔵――河岸の古本屋 ＊　庄野潤三――人／大橋千明――年
葛西善蔵――哀しき父｜椎の若葉　水上 勉――解／鎌田 慧――案
川西政明――評伝高橋和巳 ＊　秋山 駿――解／著者――年
河井寛次郎-火の誓い　河井須也子-人／鷺 珠江――年
加藤唐九郎-やきもの随筆　高橋 治――人／森 孝一――年
加藤唐九郎-自伝 土と炎の迷路　森 孝一――解／森 孝一――年
金井美恵子-愛の生活｜森のメリュジーヌ　芳川泰久――解／武藤康史――年
金井美恵子-ピクニック、その他の短篇　堀江敏幸――解／武藤康史――年
川崎長太郎-抹香町｜路傍　秋山 駿――解／保昌正夫――年
川崎長太郎-鳳仙花　川村二郎――解／保昌正夫――年

講談社文芸文庫

嘉村礒多——業苦|崖の下　秋山 駿——解／太田静一——年
加藤典洋——日本風景論　瀬尾育生——解／著者———年
清岡卓行——アカシヤの大連　宇佐美 斉—解／馬渡憲三郎-案
清岡卓行——手の変幻　平出 隆——人／小笠原賢二-年
清岡卓行——詩礼伝家　高橋英夫—解／小笠原賢二-案
木下順二——本郷　高橋英夫—解／藤木宏幸—案
木下順二——歴史について ＊　茨木のり子-人／宮岸泰治—年
木下順二——私の『マクベス』＊　木下順二—解
木山捷平——大陸の細道　吉本隆明—解／勝又 浩——案
木山捷平——氏神さま|春雨|耳学問　岩阪恵子—解／保昌正夫—案
木山捷平——白兎|苦いお茶|無門庵　岩阪恵子—解／保昌正夫—案
木山捷平——井伏鱒二|弥次郎兵衛|ななかまど　岩阪恵子—解／木山みさを—案
木山捷平——木山捷平全詩集　岩阪恵子—解／木山みさを—年
木山捷平——おじいさんの綴方|河骨|立冬　岩阪恵子—解／常盤新平—案
木山捷平——下駄にふる雨|月桂樹|赤い靴下　岩阪恵子—解／長部日出雄-案
木山捷平——角帯兵児帯|わが半生記　岩阪恵子—解／荒川洋治—案
金石範——万徳幽霊奇譚|詐欺師　秋山 駿——解／川村 湊——案
金史良——光の中に 金史良作品集　川村 湊——解／安 宇 植——年
桐山 襲——未葬の時　川村 湊——解／古屋雅子—年
北原武夫——情人　樋口 覚——解／庄野誠一他-年
黒井千次——群棲　高橋英夫—解／曾根博義—案
黒井千次——時間　秋山 駿——解／紅野謙介—案
黒井千次——五月巡歴　増田みず子-解／栗坪良樹—案
倉橋由美子-スミヤキストQの冒険　川村 湊——解／保昌正夫—案
倉橋由美子-反悲劇　清水良典—解／保昌正夫—年
倉橋由美子-毒薬としての文学 倉橋由美子エッセイ選　清水良典—解／保昌正夫—年
桑原武夫——思い出すこと忘れえぬ人 ＊　佐々木康之-人／佐々木康之-年
草野心平——わが光太郎　北川太一—人／深沢忠孝—年
草野心平——宮沢賢治覚書　粟津則雄—人／深沢忠孝—年
国木田独歩-欺かざるの記抄 佐々城信子との恋愛　本多 浩——解／藤江 稔——年
串田孫一——雲・山・太陽 串田孫一随想集　田中清光—解／著者———年
小島信夫——抱擁家族　大橋健三郎-解／保昌正夫—案
小島信夫——殉教|微笑　千石英世—解／利沢行夫—案
小林秀雄——栗の樹　秋山 駿——人／吉田凞生—年